紅蓮館殺人事件

紅蓮館の殺人

Murder of Gurenkan

Tatsumi Atsukawa

阿津川辰海

目次

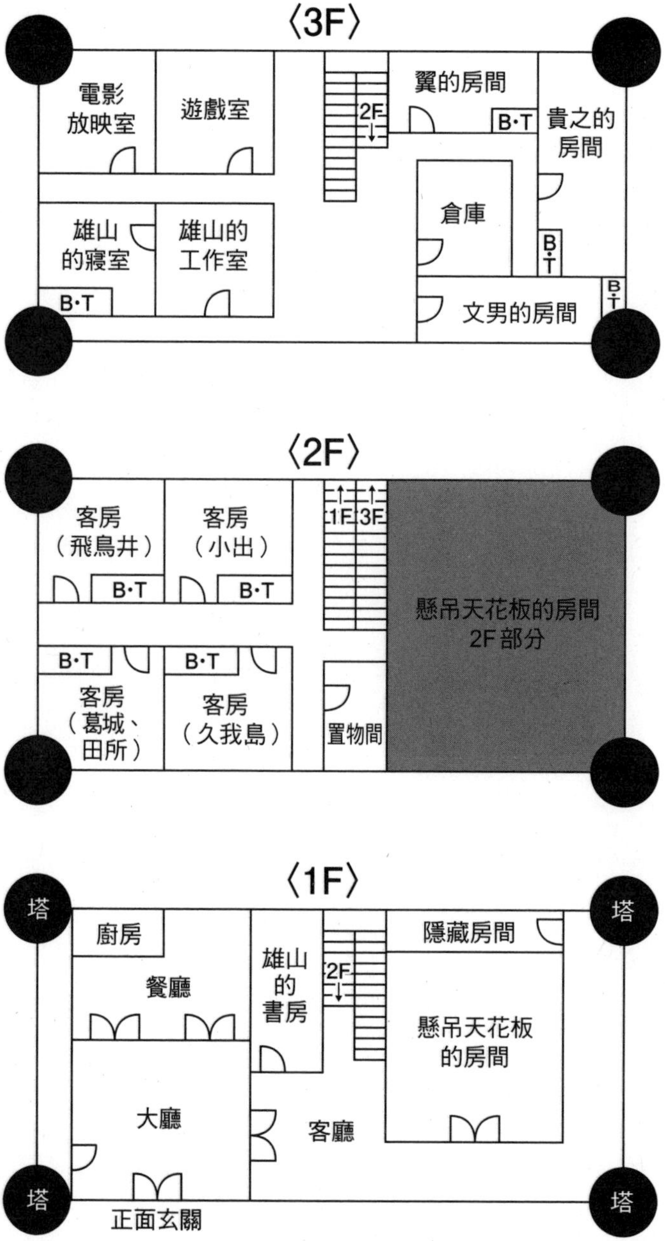
〈3F〉
電影放映室
遊戲室
2F
翼的房間
B・T
貴之的房間
倉庫
雄山的寢室
雄山的工作室
B・T
B・T
B・T
文男的房間
〈2F〉
客房（飛鳥井）
客房（小出）
1F
3F
B・T
B・T
懸吊天花板的房間 2F部分
B・T
B・T
客房（葛城、田所）
客房（久我島）
置物間
〈1F〉
塔
塔
廚房
餐廳
雄山的書房
2F
隱藏房間
懸吊天花板的房間
大廳
客廳
塔
塔
正面玄關
宅邸平面圖

序章

熊熊燃燒的森林將我們逼至此處。

全新的登山杖已經熏黑。

持續攀登山路的我們，呼吸變得急促。

伸手擦拭額頭的汗水，黑灰馬上黏在手上。

「真的有嗎？」

我虛弱地抬起頭。回身一望，我們已經離起火點很遠。

走在前方的葛城頭也沒回的說道：

「腳步聲前往的方向是這邊。就相信我吧，田所。再怎麼說，底下已經因為山中大火而被火勢包圍。既然沒辦法下山，我們也沒別的選擇了。」

將他捲入這樣的危險中，是我的責任。

「……當初我要是沒提議要來就好了。」

「就只有這種時候你才會這麼體貼啊。平時總是都精力過盛。」

葛城如此應道，步履未歇。他沉穩的話語，強而有力的鼓舞著我。

「你聽好了。雖然提議的人是你，但接受提議的人是我，擬定計畫的人也是我。

而這場山中大火，不是任何人的錯。不需要道歉。」

他流暢無礙的這樣說道，這時，它突然出現在前方。

「啊……」

「怎麼了？」

「葛城……前面……」

葛城抬頭望向前方。

是一棟壯麗的三層樓洋房。屋柱上有雕刻，玄關是一扇厚重的雙開木門。金色的門環發出刺眼的金光。

門環上刻有「財」字。

「看來……我們真的抵達財田雄山的宅邸了。」

因一時鬆開心中的大石，我差點當場蹲下身。如果與財田家的住戶交涉，就有地方避難了。

「不過……」

「怎樣？」

「偵探和宅邸，再加上山中大火，你不覺得這是個可怕的組合嗎？」

「你還有辦法開這種玩笑，真不簡單呢。」

葛城莞爾一笑。

「……要是真的發生案件，那該怎麼辦？」

「那還用說。」他馬上回答。「就只能解開謎題了。因為我是偵探。」

「……啊，對哦。都忘了你是這樣的傢伙。」

我的聲音中或許夾雜了些許傻眼的成分。

葛城伸手敲響門環。

宅邸裡的住戶與誤闖山中的人們。宛如紅蓮般的烈焰團團包圍，在多舛的命運下相遇的我們，各自展開不同的道路。從哪裡開頭，哪裡結尾？這向來都是我關心的事。

我們故事的展開，得回溯到一個月前。

第一部　落日館

「你真的認為你和我能改變什麼嗎？」她的聲音突然給人一種像在求助的感覺。擺在膝蓋上的手暗暗使勁。「能放棄現在的自己，變成另一種樣貌嗎？」

——羅伯特・戈達德（Robert Francis Goddard）《Borrowed Time》

1　作戰會議

我買了福利社的麵包回到教室後，葛城還攤開著第四堂數學課的參考書，振筆疾書。

我坐向葛城前面的座位，張開腿，手肘抵向椅背。

「你打算寫到什麼時候啊？大家都在吃便當了耶。」

「快結束了。」

葛城頭也不抬的說道。他向來都這樣，所以我並不感到傻眼。

當我打開炒麵麵包的袋子時，葛城這才緩緩合上參考書。

「習題寫完啦？有錢人家的少爺也真是辛苦啊。回家後還要學小提琴、射箭、合氣道、馬術、面對家教……學習課程排得滿滿。」

他從書包裡拿出便當盒，掀開蓋子。這是他家的廚師做的便當，菜色充分考量到營養均衡。

「你怎麼老纏著我啊。」

「我有重要的事要跟你說。我想擬定這次的集訓計畫。」

我讓他看昨天在導師時間發的「活動指南」。葛城蹙起眉頭。

「這就是待在輕井澤的深山裡，五天四夜全力K書的那件事嗎？」

「是我們這種升學學校特有的活動。」

「因為已邁入高二的夏天，大家也開始緊張了是吧。」

「倒也不是。剛才沼田他們還打算帶掌上型遊戲機、卡牌、麻將去呢。」

「麻將就免了吧。會發出聲響。」

「我也嚴厲的指出這項缺點。對輕井澤的星星感興趣的情侶應該也不少吧。」

「大家一點都沒有要安分念書的意思嗎？」

我嘴角輕揚，朝他一笑。

「坦白說，我也一樣。」

葛城眉毛微微一挑。他回了一句「接著說」，聲音聽起來似乎微帶興奮。

我取出手機，叫出地圖App。

「這次我們要住的宿舍在這裡。N縣的山中。」

我根據活動指南上記載的地址上網搜尋。那是一棟大型的住宿設施，就蓋在通往山中的道路旁。

「這附近有個場所，我想去那裡看看。是我從編輯那裡聽來的場所。」

我國三時投稿參加短篇推理小說獎。雖然沒得獎，但編輯就此注意到我，他對我說「我想看你的其他作品」，我們就此定期會面。

「某位小說家的宅邸，好像就位在輕井澤這一帶的M山上。」

「誰？」

「財田雄山。」

葛城就此停筷，吹了聲口哨。

我之所以立志當小說家，就是因為財田雄山的小說。他以多采多姿的風格寫推理小說，而且源源不絕地吸收著新知並融入作品中，這樣的態度深深吸引著我。「推理小說的落日時代即將到來」，這是他的名言，發表在對松本清張的追悼文隨筆中。

葛城也和我一樣，財田雄山的書，從出道作開始，他每一部作品都看過，就連雜誌採訪和單行本未收錄的作品，也全部收齊完備，充分展現他有多狂熱。葛城擁有這種能充分展現財力的環境，真教人羨慕。

「自從五年前出版《黑色潮流》的新裝版後，就完全沒有他的消息了。」

「聽編輯說，他最近似乎也完全沒在文學獎的活動中露面。他是一九××年出生，算一算，今年也九十七歲了吧。」

「這年紀不管什麼時候走都不意外。」

我心情沉重的點了點頭。

「你竟然查出了他的住處……你用了什麼方法？」

在葛城的詢問下，我馬上坦白招供。就算掩飾也沒用，而且我也不想對他說謊。

「編輯和我討論時帶來的文件中，摻雜了一個財田雄山寄來的信封。我瞄到了寄件者的地址。」我的口吻就像在替自己澄清。「純屬偶然。」

葛城低下頭，緊按著額頭，傳來長長一聲嘆息。

「坦率是你的優點，但你這樣根本是蠻幹，太胡來了。」

葛城常指出我這個缺點，但為了自己喜歡的事物，我都會不擇手段。

「就算去了，也只會被當作是腦袋不正常的書迷，賞我們吃閉門羹吧。」

「……說得也是。」

葛城的判斷相當冷靜。我聽得出自己的聲音透著沮喪。

葛城盤起雙臂，沉聲低吟。過了一會兒，他語帶不安的問道。

「……你打算帶什麼去見他？」

光這句話，就知道他提問的用意。我不自主的趨身向前。

「他的第一部短篇集《崩潰的配色》的初版。」

葛城嘴角輕揚，浮現笑意。

「選得好。」

看他那滿意的口吻，我知道他也有意參與。

「而且聽編輯跟我說，那座宅邸好像布滿了機關。」

「機關？」葛城雙目圓睜。「也就是說，有翻轉牆面或隱藏通道……」

我一再點頭，葛城開始揉起了眉頭。

「賺到財富後，最後實現的願望原來是那個，那才是財田雄山真正的想法是吧。本以為他是社會派的作家。不，倒不如說……」

「你們在聊什麼啊？」

光聽那開朗的聲音就知道是誰來了。是我現在坐的這個位子的主人。她似乎吃完便當回來了。我心跳加速，但還是佯裝平靜，轉過身來。

午休時間還有三十分鐘，所以她似乎只是回來放便當盒。

「抱歉，又借用了妳的座位。妳要回來坐了嗎？」

「不，我要去隔壁班一趟，你繼續坐吧。」

她將便當盒收進掛在課桌旁的書包裡。面露淘氣的微笑，以調侃般的聲音說道：

「你們兩人看著地圖，到底打算做什麼？」

「我們兩人在看這次K書集訓的住宿地點。」

我一面說，一面輕輕滑動手機畫面。

「真的假的？感覺有點可疑呢。」

才沒有呢——我笑著應道，她也回以嫣然一笑，並指著自己的座位說「請坐」，就此離去。

「你這個人真好懂，真不錯。」

「……你指的是哪方面？」

「你來找我聊天時，總是坐前面的位子，我原本一直覺得很納悶。」

「和這個沒關係。」

「你說謊吧。」

他特別強調「說謊」一詞，對此我面露苦笑。的確，最好還是別以為自己有事能瞞得過他。

學校裡的眾人都不知道葛城是位偵探。雖然他從小就頭腦清晰，備受家人疼愛，但他七歲時，有位當警察的家人告訴他一起案件的內容後，引起了他的興趣。那是一起竊盜案，不是什麼血腥的案件，所以聽完案情內容後，他馬上就看出了真相。從那之後，那位警察在葛城的協助下，多次立下大功，但他絕不會對外公開葛城的名字。

葛城因為生長環境的緣故，對謊言特別敏感。上流社會的大人們充斥著謊言的生活，他平時已司空見慣，因而對謊言產生一股抗拒反應。對於人們是否說謊，他一眼就能看穿。不過，至於是怎樣的謊言，則必須得靠推理才能看穿。因此，葛城觀察的眼光日漸鍛鍊精進。

我與葛城相遇的契機，可回溯到高一那年四月，在集訓時發生的一場殺人事件。解開那起事件真相的人是葛城。那起事件同樣對外公開說是由當地警察破案，至於葛城提供消息給警方這件事，只有我知道。另外大概就只有校內發生案件時，有幾名關係人因為情勢發展而知道他的事。

雖然他顯得有點不問世事，但偵探葛城早已化為一位為謎團帶來希望之光的人物，融入我的日常生活中。

「我要先聲明，我可是一點都沒心虛哦。」

「只要能和她聊上幾句話，你就滿足了對吧。挺賣力的嘛。」

聽了實在有點不是滋味，我暗啐一聲。

為了轉換心情，我打開活動指南的行程表。

「我打算從第三天中午到傍晚這段時間出發。到時候有三堂課的自由時間，一共九個小時。原本是各自寫習題或者研習課題的時間。」

「有辦法溜出去嗎？」

「我問過文藝社團的學長。到時候不會點名，也沒人監視。只要吃完早餐，一直到傍晚七點的晚餐前，都不會點名。午餐是看自己什麼時候方便，自行到餐廳解決，所以不會清點人數。離大考還有一年多的時間，學長姊們都把時間用來寫大考的題本，不過，聽說還是有不少學生開溜。或是假裝在自習，其實是躲在房間裡和同學一起玩掌上型遊戲機……」

「你從剛才起一直談到電玩。難道就沒有學生會跑到街上去嗎？」

我不發一語的將手機上的地圖縮小。

「……嗯。這裡沒半間店家。」

「最近的超商，開車也要三十分鐘。勢必得留在戶內了。」

葛城苦笑。

「雖然時間很短，但既然是要進入夏天的深山中，最好還是把裝備準備好。雖然不清楚當地的坡度和山路的狀況，但要是路況不好走，備好登山杖會比較輕鬆。其實鞋子最好也要穿登山專用的鞋子。好，我跟僕人說一聲，請他安排一下……」

「等一下。」

我急忙攔住他。

「這樣不就挑明著準備開溜嗎。我們得湊齊能自己準備的東西。」

「嗯，話是這樣沒錯……」

葛城顯得有些不安。他的想法和一般平民有些出入，所以有時得適時的在後面拉他一把。

「我們能帶的，就只有能混進K書集訓的行李中一起帶走的物品。是真的有必要，而且是最基本的。」

「這樣的話，要另外帶一雙鞋去就太不合現實了。」

葛城取出手機，開始查資料。

「登山杖好像有折疊式的。這樣應該能帶著走。價格約三千日圓左右。就先買了吧。用自己的零用錢就買得起，這樣也不會讓人起疑。」

「三千日圓是吧。」

我估算起自己手頭有多少錢。這個月會推出我期待已久的翻譯小說。

「我要連你的份也一起買嗎？」

「少囉嗦，你這個暴發戶。扯上金錢的友情，早晚會告吹的。」

我一週四天，在一家連鎖速食店打工賺零用錢。我用「這也算是採訪活動的一環」當說詞來矇騙自己，全力投入工作中，以賺來的微薄零花，用在買書和蒐集題材上。生活過得左支右絀。

我們討論完攜帶的行李後，正好上課鈴聲響起。正當我準備起身時，葛城出聲喚住了我。

「對了。」

葛城垂眼望著地面，表情蒙上一層暗影。

「基於朋友的情誼，有件事我要先告訴你。你迷戀的那個女孩，已經有男朋友了。」

「不是說了嗎，我才沒迷戀……你說什麼？」

「她好像打算在集訓的晚上要偷溜出去看星星。勸你在傷得更重之前，先抽手比較好。」

我一臉傻眼的說道：

「這是偵探大人的推理嗎？」

葛城搖頭。

「不，我只是剛好看到她上課時在課桌底下用LINE偷傳訊息。」

我不禁為之愕然。

「真過分。」

「你說她嗎？」

「是你，竟然連這種事都看在眼裡。」

「我？」

葛城一臉驚訝。

「可是她說謊啊。」

他一派滿不在乎的口吻。

「她和女性友人的對話中提到『我才沒有男朋友呢』。從她的動作、表情、遣詞用句，一看就知道她在說謊。」

他的表情已沒有剛才的暗影。他對自己的正確性毫不懷疑，筆直地注視我的雙眼。

「所以你就偷看她手機？她不過只是撒了個小謊而已。你沒有權利侵犯她的個人隱私。如果你只對我說，那倒還好，但坦白說，你對『謊言』的執著已經到了不正常的程度。」

「既然這樣，那我就再說一句。」

葛城的表情略顯不悅。

「你有個毛病我希望你能改一下。你對女人看一個愛一個，這是你的缺點。」

「我認為和葛城偵探大人相比，這是充滿人味的特質。」

「你說什麼——」

「好了，你們兩位，快上課了。」

她的聲音在耳畔響起，我的心臟用力跳了一下。

「啊，抱歉，不好意思。」

我一面站起身，一面說道。

「那麼葛城，就按照我們討論的那樣做哦。」

葛城不發一語的頷首。

為了療癒情傷，我耗盡了力氣。我靠放學後打工來勉強轉移思緒。在回家的路上，我上購物網查看便宜的登山杖，一時心煩，挑了比較貴的買。過沒多久我就後悔了，於是我安慰自己「不，也許便宜貨很快就壞了」，但低落的情緒還是無法平復。

葛城對解謎完全不會感到迷惘，我很欣賞他。這也可說是他的「強項」。但有時他又率直過頭。像這種時候，我能做些什麼？該怎麼做才對？就算現在想這個問題也沒意義，但我腦中卻不斷想著這件事，這證明我此刻心情鬱悶。我同時還遭受失戀的沉痛打擊。

我甚至開始感到不安，擔心這像長肉刺般的小摩擦，會就此形成我們兩人之間的心結。雖然我認為我們兩人的關係不至於會因為這點小事就崩毀。

2 斷然執行【離宅邸燒毀還剩35小時19分】

終於來到集訓的第三天，執行計畫的當天。

「你沒睡好嗎？」

葛城問。早上在洗臉臺前照鏡子，發現自己微微浮現黑眼圈。

「不，昨天深夜同學邀我一起玩國王遊戲，我不好拒絕，就參加了。」

「這種朋友邀約就去的個性，也是有利有弊呢。」

葛城那張容光煥發的臉蛋，看了就有氣。

我們背起背包，瞞過老師和同學們的耳目，出發前往未知的深山。

從宿舍附近的公車站牌搭公車約一個小時的車程。在目的地的站牌下車的，只有我們兩人。杉林間有一條車道，一路通往深山。

開始登山後，應該已過了三十分鐘。

我拭去額頭的汗水。雖然注意到自己的呼吸比平時還要急促，但同時也感到心情舒暢。蟬鳴聲響遍山林。

「葛城，你做這麼危險的事，你爸媽知道會昏倒的。邀你一同參與的我，可真是個損友啊。」

「沒錯。因為你的關係，我老是被迫做這種像不良少年會做的事。」

「喂。」

我頗感訝異，難道之前的事，他一直懷恨在心？

「不過，我很開心。」

葛城以深有所感的語氣說道，露出心滿意足的表情。

「做這種事很開心。」

「嗯。這是……」

穿過杉林後，眼前景致為之一新。是整片的芒草地。夏天的芒草顏色依舊青綠。

葛城緩緩朝車道旁蹲下。

「田所，你看。只有這地方的雜草倒向地面。應該是最近有人經過這裡。」

「經過這種鳥不生蛋的地方？」

「所以才可疑啊……你看。馬上就中大獎了。」

葛城撥開芒草前進。前方是一處草木不生的開闊空間。地面上埋了一個直徑約二十公分大的金屬製徽章。

「可能是財田家的家徽吧。我們要找的地方似乎就在這附近了。」

那石頭形狀的圖形正中央，刻了一個筆跡秀逸的「財」字。

「這應該是表示前面再過去是私有地。可能他買下了一整座山。地底下或許藏了什麼。」

「藏了什麼？你是指寶庫，或是隱藏房間嗎？」

聽了我說的話之後，葛城笑了起來，神情不帶半點惡意或嘲弄。

「嗯……田所，你的想法很有意思哦。這就像是包圍徽章四周般，有個一平方公尺的正方形痕跡。巧妙的用泥土加以掩蓋……你看。」

葛城用手指刨開上面的痕跡。一扇生鏽的金屬門就此從泥土底下現形。

「這……就像人孔蓋一樣。」

他命我抓住人孔蓋的另一邊。應該是想把它抬起來吧。我們兩人合力伸手搭在把手上，一同喊著「一、二、三」，就此抬起了蓋子。它相當沉，於是我們把蓋子移向一旁。

又深又暗的洞穴，冰冷的張著大口。葛城打開手機上的手電筒，但洞穴深不見底。有道鐵梯一路往下延伸。

「這會通到哪兒呢？」

「誰知道呢。或許是和財田家有關的某個地方吧。」葛城站起身。「不管怎樣，如果現在就要下去的話，我們的裝備不好。而且也不知道它會通往哪裡。」

我們將人孔蓋放回原位，再度開始登山。

「等找到財田雄山的宅邸後，你打算怎麼做？」

葛城就像是個幻想中的少女般，雙手盤在胸前。

「我想看他的工作室和書房。如果能知道他是在怎樣的環境下創造出那麼多傑作……那一定很棒。」

我忍不住嘴角浮現笑意。

「我有許多事想問他。他的出道作《神之手》，是不是從松本清張的《喪失的禮儀》改寫而成，而且在他第二部長篇小說《黑色潮流》中，有些部分像是參考了西村京太郎早他三年發表的《紅色帆船》，這純屬偶然嗎……」

「你這全都是重度書迷才會問的問題，而且不方便直接問作者。」

葛城苦笑。

「既然要問，就得問本人才會知道的問題，我想當面確認清楚。例如，關於偵探冠城浩太郎最後一部作品的傳聞……」

「哦，你說的是已事先藏進保險箱裡的最後一部作品是吧。」

據說雄山曾私下向我的編輯透露。因為他們是他出道作的出版商，也發行了他的冠城系列，所以已內定要交給編輯出版。而且已簽好死後出版的合約。像雄山這種等級的作家遺稿，其經濟價值肯定有八千萬日圓以上。

「這就跟阿嘉莎．克莉絲蒂的《謝幕》、《死亡不長眠》所採用的方式一樣。」

我還從編輯那裡聽聞雄山對小說內容的構想。

「聽說是『以反派角色的第一人稱視點，和一路追查的偵探冠城浩太郎的視點相互組合，想同時滿足惡漢小說與偵探小說的樂趣』……光是這樣，這故事架構就已經很吸引人了吧。」

「嗯。這最後一部作品一定充滿了財田雄山的推理小說魅力。」

我們漸感情緒激昂。

走在山路上，突然發現有名女子坐在路旁的樹墩上。

是位容貌端正的女子。有一雙眼神堅韌的眼睛。身高應該有一百七十吧，身材修長。穿著藍色的長袖襯衫搭短褲，膝蓋到腳踝套著黑色腿套，強調出她的苗條身材。頂著一頭很適合她的短髮。腳下穿的是運動鞋，頭戴一頂繫著藍色緞帶的草帽。背後背著一個偏小的背包。裡頭要是裝進四個五百毫升裝的寶特瓶，大概一下子就裝滿了。

她坐在樹墩上，彎著腰開始重綁鞋帶。接著從背包裡取出寶特瓶，朝手指滴了幾滴水，以鞋帶打結的地方為中心，用水打溼。這麼做應該有某種意義吧。

「妳好。」

葛城笑著與她問候。

女子抬起頭。她臉上的表情就像在瞪人似的，我不禁心頭一震。

「你好。」

從她可愛的外表，很難想像她的聲音竟是這般低沉。或許她天生嗓音如此，但這似乎也表明了拒人於外的態度，令人感到很不自在。

葛城身子往後傾，似乎略顯退縮。

「天氣真好啊。」

「沒錯。」

「妳也來登山嗎？」

「對啊。我的嗜好是登山。」

她完全不受葛城的笑容牽絆。

她展現冷淡的態度和口吻，全身傳達出強烈的訊息——你們還不快滾。

「……這樣啊。那我們先走一步了。」

葛城露出納悶的表情，但他似乎馬上對女子失去興趣。再度以輕快的步履沿著車道而上。

「田所，真的不要緊嗎？」

果不其然，率先感到不安的人是葛城。因為他不習慣做壞事。他似乎忍不住低頭看錶。

我們穿過山腰處的芒草地，走在低矮的樹叢間。因為走進了樹蔭下，略感涼爽。

「我們走下公車，還過不到一個小時。」

「我們走多少路了？」

「因為要從公車站往上爬兩百公尺的高度……。我猜應該是過了一半。因為是爬山，會比較吃力。」

整個白天都是自由活動時間，所以應該趕得及回去，但持續展開一直看不到盡頭的旅行，是一種精神上的折磨。我在葛城面前沒說，但其實我也漸感不安。

「就算在時限前趕不回去，我也會有一套好說詞的，你就放心吧。頂多就只是明天沒飯可吃。」

「饒了我吧。」

葛城發出哀號。推理時明明都顯得自信滿滿，但這種時候卻很脆弱。可能因為他是富家少爺吧。

前方傳來樹葉摩擦的窸窣聲，我就此停步。

接著傳來腳步聲和鈴鐺聲，我的心臟猛然一跳。

「有人在嗎！」

腳步聲迅速離去，愈離愈遠。是人沒錯。也許是財田家的人。光這樣想，便覺得胸中希望湧現。

「也許是動物。你大可不必高興得這麼早。」

葛城的口吻仍保有冷靜，但舉止已難掩激動。

這時，我突然感到肺部一陣涼意。是空氣變了嗎？答案馬上到來。

——強烈的白光和轟隆巨響破空而來。

我腦中變得一片空白。那是宛如從天而降的轟隆巨響。

我短暫麻痺的腦袋，好不容易才想出「打雷」一詞。然而，今天原本是晴空萬里的好天氣啊。當真是晴天霹靂。因為聲音和亮光同時抵達，沒有時間差，所以可以確定閃電就落在附近。

「剛才那是……」

聽得出我的聲音在顫抖。

又打了第二聲雷。待耳鳴過後，傳來葛城的聲音。

「這次一樣很近。」

我點頭，他接著向我問道「怎麼辦？打算放棄，就此下山嗎？」，於是我反問他「為什麼突然這樣問」。雖然對打雷感到吃驚，但葛城是一看到閃電的亮光，就會跑到教室的窗邊，開始估算雷聲什麼時候會到達的這種人。我不覺得他會感到害怕。

但此刻他的額頭滲汗，而且臉色發白，口吻中透著焦急。

「山腰處是一大片芒草地。如果閃電劈向那裡，可能會引發山中大火。」

「……也是。你說的對。」

我們很快便做出決定。

花了三十分鐘的時間走下山，來到一處有印象的場所。

那整片芒草地已燃起熊熊大火，放眼所及全是火焰。明明處在連肌膚都會為之燃燒的高溫下，但我卻冷汗直流。因恐懼而全身蜷縮。

在這片火焰前方，有個熟悉的人影。那是頂著一頭短髮，剛才在登山道上休息的女子。她坐在路旁的樹墩上，似乎正在調整呼吸。

「妳是……！」

葛城出聲喊道，她也迅速站起身，納悶地望著我們。

「……什麼嘛，原來是剛才的傢伙。」

她還暗啐一聲。也許她誤以為有人來救她了。

我們從她身旁走過後，她應該是一樣繼續登山。但打雷後，她也和我們一樣試著要下山。結果呆立在這片大火前。

她似乎懶得說明，向我們說道：

「看來是沒辦法下山了。因為全是芒草，火勢蔓延得很快。我剛才也走過獸徑，想看看能否從山後逃離這裡，但行不通。山後是陡峭崖壁。」

我和葛城先自我介紹，然後詢問對方貴姓，她態度冷漠的回道「……我姓小出」。接著她補上一句「我不太喜歡自己的姓氏」，不過她那強硬的語氣令人在意。

「這座山只有這條車道，看來只能選擇從這裡上山還是下山了。」

葛城做出結論。小出一臉不悅的低語道「看來也只能這樣了」。

真的沒辦法前進嗎？我試著朝火焰走近一兩步。這時，烈焰就像要阻擋我前進般，猛然竄起火舌。火焰由下而上燒了過來。

「哇！」

「田所，快離開那裡！」

在我張嘴的瞬間，火灰跑進喉嚨裡，我一陣猛嗆。

「可惡！」

葛城不悅的說道。

「就不能想辦法衝出這裡嗎？」

「開什麼玩笑。」小出以鼻音發出冷笑。「你還沒來得及走到公車站牌，就會先吸入濃煙倒地不起。」

「可是……」

我靠近起火處，想找尋看有沒有可穿越的通道。這時山下吹來一陣強風，助長了火勢。火粉飛揚，沾向我護著臉部的手臂。

「好燙。」

「不是叫你別逞強嗎。」

「我知道，可是……就沒有其他路了嗎？這下不妙啊。從昨天開始一直是晴天，空氣相當乾燥。而且風又是從山下往上吹。火勢馬上就會蔓延開來。有太多不利的條件了。」

「你說的對。」小出插話道，就像死心斷念般直搖頭。「算了，本大爺要往上走。就算繼續待在這裡也沒用。」

她突然用「本大爺」這樣的自稱，令人吃驚。

「這座山上是不是有什麼？」

葛城問道。「當然有啊」我差點就此脫口而出，但我發現葛城那無比認真的表情，透射出犀利的目光。他的表情令我震懾，就此閉上嘴。

「應該好歹有一戶人家吧。因為有這麼寬敞的車道通過這裡。」

小出指著腳下的車道，若無其事的回應。車道一路蜿蜒往上而去。下方是四處蔓延的烈焰，無處可逃。我們該前進的方向已經很明確。

「只要發現有人家，就能請對方讓我們避難。」

「警察和消防員要是知道這座山上有人家，應該也會前來搜索。也會派出救難直升機。」

「如果出動直升機的話，就可以投撒滅火劑，多的是辦法。只要派出無人空拍機，就可以清楚掌握山裡的情況。遠比我們靠步行來蒐集資訊要快得多。」

小出展現出她很了解情況的一面。

「因此，我們要先找到避難場所。總之，我決定去找找看。你們想跟來的話，我也不會阻止你們。」

小出說完後，便沿著車道往上走。真是我行我素。遇上這種非常時刻，明明應該一起行動才對。

「……她說謊。」

葛城低語道。他踩著虛浮的步履想跟在她身後，於是我一把抓住他肩頭。

「等一下。現在不適合吧？」

「哪裡不適合？她明明就說謊。」

小出的背影逐漸遠去。我一面確認不會被她聽見我們的聲音，一面向他勸戒。

「我的意思是，現在不是這個時候。當務之急是先避開眼前的危機。」

葛城先是一愣，接著就像把頭露出地面的土撥鼠般，環視四周。那模樣就像在說，他現在才發現自己身處在何種環境下。

果然還是老毛病不改。事情只要扯上謊言，這傢伙就會馬上失去冷靜。平常都是他在阻止我失控，但只要一面對謊言，情況就會改變。

我嘆了口氣。要是不稍微讓他發表一下意見，他早晚會大爆發。於是我對他讓步道「你就邊走邊說吧」。

我看到女子的背影，就此走在她身後，與她保持固定的距離。我向葛城叮囑，要他千萬得壓低音量，接著才讓他說出他得到的結論。

「首先是鞋子。」

葛城很快的說道。呼吸相當急促。

「我是看她走路的模樣發現的。她那雙登山鞋的鞋底相當柔軟。不適合走山路。登山鞋得稍微有點硬度，而且要能穩固腳踝。她說自己的嗜好是登山，但那是謊言。如果真是那樣，她就不會穿那種鞋。她根本就不習慣登山。」

「不能光憑這樣就斷言吧。也許她還是個登山新手。」

「我還有其他根據。那就是她的走路方式。她的走路方式是腳跟先落地，腳尖往上抬。這是一般人的走路方式，但不適合登山。因為這樣一定會造成關節疼痛。她還沒學會全腳掌著地，俗稱貼地式行走的走法。重心移動似乎也不太流暢。」

在登山前，我才從葛城那裡學會這些知識。明明他自己的嗜好也不是登山。

「而且第一次看到她，以及剛才看到她時，她都坐在樹墩上休息。頻頻休息是登山的大忌。休息反而會累積疲勞。」

「這次也是沒辦法吧。她在大火中找尋逃生之路。面對這種非常情況，會累也是理所當然。最重要的是，除了登山以外，她爬這座山還會有什麼目的？」

「她和我們一樣，目的是財田家。因此，剛才她說要『往上走』時，我試著問她『這座山上是不是有什麼』，向她套話，但被她巧妙的避開了。」

葛城說那句話果然別有目的。真是個精明的傢伙。

另一方面——他接著說。

「她的鞋帶綁得很牢。用最難解開的方式來綁這種鞋帶，而且還在鞋帶打結的地方沾水。這是藉由沾水，讓鞋帶乾的時候變得緊縮，更不容易鬆脫。而且她還套上腿套，不讓肌膚露在外面。很小心的提防毒蟲或蛇。這方面又給人很不搭調的感覺。不過，她確實不習慣登山。照這樣來看，只能說她有別的理由……」

他似乎已忘了眼前山中大火的事，不斷的說出自己的推測。

我偷偷嘆了口氣。

葛城輝義就是這樣的男人。

葛城對於謎團——尤其是說謊的人，特別敏感。對身為上流社會公子哥的他來說，周遭一直都是爾虞我詐的人。比自己年長的人，戴著像孩童般的假面接二連三的出現，這樣的環境造成他很大的壓力。

因為這個緣故，他對謊言表現出強烈的抗拒反應。也可以說他崇信真實。這就是他一直擔任偵探的原因，同時也是他在做人方面的缺陷。反過來說，只要人們都不說謊，葛城就不會對當偵探感興趣。

就舉福爾摩斯為例來看。他之所以一眼就看出華生是從阿富汗歸來的醫生，一來固然也是他觀察力過人，但主要還是因為福爾摩斯這個男人喜歡讓人大吃一驚。換個比較不中聽的說法，那是因為他就愛賣弄自己的智慧。

但葛城這個人和福爾摩斯不太一樣。他在看到華生的瞬間，可能就已透過觀察而看出華生是從阿富汗歸來，而且還是位醫生。但他不會刻意說出口。而是在自己腦中推理、檢討，弄明白這一切，就此感到滿足。但如果華生說「最近我一直都待在自己家中」，葛城的腦中就會有許多疑問噴發。「為什麼這個男人要隱瞞他去過阿富汗的事？」「要是沒說他待在家中，會有哪裡不恰當嗎？」一旦走到這一步，葛城就會成為一位極力追查真相的人，開始揭露對方的謊言和背後的原因。他展開推理是在表明他的正義，宣洩他對謊言的憎恨。這種清白廉潔，坦蕩磊落的態度，正是我尊敬他的地方。怎麼看都不覺得他和我同年。

我就是以助手的身分和這位「名偵探」一起展開行動。

但我當然不能一直讓他這樣恣意妄為。

「葛城。」我毫不客氣的對他說道。「你沉浸在推理中固然不錯，但請你現在別太執著。現在最重要的是保住我們的性命，這點你應該也同意吧？」

「性命」一詞感覺無比沉重。沒錯，我還想和他繼續活下去。

「你這話……」葛城回道。「說的沒錯。」

葛城露出尷尬的表情。

雖然平時葛城的言行總令我替他捏把冷汗，但我很享受他的每一個推理內容，不過，此刻實在沒有多餘的心思。

父母的身影從我腦中掠過。因為我最近的行徑實在像極了不良少年，他們對我已採取放任態度。要是他們知道我這次捲入這樣的風波，不知道會擺出何種臉色。

眼前紅豔的火焰帶來的恐懼無法抹滅。我的胃部因不安而隱隱作疼。

我們往上走了約一個小時後，來到一處小河。我洗把臉，喝了口冰涼的河水，感到精力重現。接著走過了橋，繼續往山上走。

走了約二十分鐘後，小出說道：

「喂，你們看這個。」

小出停步。仔細一看，右邊的道路隱約浮現兩道車痕。是一處岔路。車痕還很新。看來前面有人居住，但這裡遠比剛才走來的道路還窄。

「前面應該會有什麼。」葛城說道。「我們先走大路，如果猜錯了，再返回這裡吧。」

森林裡的氣溫，從原本溼度較高，緊黏人肌膚的悶熱，逐漸轉為彷彿連喉嚨的水分也會瞬間被奪走的炎熱。我們一路往上走，應該已經離起火點一大段距離，但火勢也漸漸往山上蔓延。從開闊的地方回頭望，發現大火已從公車站牌那一帶越過之前發現財田家徽章那附近，步步近逼。芒草地已化為火海。如果不是這種時候，甚至會覺得此景帶有一種幻想感。

覺得每次擦拭額頭的汗水，黑灰似乎就會黏向臉和手。

我們繼續登山。我相信發出那腳步聲的人就在那裡……如果這山裡有人，那可能就是財田家的人。要是能找到對方，他們或許會救我們。我們兩人的呼吸愈來愈急促。我一再告訴自己要堅強一點。現在只能繼續前進。

想活命的話，只能前進。

從剛才抵達岔路口到現在，過了約五分鐘。

「啊……」

「怎麼了？」

「葛城……前面……」

葛城抬頭望向前方。

是一棟壯麗的三層樓洋房。屋柱上有雕刻，玄關是一扇厚重的雙開木門。金色的門環發出刺眼的金光。

門環上刻有「財」字。

「看來……我們真的抵達財田雄山的宅邸了。」

＊

天利翼不喜歡在夏天時走進山中。

除了她以外的生命遍布各地，熱鬧不已。面對這草木翠綠的季節，山中的生命力蠢蠢欲動，展現活力。這都是她厭惡的。但總比待在家裡來得強。因為這裡沒有爺爺。也沒有爸爸和哥哥。

——我得在這山中的屋子住到什麼時候才行？

如果感到不安，大可直接就這樣逃走。但她很明白，自己沒有這樣的膽量。

——在爺爺死之前，再忍耐一會兒吧，翼。

——如果沒有家人在一旁看顧，爺爺也很可憐。

哥哥總是這樣對她說。

在爺爺死之前——可是，要等多久？雖說是暑假，但未免也待太久了。翼他們一家人早在一個月前就已經在這座深山裡的宅邸生活了。

一陣風撥開森林裡的樹木吹來，掠過翼微微出汗的肌膚。

這時，她看到樹林前方出現兩個人影。

——有人嗎？

她馬上藏身附近的樹後。明明沒做什麼虧心事。

是兩名年輕男子。年紀和她相仿。

一人身高約一百六十公分，一臉稚氣的童顏和骨碌碌的大眼是其特徵，是個模樣可愛的男生。臉上浮現不安的神情。給人內向的印象。

另一名男子則有一身結實的體格。他腰桿挺直，從他的濃眉感覺得出他的剛強。似乎是他在帶領著另一位個頭矮小的男生。

他們正朝這裡走來。正一步步往宅邸的方位接近。

如果他們是要來宅邸的話……。

她倒抽一口氣。

——那就太棒了！

她心想——我一定要在玄關熱情的迎接他們兩人，招待他們喝下午茶。然後互聊彼此，共享美味的茶點。他們一定比我哥年輕。搞不好還和我同年。對了，那名高個子的臉上有一顆面皰……。同年的異性！多棒的訪客啊。他們會為一成不變的宅邸生活帶來滋潤，可說是前所未有的刺激。

緊接著，她臉上蒙上一層暗影——哥哥。可是哥哥會怎麼說？或者是爸爸。一想到這裡，她便心情為之一沉。就算他們造訪宅邸，也一定會賞他們吃閉門羹。

她躊躇的站起身，想往宅邸的方向走。

「有人嗎？」

她聽到男生低沉的聲音。她整個人跳了起來。她心想，我得趕快跑，但身體跟不上想法，往前跌了一跤。繫在項鍊上的鈴鐺發出叮鈴一聲。

她頭也不回的朝宅邸奔去。她害怕對方出聲叫她，這令她覺得自己很沒用。

當她跑到宅邸前，調整呼吸，轉頭張望時，已不見他們兩人的身影。這時她發現自己心底暗自期待他們能追過來。同時也發現任性的自己，有種被嚴重背叛的感覺。

就在她失望地垂落雙肩時，突然一陣雷響。

當時她只覺得雷聲響起的地方距離好近。她失望的冷哼一聲，接著她已完全失去興趣，就此走進屋內。

——唉，話說回來，還是覺得很遺憾。

——本以為那兩個男生可以帶來什麼改變呢！

她懷著失望的情緒，回歸宅邸裡的日常生活。

一直到這天有人敲響宅邸的大門為止。

3　宅邸【離宅邸燒毀還剩30小時21分】

「有人在嗎？」

我敲響那扇厚重的木門。我的聲音在山中空虛地回響。

「該不會沒人吧？」

小出焦急的說道。她似乎是個急性子。葛城在小出身旁顯得坐立不安。

我環視這座宅邸，簡直就像一座城堡。

在這裡空等也一樣焦急，於是我沿著宅邸外圍繞了一圈後，發現宅邸的四個角落，有像尖塔般的建築。最上層似乎是房間。話雖如此，從它的大小來看，感覺就像是三層樓建築上方附屬的四樓部分，周遭的樹木還比建築來得高。要從那裡求援應該是不可能。

「真慢。」葛城不耐煩的說道。在這種緊急情況下，他也失去了冷靜。儘管平時顯得冷靜沉著，但畢竟是大少爺，不擅長應付這種突發狀況。

「不會有事的。葛城，你冷靜一點。像這種時候，更要沉著。」

我像在掩飾自己心中的膽怯般，對他這樣說道。這種時候，我深切明白身為一個普通高中生的我有多麼無力。

等了約五分鐘吧。木門突然打開，一名男子從門內探頭。「終於有人應門了。」小出低語道。

從木門開出的小縫中露臉的，是個模樣陰沉的男子。應該是快要六十歲的年紀。他有一對充滿猜疑心的眼睛，蓄著濃密的八字鬍。握著門把的右手指節浮凸。

還沒開口，就已猜到他會說些什麼。

「請回去吧。」

臉上沾滿黑灰的我們，看起來只覺得像是可疑人物，這也是事實。但這時候我們絕不能回一句「明白了」，就此乖乖離去。

「突然來訪，真的很冒昧。」

我以開朗的聲音說道，若無其事的把腳伸進門內。

「不過，我們現在真的不知如何是好。因為發生了山中大火……」

「山中大火？」

男子為之蹙眉。

「對，就發生在一個小時前，您知道之前打雷吧？好像就是因為那場雷擊……」

「經你這麼一說……」男子撫摸著八字鬍。「好像有這麼回事……嗯，的確有。」

「我們差點被大火包圍，就這樣一路逃到這裡。」

男子的表情就像在說，他現在才發現我們臉上的黑灰。

「我們試著下山，但不是那麼容易。」

「也就是說，火勢已蔓延開了嗎？」

「是的。不過，火勢位在離這裡約一個半小時路程的位置。我們之所以滿臉黑灰，是因為我們從起火點一路逃到這裡。這周邊目前還安全。雖然只有一公尺的寬度，不過周邊都是裸露的黃土。我猜火勢應該不會跨越過來。目前暫時還算安全……」

真是這樣嗎？風從山下往上吹。在火燒到山頂之前，實際還有多少時間可以猶豫？

「因為這個緣故」，小出在一旁插話。「我和他們兩人都很傷腦筋。」

「在了解狀況前的這段時間，請先暫時讓我們進去避難。」

男子像在打量似的望著我們。看來情況不妙。

就在男子準備開口說話時，鈴鐺聲響起，傳來女性的聲音。

「就答應他們吧，爸爸。我剛才也聽到雷聲，打開窗戶後，感覺有一股燒焦味。他們說的是真的。在這樣的深山裡，只有一位女性和兩位男生，應該會感到很不安吧，就先請他們進屋吧？」

男子露出尷尬的表情。

「失陪一下。」

他把臉轉向門後。

男子與女子悄聲展開交談，所以只聽到一些片段。

葛城轉頭面向我，小聲對我說道：

「她可能就是之前發出腳步聲的人。」

「你怎麼知道？」

他向來都這樣，突然就拋出結論，教我困惑不解。

「當時你又沒聽到她的聲音。」

「她同樣也沒聽過我的聲音。」

可是——葛城接著說道。

「剛才她確實說了『兩位男生』。我還沒出過聲。從我這邊看不到門後那名女子的模樣，所以她應該也看不到我們才對。」

「啊。」

「也就是說，她之前就已經在某個地方看過我們。」

和他在一起，總會深深覺得自己眼睛不知道是怎麼看的。他指出的點，經他解說後，變得再單純不過，為什麼我就沒發現呢，我常為此咬牙切齒。

「沒想到你連這種小事都注意到了。」

小出突然露臉，剛才的對話似乎被她聽見了。葛城身子一震，怯懦的回了一句「啊，謝謝」。

木門突然整個打開。

「……各位請進。」

中年男子一臉陰沉的說道。他穿著釦領襯衫搭牛仔褲，很普通的裝扮。除了那八字鬍外，算是保有了最低限度的清潔感。但不知為何，就是讓人覺得可疑。會是因為他那充滿猜疑心的眼神嗎？

「剛才真的很抱歉。忘了自我介紹，我叫財田貴之。」

男子微微行了一禮。那冰冷的視線，就像要把人從頭到腳全掃過一遍似的，著實可怕。

「咦，你說你是……」

小出如此低語後，旋即閉口不語。感覺像是不自主的脫口而出。她剛才的反應，表示她認識財田貴之嗎？難道真如葛城所做的判斷，她到這座宅邸來，果然別有目的？

宅邸內也和外觀一樣莊嚴。挑高的天花板垂吊的枝形吊燈燦然晶亮，熱情款待訪客。連接玄關的大廳，擺有鋪著羊毛呢絨的沙發、厚實的木製矮桌、漂亮的玻璃層架、有金色畫框裝飾的圖畫。

「哎呀。爸爸，別板著一張臉嘛。現在是非常時刻，所以當然得互相幫助，對吧？」

我瞬間被吸引了目光。

她臉上掛著溫柔的微笑。稚氣的童顏與嬌小的身軀裡，暗藏了正逐漸成長為大人的青春情愫。那一身雪白的連身洋裝，與她呈現的氣質相得益彰。如果她是我班上的同學，我肯定會認定她高不可攀，只敢遠觀，不敢和她說話。我連山中大火的事都給忘了，差點沉浸在對眼前這位天使的陶醉中。儘管是在這座誇張的宅邸裡，她依舊美得活像「一幅畫」。

「好了，站著說話也怪，各位請坐吧。」

貴之這樣說道，請我們坐向大廳的沙發。我、葛城、小出、貴之、少女等五人，各自坐向沙發。大廳的電燈仍舊亮著。看來現在還供電正常。

少女趨身向前，對小出投以陶醉的目光。

「妳感覺好中性哦，真帥氣。很迷人呢。」

「哦，是嗎？」小出露出霸氣的微笑，表情略顯造作，但聲音似乎透著不悅。她原本就是這種個性嗎？

「我才在想，怎麼會那麼吵，原來是有客人啊？」

從樓梯上傳來一個沙啞的男性聲音。

仔細一看，上面站著一名男子。他身高比我矮，可能不到一百六十公分，嘴角掛著充滿自信的笑意，令人印象深刻。年紀約三十歲前後。他穿著一件有摺痕的白襯衫，胸口處露出一條銀項鍊。

「文男哥。」

女子站起身，走向男子身旁。

「因為發生山中大火，他們跑來這裡避難。」她很周全的補充道。「爸爸已經同意了。」

「……爸爸同意是吧。真難得。」

他轉為嚴肅的表情，望向貴之。貴之搖頭。文男雖然視線仍舊落在貴之臉上，但已慢慢恢復原本的笑容。

「啊，還沒自我介紹呢。我是貴之的兒子，財田文男。」

「我也還沒說自己的名字，我叫翼。」

「我叫田所信哉。K高中的高二生。謝謝讓我們進屋裡來。」

「……呃，我叫葛城輝義。同樣是K高中的高二生。」

「……我姓小出。」

小出只說出自己的姓氏，態度冷淡。她似乎不想說出自己的名字。

「請多指教。……話說回來，山中大火可真傷腦筋呢。葛城同學、田所同學、小出小姐，你們剛才看過外面的情況對吧。火災的情況怎樣，可以說來聽聽嗎？」

文男以溫柔的聲音說道。葛城怕生，小出則是板著張臉，不肯出聲，所以主要都是由我負責說明。

「嗯……」貴之頷首。「看來，火勢確實蔓延得很快。不過，這裡到山腳處的公車站牌，步行要兩個半小時以上的路程。在火勢延燒到這裡之前，消防隊應該早就出動了吧。」

貴之以手指輕撫著八字鬍說道。

「目前還有電，不過我還是先去確認一下地下室備用電源的狀況吧。翼、文男，你們待會先去把每個房間的浴缸貯滿水。因為在救援前來之前，確保用水第一優先。」

貴之的態度與剛才截然不同，顯得幹練俐落。展現出成人的可靠風範。

「這座宅邸有沒有與外部聯繫的方法？例如電話之類的……」

「我們沒用室內電話。只有我爺爺以前用的老舊黑色電話。因為家人都有自己的手機，所以也不會覺得有什麼不便，不過，嗯……。我的手機似乎也收不到訊號。連社群網站上的訊息也發不出去。」

文男打開折疊式手機，搖了搖頭。

「我也是。可能是因為火災的緣故，基地臺的天線最先遭到破壞。」

葛城也讓我看他的手機，說了一句「我也一樣」。

「照這樣來看，網路也沒辦法用了。我們這裡沒有電視，也沒無線電。如果只是要蒐集資訊，倉庫裡有一臺老舊的收音機。我待會去看看還能不能用。」

文男就像要讓大家放心般，莞爾一笑。

「我們這裡裝設了電線，所以應該不到一天就會有人前來救援吧。幸好貯備了足夠的食物和飲用水，可供我們這樣的人數使用。各位放心。」

有他這句話，我這才沒那麼緊張。讓身體深深陷入沙發中，吁了口氣。貴之的可疑、文男他們那別有含意的對話，都令我感到不安，但我很清楚，他們也都是可靠的大人。沒事的。我們可以安然地活下去。心中湧現這股真切感後，全身都放鬆了。

「爸、哥，說完了嗎？」

女子從我們坐的沙發後面探出頭來，在很近的距離下緊盯著我和葛城。我就此明白她有張秀麗的臉蛋，心裡忍不住小鹿亂撞。

「我說，你們兩位都是高中生對吧。怎麼會來這種地方呢？」

「翼，都什麼時候了，妳怎麼還這麼悠哉啊。」

文男苦笑道。

「因為如果真像哥哥你說的那樣，很快就會有人來救援不是嗎？這樣的話，我如果還花時間擔心，反而是浪費。剛才你說你們是高二。和我同年呢。我很好奇，你們為什麼到這種深山來？」

葛城發揮他與生俱來的怕生習性，一概不想搭理。

「我們是趁K書集訓的休息時間跑來的。」

我想起宿舍裡的同學，不過公車站離宿舍有四十公里遠。他們應該都平安無事。也許因為發現雷擊和山中大火的事，而緊急進行點名。若真是這樣，他們現在應該正在為我們兩人擔心。

「好酷，這麼說來，田所同學你念的是升學學校嘍！」

「也沒有啦。」我謙虛起來。「翼，你們學校沒這種活動嗎？」

她低下頭回答道「都沒有」。她流露出像在凝望遠方般的眼神。模樣透著落寞，令人感興趣。

「可是，你們為什麼要溜出集訓，跑到這種地方來？啊，難道你們的目的是爺爺？」

「什麼？」文男的眼神變得銳利。「真的嗎？」

我被一語道破，文男的反應也令我為之慌亂。「我和葛城其實是財田雄山先生的書迷。看到門環上的『財』字時，還不敢相信呢。」

葛城瞪視著我。那表情就像在說，竟然講出這種像在騙三歲小孩的謊言。

「原來是這樣。那可真是有趣的巧合啊。」文男說，但他的眼神不帶半點笑意。「不過，很遺憾。現在不能讓兩位和我爺爺見面。我們只能提供這裡讓兩位避難，請兩位接受這樣的安排。」

不能見面？我正想問這話是什麼意思時，文男突然站起身。

「我先帶兩位男士去洗手間吧。可以先洗把臉。小出小姐有什麼需要嗎？」

「我想先休息一會兒。」

小出一臉疲憊，橫身朝沙發躺下。

「小出小姐，我會帶妳去有床鋪的客房，妳不用睡在這裡。」

翼一臉慌張的跑向小出身邊要照顧她。

「……現在是非常時期。葛城同學、田所同學，還有小出小姐。我同意三位留在這裡。我會分別替你們準備二樓的客房。」

不過——貴之語氣沉悶的向三人告知。

「你們只能在二樓進出。三樓是我們的起居室。請三位不要擅自進出。」

雖然他的口吻很客氣，卻帶有一股不容分說的氣勢。

「剛才家父的發言，對你們很抱歉。他是擔心自己的女兒被壞男人纏上。」

文男、葛城、我三人離開大廳後，文男打起了圓場。

真的是為了這個原因嗎？貴之那番話，背後應該有更重要的含意吧？例如三樓藏著什麼祕密……。

一樓的走廊上鋪有高級的紅色地毯，還掛著好幾幅畫。葛城出身名門，有深厚的學養，於是我悄聲向他確認，得知這裡似乎擺了許多名貴的藝術品。

「啊，那裡請小心。」

「咦？」

聽到文男提醒的瞬間，我右腳猛然往下陷。我的身體對這樣的突發狀況來不及反應，上半身就此往前傾倒。在我倒向地毯的同時，身體感受到一陣地鳴般的聲響。

我朝聲響傳出的方向望去，發現從天花板到地面整個都是的一大幅畫，正朝背後打開，後方是一處寬闊的空間。

「這也太厲害了吧。」葛城讚嘆道。

文男發出冷笑聲。浮現帶點自嘲的笑意。

「這座宅邸很多地方都設有這種孩子氣的機關。例如翻轉牆面、隱藏通道、懸吊天花板、能整個房間移動的巨大電梯……沒什麼意義，就像只是為了讓來訪者大為混亂而打造的一座宅邸。」

「這實在太酷了。應該花了不少錢吧。」

「因為就是錢太多啊。」

文男露出像在嘲諷的笑意。

雄山是位無法撼動的人氣作家。聽說他以自己賺取的收入加上繼承的財產，造就出這樣的個人嗜好。

「然後呢？這裡頭有什麼嗎？」

「……不是要去洗臉嗎？」

「可是葛城，看到這麼有趣的東西，你按捺得住嗎？而且這是我們崇拜的作家住的房子耶。怎麼可能放著不看！」

「只要和你在一起……」葛城拿我沒轍，嘆了口氣。「為了想事情而苦惱，似乎成了一件蠢事。一直到剛才為止，我們應該都處在有生命危險的情況下啊。」

眼前是不到四張半榻榻米大的狹小空間。光源只有一顆燈泡，可能很久沒更換燈泡，光線昏暗。

裡頭有兩臺巨大的絞車，占去這個房間一半以上的空間。在微光中隱隱發光。絞車上纏著生鏽的鋼索，似乎支撐著什麼。它就像是某個巨大機械的一部分，給人一種壓迫感。

「這個巨大機械到底是……？」

「這個隱藏房間後面另外有個房間，裝設了懸吊天花板的機關。是一樓到二樓打通的大空間。這就是吊起那個天花板的絞車。」

想到要撐起整個懸吊天花板，就能理解它為何如此巨大。

這個房間正上方的三樓，記得好像是翼的房間——文男低語道。

「懸吊天花板的房間，整個天花板會降下，所以裡頭沒放任何家具和器材。不過，某個地方需要有用來吊起天花板的裝置。因此才會在這裡另外多準備一個房間。」

真是個燒錢的嗜好。

「我曾經試著讓它降下，但說起來也真蠢，這房間的門竟然是往內開的。」

「這麼一來，天花板降下後，不就沒辦法開門了嗎？」

葛城驚訝的張著嘴說道，文男頷首。

「也不知道是不是設計出錯。」

「照這樣來看，整個宅邸好像真的布滿了複雜的機關呢。」

洗完臉回到大廳的路上，葛城如此說道。

「是啊。連我也無法完全掌握。」

聽文男這麼說，葛城露出沉思的表情，接著問道：

「……在這些機關當中，有沒有可以逃出這座山的隱藏通道？」

「逃出這座山……你是指通往山腳嗎？」

這異想天開的點子，連我聽了都大為吃驚。

「這該怎麼說呢。我實在沒聽過有這麼巨大的隱藏通道。」

文男為之蹙眉。

「來到這座宅邸之前，從公車站牌上山的路上，我們發現財田家的徽章。」

「徽章？」

文男似乎從沒聽過，頭偏向一旁。

「是的。有個印有徽章的正方形金屬門，隱沒在草木中。就像人孔蓋一樣。它底下的豎坑有個通往地下的梯子。如果地底下有通道連往那裡的話……」

我這才明白葛城為什麼會異想天開的談到隱藏通道的事。

「這樣就能從這場山中大火逃脫……！」

我這句話，葛城聽了之後用力點頭。

「有沒有能掌握這座宅邸所有機關全貌的人呢？」

葛城如此問道，文男聽了之後，一臉沉痛的搖了搖頭。

「當初施工時，我爺爺也參與設計，但他現在已經頭腦不清了，靠不住。不過……隱藏通道是吧。記得當時的設計圖好像有這樣的記載。」

文男的聲音透著興奮。我們也感受到他這股熱情。

「設計圖在哪兒？」

「好像在……嗯。我去找出來，你們先去大廳等一下好嗎？」

文男走上樓梯，朝三樓而去。

待文男的背影消失後，我小聲向葛城問「你打算怎麼做？」。

「喂，你不會想跟著他走吧？」

「愈是叫人不准進去，就愈會想進去一探究竟，這是人之常情吧。而且這家人的起居室在三樓的話，雄山應該也會在那裡。我們當初來這裡的目的，不就是為了雄山嗎？」

「話是這樣沒錯，可是我們違背貴之先生的吩咐，要是被逐出屋外，那該怎麼辦？」

葛城全身顫動。

「那好。我自己一個人去，你去大廳歇著吧。」

「田、田所，你等一下……」

葛城的聲音就像要拉住我似的，我將它拋在腦後，緩緩走上樓梯。

走廊上有雄山的房間、遊戲室、電影放映室等標示。樓梯間的左手邊可以看見文男的房間。左手邊的走廊深處，似乎連往其他人的房間。

雄山的房門半開。從房內傳來書本的氣味，這刷新了我的想法，我意識到這裡就是財田雄山的房間。走進房內，還有另一扇門。現在所在的這個房間是工作室，這扇門似乎通往寢室。

「爺爺，有客人來了。今天家裡會很熱鬧。」

傳來文男溫柔的聲音。他們一家人溫柔的對話，令我忍不住臉上洋溢笑意。因期待而滿心雀躍。就算沒辦法和雄山說話也無妨，至少看一眼也好……。

「咦——」

我目睹的那幕光景，令我忍不住叫出聲。我急忙摀住嘴巴，但已經慢了一步。

站在床邊的文男馬上望向我這邊。他目光犀利的瞪著我，以嚴厲的口吻說「你怎麼會……」。

「對不起！我因為很想見雄山先生一面……」

「……哦。」文男給人的感覺稍微柔和些許。「你說過，你是我爺爺的書迷。也是我自己不夠注意。應該先鎖門的。」

「請問雄山先生他……」

「就像你現在看到的。他從去年就這樣了。沒辦法說話。」

雄山躺在床上，持續規律的呼吸。

最新的作者近照，應該是刊登在七年前的新書上。照片中，他抬手撥動他那一頭花白的頭髮，戴著圓眶眼鏡，笑得很燦爛。豐潤的雙頰和一雙大手，顯露出成功人士特有的自信。

與躺在眼前的這名枯瘦的老人判若兩人。

人終究會老，這個再當然不過的事實，為我帶來很大的震撼。

「他現在已臥床不起。平均一週一次，要請醫生來幫他看診，至於其他事，都是由我們家人盡力張羅。因為我爺爺的心願就是死在家中。為了完成他最後的心願，家父也請假在這裡照顧他。我妹妹只有暑假會暫時來這裡。我也是請了長假才能來這裡，下週就要重回工作崗位了。」

文男莞爾一笑。

「在找東西之前，可以先幫我個忙嗎？」

我被他的氣勢震懾，乖乖點頭。文男從雄山的桌子上取出血壓計。

「看診的醫生不能來的這段時間，都是由我代為測量各項生命跡象數值。」

他從棉被底下拉出雄山的右手，上頭有個因長期握筆長出的大繭。聽說雄山一直都是用手寫稿。想到現在他再也不能用這隻手寫故事，就感到胸中一緊。文男動作俐落的忙著。

「……文男先生，您也看雄山先生的小說嗎？」

我突然很想問這個問題，就此開口詢問。文男的眼神略顯慌亂。

「……我不太看呢。是曾經看過幾本，但我不太喜歡。平日與爺爺相處久了，對這種夢想家的特質會產生反感。例如這座宅邸有個別名，你知道嗎？」

「不知道。」

「那麼，『推理小說的落日時代即將來到』這句話，你聽過嗎？」

我點頭。文男苦笑道「不愧是書迷」。

「我爺爺根據那句話，而稱呼這裡是『落日館』。這點我也很不能接受。」

落日館。我反覆思索這個名稱。作為一位偵探作家終老的棲所，確實有濃濃的詩意。

文男轉頭朝我一笑。

「你進這個房間的事，我不會跟家父說。我祖父現在這個模樣，他不太想讓人看見，但既然被看到了，那也沒辦法。……好了。來找東西吧。你要幫忙嗎？」

我很感謝文男的貼心，但不知道他心裡是否會對我的擅自行動感到生氣，光憑他的笑臉實在看不出來。

我們開始在房內找尋，首先令我感到震撼的，是排滿整面牆的書架，以及上頭陳列的資料用書籍。大致看得出他在哪部作品參考了這些書。這裡之所以擺放了江戶川亂步和橫溝正史的初版書，或許就是因為雄山多次參考了這些書。他已不是純粹將它們當讀物看，而是當作資料來研究。

書架上的某個角落，擺放著大開本的文件夾和評論書。還看到了「酒鬼薔薇❶」這四個字。評論書特別提到連續殺人魔，文件夾內還夾有當時的新聞報導等剪報。雄山寫了許多描寫殺人魔心理的犯罪小說。對他而言，實際發生的案件想必是重要的取材對象。

有一份原稿攤開在書桌上，上頭還殘留著一個男人坐在桌前工作的氣息。牆上貼得滿滿的月曆和便條紙也令人印象深刻。

桌下有個意想不到的物品。

「這是……」

一個大保險箱。桌下的空間，有個單邊約四十公分長的正方形大保險箱。深度和書桌相當，應該有五十公分深。

已簽訂死後出版契約的最後一部作品的傳聞，在我腦中一閃而過。

「嗯……上次看平面圖時，可能是放回下面去了。一樓也有我爺爺的書房。」

看到雄山現在模樣所帶來的震撼，還沒完全消除，但身為書迷，這是早晚都得面對的事。但我發現此刻自己走下一樓的步履竟是這般沉重。

來到一樓後，葛城在那裡等我，我與他會合。文男以半開玩笑的口吻對他說「你這樣不行哦，要看緊你朋友」。葛城縮起脖子，向他鞠躬致歉道「……真的很抱歉」。

「葛城，你不用道歉啦。是我不對。」

「葛城同學，你也一起去書房吧。」

我一面跟在文男後面，一面告訴葛城三樓的情況。葛城聽到雄山的現況後，也為之瞠目，但他什麼也沒說，所以不知道他在想些什麼。

文男帶我們來到一樓樓梯旁的書房。進門後的另一側除了有一組書桌椅外，就只

❶酒鬼薔薇聖斗事件，是發生在神戶的連續兒童殺傷事件，犯人是當時14歲的國中生東慎一郎，震驚社會。

有占滿四面牆壁的書架。文男開始找尋他要找的東西，但我的視線則是被釘在書架的藏書上。

「喂，葛城，這裡的書好驚人啊……」

我壓低聲音說道。

「嗯……這一幕遠比要到簽名更有價值。」

從財田雄山所有著作、所有版本的初版，到他親自寫解說的各種文庫本、收錄了隨筆和小說連載，堆積如山的雜誌……。報上連載也收放在文件夾裡，甚至連雄山的故鄉和歌山的地方報紙上連載的《黑衣瑪莉亞》也都完整保存。雄山對《黑衣瑪莉亞》連載時的結局不太滿意，日後出單行本時，特別對真正的凶手和詭計做了大幅度的變動，如果有時間，很希望能拿來和單行本多方比對，重新閱讀一遍。

從書架下方往上數第二層，擺了一個大相框的放大黑白照片。那是財田雄山出道作的得獎紀念派對。這是一張大合照。名留昭和推理小說史的人物、雄山的老前輩們，全齊聚一堂，是頗具史料價值的一張照片。尺寸應該有A3大小。因為是特地放大加洗擺放在這裡，可見對雄山來說，這天作為他作者的原點之日，意義非凡。

如果山中大火沒能撲滅，這些收藏也將會全都付諸一炬嗎？我一時忘了自己的性命之危，展開這樣的沉思。

寫字桌上疊著一堆像是雄山隨手擺放的書，可能是作為資料庫使用。幾乎看不見桌面了。

「找到了，就是它。」

我因文男的聲音而回過神來。

他從書房的書桌裡取出的，似乎是這座宅邸的設計圖。分別是從上方俯瞰這三層樓建築的平面圖，以及從側面看全體的四張圖。

「你們看。」

我們望向文男所指的圖。那是從側面看宅邸全體的設計圖。宅邸的下方，相當於地下室的部分，寫有「隱藏通道」的文字。以淡淡的鉛筆字寫成。

一點意思也沒有。甚至感覺有點造假。

「既然是寫在宅邸地下室這個位置，那就能看作是地下有通道延伸對吧。」葛城說。「山中的人孔蓋底下，也有一個延伸的坑洞。」

「意思是從宅邸的地下可以通往那裡嗎？那不就是幾乎穿越整座山的通道嗎？」

葛城陷入沉思。

「可能是利用天然的洞窟當作通道。因為要從無到有想出這樣的設計，根本就不可能。」

「洞窟是吧。」

我突然心頭一陣雀躍。因為洞窟冒險，不正是江戶川亂步或橫溝正史筆下的世界嗎？雖然我沒忘了火災的事，但來到宅邸後，似乎心情放鬆不少。

「先別急。」文男聳了聳肩。「明天應該就會有人來救援了，所以沒必要探查隱藏通道吧。不過，你們不覺得很浪漫嗎？」

文男像在惡作劇似的笑道。我和葛城互望一眼，也跟著笑了起來。

會有人來救援。雖然相信，但親眼目睹的烈焰恐懼仍舊無法從心底拭除。我一面壓抑湧上心頭的不安，一面低頭望向「隱藏通道」這四個字。

「不過話說回來，洞窟是吧。真厲害。我想都沒想過。葛城同學頭腦很靈活呢。」

「因為他是偵探。」

我驕傲的應道。文男聽了，納悶的回了一句「偵探？」。我轉頭一看，只見他眉頭緊蹙，瞇起眼睛，一臉掃興。

「偵探是嗎。真沒想到竟然有這樣的人物在。你們兩位不是高中生嗎？」

葛城本想回嘴，我急忙插話道「他解決過幾件校園裡發生的案件」。也許是文男的反應讓葛城感到不悅，不過，「偵探」這種角色不見得到哪兒都受歡迎。對葛城來說，可能是覺得自己的生存方式遭到否定吧。

「哈哈，真不簡單。在等候救援的這段時間，就聽你聊聊你的功績吧。」

文男以輕鬆的口吻說道。雖然臉上浮現爽朗的笑容，但那一瞬間感受到的氣氛變化，教人怎麼也忘不了。

4 重逢【離宅邸燒毀還剩28小時26分】

來到一樓的走廊時，翼在大廳現身。她胸前捧著一個托盤，一臉雀躍的表情。

「啊，哥！葛城和田所也在！你們談完啦。」

「翼，發生什麼事了？」

「客人增加了！又來了一男一女。我正在準備兩人份的飲料。」

「看妳好像很高興呢。」

我話才剛說完，翼便倏然朝我靠近，像在講悄悄話似的說道「我跟你說哦」。她在我耳畔低語，一陣甘甜的氣味送入鼻端，我頓時全身一僵。

「很漂亮呢。」

「咦？」

「那個女人啊。」翼雙手托腮，一臉陶醉的表情。「肌膚就像瓷器一樣白淨……而且還不光這樣。她穿著一身俐落的套裝，感覺是位冷豔的成熟女性。啊～不知道能不能請她教我怎麼化妝。」

「翼，客人在等妳吧。」

「是～」翼略顯不滿的應道，消失在餐廳裡。

「……那傢伙真搞不清楚狀況。」

微微傳來暗啐聲。望著翼背影的文男，臉上表情透著陰沉。

「沒關係啦。如果是美女的話，我也想拜會一下。而且隱藏通道的事也得告訴大家才行。」

我們就此朝大廳走去。

坐在大廳沙發上的女子確實是位大美人。一看到她，我頓時感到喉嚨一陣乾渴。

如果要用簡短一句話來形容的話——是個像幽魂般的女人。

小巧的鼻子和放鬆的紅唇，眼尾下垂的眼睛旁，一顆小小的愛哭痣特別顯眼。留著一頭齊肩長髮，黑色套裝相當合身，不過，之所以給人幽魂的印象，並不全然是服裝的緣故。

是眼睛。

她的眼睛感覺不到思想。空洞的雙眼。眼睛的焦點似乎沒放在她眼前的我們身上。也許她是在這場山中大火四處奔波，一時疲憊吧。但感覺她的眼睛似乎好幾年來一直都是這樣。

不過，之所以覺得她是幽魂，有一個最主要的原因。因為我知道她以前的事。知道她以前在強烈的意志下，炯炯生輝的雙眼。

沒想到會在這種地方重逢……。

葛城可能是感受到我的慌亂，我感覺到他望向我。我的後頸微微冒汗。

「嗨，妳就是新來的客人吧。」

文男以爽朗的口吻說道，她緩緩抬起臉。那幽魂般的氣息馬上轉為柔和，嘴角浮現笑意。

「您好，今天承蒙府上收留，萬分感謝。我是××保險公司的調查員，名叫飛鳥井光流。」

聽了名字之後，我更加確定。

她說話很流暢，表情巧妙的浮現笑意，以及像在央求般的懇求氣息。光這樣就看得我渾身發毛。因為她散發的冰冷氣息，仍舊一點都沒改變。

「這種客套的問候就免了。有困難的時候就該互相幫助啊。」

文男一轉先前的態度，轉為以開朗的口吻說話。

女子身旁坐著一名陰氣沉沉的男子。上身穿著水藍色襯衫，外面罩著一件寬鬆的毛衣。給人的印象像是只穿著這身衣服，什麼也沒帶，就這樣逃了出來。他東張西望，始終靜不下來。

「你好，我是久我島敏行。」

久我島可能是沒注意到我們，猛然抬起臉，縮著脖子，一副很膽小的模樣。

「我因為久我島夫人的合約一事，前往久我島先生家中拜訪，就這樣捲入山中大火的風波中。」

「哦，原來是那戶人家。是離這裡約五分鐘路程的那棟房子對吧。夫人沒一起來嗎？」

「久我島夫人今天好像到山腳的市鎮採買去了，想必沒被捲入這場火災中。」

「啊，栗子。希望她平安無事……」

久我島像在說夢話似的，自言自語道。

「我心想，如果會派出救難直升機，應該是會到這座宅邸來，所以和久我島先生一起走上來。」

「啊，飛鳥井小姐。」久我島望向飛鳥井。「我該怎麼辦才好？」

飛鳥井瞇起眼睛。她以遲緩的動作轉身面向久我島，以像是母親在安撫孩子般的口吻說道：

「……雖然夫人的情況令人擔心，但現在盲目的四處找尋也很危險。只要發現丈夫不在家，夫人應該也會知道您是跑到財田家避難。現在我們就順從財田家的好意，在此等候救援吧。」

「是、是，妳說得對。」

久我島點頭如搗蒜。就像在大聲說「我也是這麼想」，這態度真令人受不了。他應該是今天第一次和飛鳥井見面，卻這麼倚賴她，這等窩囊樣同樣令人受不了。想必要是沒給他一個方向，他就會極度不安吧。雖然還沒見過他妻子，但感覺猜得出是怎樣的個性。

飛鳥井突然表情扭曲，伸手緊摀著嘴。

「是因為流汗，身體發冷吧。」貴之說。

「如果不介意穿我的衣服，我去幫妳準備替換衣物。來吧。」

翼向飛鳥井說道。飛鳥井嫣然一笑，點著頭應道「太謝謝妳了」。

除了雄山外，所有人全都聚集在大廳的此刻，聊到了有隱藏通道的推測。

「真的假的？如果真的有，不就馬上能逃離這座山嗎？」

第一個對這件事感興趣的人是小出，翼也回了一句「真令人期待」，做出與現場氣氛很不搭調的天真回應。

「這是夢話吧。」

貴之冷笑道。

「我也看過設計圖上的描述，但我不相信真有這種東西存在。而且會有人前來救援，沒必要刻意去找尋。」

「爸，你先別激動。如果真的有，你不覺得也挺有意思的嗎？」

文男與貴之互望了一會兒後，兩人雙脣緊閉，相互頷首。這對父子展開了一場怎樣的無聲交談呢？

「……在等候救援的這段時間，可用來打發時間是吧。」

「好，那我們就分頭……」

「我說……」

這時突然打破沉默的，是久我島。他目光游移。

「我很想回家拿存摺和我妻子的首飾。因為我自己也是直接穿著這身衣服就來了。之前飛鳥井小姐來訪時，由於捲入火災的風波中，我一時太過焦急。」

在一旁聆聽的文男目瞪口呆。飛鳥井也雙眼圓睜，望著久我島。

「久我島先生。」飛鳥井的聲音極為冷靜。「避難時我也跟您說過，現在是非常時刻。應該避免單獨行動才對。」

「對，這我明白，我明白……」

久我島的聲音透出他的堅持。雖然看似意志薄弱，對一些奇怪的事卻又很執著。

「既然他都這麼說了。」翼若無其事的說道。「就讓他去嘛？久我島先生的太太應該也會很高興吧。」

翼對危機的欠缺，已到了令人搖頭的地步。文男也開口對她說「翼，我說妳啊……」。

「……如果去久我島先生家，會有什麼好處的話。」

小聲說出這句話的，是葛城。他的視線並未望向眾人。

「久我島先生家中如果有室內電話的話……就可作為對外聯絡的方法。」

「電話是嗎？那確實很重要，但因為雷擊的關係，可能已經故障了。」

貴之以開導的口吻說道，葛城的目光馬上轉向貴之。

「……可是，有值得一試的價值吧。」我想附和葛城的想法，就此站起身。「如果可以，我想陪他一起去。在來到這座宅邸前，我看過那條岔路，所以我認得路。萬一情況危急，我們會掉頭回來。有事的時候，兩個人也能互相照應。」

「既然這樣，那我也去。光只有田所的話，我不放心。」

飛鳥井說了一聲「我說……」，接著深深嘆了口氣，無力地搖了搖頭。

「……我明白了。這樣的話，我也跟你們去。不過條件是，絕不能離開我身邊，也絕不能走獸徑哦。」

貴之摩娑著下巴。

「那麼，就分成兩組人馬，一組在宅邸內找尋隱藏通道，另一組到久我島先生家找尋對外聯絡的方法，確認目前的受災情況。我和文男比較清楚宅邸內的情況，所以我們負責在宅邸內探索。」

「那麼，我也想加入探索隱藏通道這一組。」

小出神色自若的說。那模樣就像在說，我才不想到外面去呢。都這時候了，她還是一樣氣定神閒。

「那麼，我也加入外出的……」

翼如此說，貴之和文男旋即露出錯愕的表情。我則是回了她一句「不行」，加以攔阻。

「為什麼？我也想幫忙！」

「我希望妳能幫忙找尋隱藏通道。這件事只能拜託熟悉家中情況的妳去辦啊。」

這雖是我說的話，但連我自己都覺得講得真好。

翼低下頭，咕噥了一句「……知道了啦」。

「那麼，做最後確認。財田家的貴之先生、文男先生、翼小姐，還有小出小姐四人，是隱藏通道組。我、久我島先生、葛城同學、田所同學四人，是狀況確認組。這樣沒問題吧？」

眾人都相互點頭。雖然大家都是第一次見面，但面對眼前的大危機，就此產生一股奇怪的夥伴意識。

外出組準備完成後，再次集合。當我正準備前往客廳時，被小出喚住。

「喂，你剛才進了雄山的房間對吧？」

「咦，」我為之一怔。「妳在說什麼啊？」

「少裝蒜了。我剛才聽到你和葛城向文男道歉。雄山的房間是什麼樣子？有沒有什麼有趣的東西？」

小出一直纏著我詢問，我只好百般不願的說出我所看到的畫面。

「哦，原來是這樣……」

小出摩娑著下巴，暗自冷笑。雄山臥病在床，真那麼有趣嗎？我心裡很不是滋味。

「小出小姐，妳也是雄山大師的書迷嗎？」

「嗯，算是吧。」

「小出小姐。」傳來文男的聲音，我不自主的打了個哆嗦。「要開始在宅邸內探索了。」

「來嘍。」小出朝他揮手，接著朝我背後一拍。「你幫了我一個大忙哦，小帥哥。」

搞什麼嘛。小出的態度總令我覺得可疑。

「信哉。」

才一走進客房，葛城便以冰冷的聲音叫喚我的名字。我整個人跳了起來。

「你以為有辦法瞞得過我嗎？」

我試著展開無言的抵抗。但後來實在承受不了沉默的重荷，不自主地嘆了口氣。

「我並不是刻意要瞞著你。」

其實從他叫我名字的時候我就明白。他只有在和我談正經事時，才會叫我名字。

「那名女子……名叫飛鳥井光流對吧。你和她不是第一次見面吧？」

「對，沒錯。我和她十年前見過一面。因為某個殺人案。」

我語帶自嘲的說道。

「就快出門了。詳情之後再聽你說，不過，在那之前你先簡短的說明一下。濃縮在二十個字以內。」

「『飛鳥光井流這位女性是促成我想當名偵探的契機。』」

「二十一個字，不合格。把『促成』拿掉，就可以少兩個字。」

「別在這種地方幫我改句子。」

經這麼一提才想到，我們是來參加K書集訓的，在想到這點的同時，我的思緒也已飛向那天的記憶。

＊ 過去

十年前，我還是小一生的時候。

那年夏天，田所家難得全家出遊。住在大阪一家還不錯的飯店。那年剛好父親加薪，手頭較闊綽。我們搭新幹線到遠方，走在不感興趣的觀光名勝地，老實說，走得我筋疲力竭。

接著就此發生了命案。

在晚餐的自助餐會場上，發生毒殺事件。

那名男子就在我前方的座位倒下。我之所以對男子有印象，是因為我去取菜時，他在我後面暗啐一聲。由於我夾走最後一塊炸豬排，他得等下一盤端上來。當時我有點瞧不起他，覺得這個大人為了這點小事就生氣，真是心胸狹窄。

當我看到男子盤裡的炸豬排時，我滿心以為他是吃了炸豬排而死。照順序來看，當時就算是我拿到那塊炸豬排也一點都不奇怪。也許死的人會是我……**這個男人不就是代替我而死嗎……**。

「開什麼玩笑。」我哥哥不滿的說道。「我烤牛肉還沒吃夠呢。」

眼前出了人命，但我哥卻仍滿腦子想的都是食物，他的粗神經真令人傻眼。我雖然一開始很震驚，但後來因大阪的警察展開搜查而被扣留，見父母明顯散發出焦躁和不滿的氣息，我也被壓得喘不過氣來。

「我說……。我有個看法。」

一個威儀十足的聲音傳入我耳中。

是一位身穿黑色無尾禮服，打扮得很像管家的女子。她身旁有一名穿著白色服務生制服的女性。白衣女子看起來像是高中生的年紀，而身穿無尾禮服的女子則看起來比較成熟。也可能是因為她將長髮綁在腦後，所以才會看起來更顯成熟吧。

身穿管家服的女性說她叫飛鳥井光流，而穿服務生制服的女性叫甘崎美登里。

刑警們對這兩位女性的出現感到不知所措，想命她們退下，但可能因為對方是女性，態度過於強硬也不好，對此感到猶豫，最後警方決定先聽聽看她們怎麼說。

飛鳥井取下髮夾，放下她那一頭烏黑長髮。對她來說，這就像啟動了什麼開關一樣，她伸手撥動黑髮，開始流暢的娓娓道來。

「這起案件真正重要的，只有一件事。」

姓飛鳥井的這位女性以堅毅的眼神說道。

就在那時。

我哥哥的粗神經。

我父母的怒意。

我的罪惡感。

全都變得無關緊要。

「請看。在被害人桌位上的玻璃瓶內，殘留了兩道線……」

接下來她說出的話語，簡直就像魔法！

飛鳥井從我理應也親眼目睹的「理所當然的事實」，一再展開推論，毫不留情的追查出犯人，真是英姿煥發。我們明明看的是一樣的內容，但她看世界的方法和我截然不同，這令我感到驚訝，同時也對自己感到傻眼。

不久，一位服務生被當作犯人逮捕，並說出自己犯案的動機。

我完全沒聽到他怎麼說。

因為我腦中一片空白。因為第一次看到這樣的大秀，看到兩位在我面前表現如此活躍的女性。

「請問！」

我鼓起勇氣。她們停下腳步，轉過身來。我的緊張更勝於歡喜。急促的呼吸始終無法平復，感覺得出額頭冒汗。

甘崎以她的大眼珠望著我。

她那調皮的笑意，令我慌亂無措。我從甘崎臉上移開目光，定睛注視著飛鳥井說。我直覺左右我命運的重要時刻即將到來。這時候絕不能說錯話。

「我要怎麼做，才能成為像妳這樣的偵探？」

我聽見甘崎吹了一聲口哨。

飛鳥井突然表情轉為嚴肅，流露出打量我的眼神。她長長吁了口氣，簡短的說道：

「要如實的觀察事物。不要有先入為主的觀念，不斷累積經驗。別因為小事而受傷。」

飛鳥井注視著我。那是幾欲把人吸入的清澈眼眸。我知道此刻她想對等的看待我。

「推理真的是件麻煩事。自己發現的事，無法視而不見，光是說出自己的推理，就會惹人厭。遭人冷眼相對也是常有的事。」

既然這樣，妳為什麼要這麼做——當時我還沒想到這樣的提問。

「即使這樣，你還是想當嗎？」

「對，因為……」

「因為？」

我開口想說，但這才發現自己想不出什麼有說服力的說法。我有的只有憧憬。只有對憧憬的熱情。

「哪需要什麼理由嘛。只要不斷動腦筋想就行了。重要的是這孩子今天目睹了光流妳活躍的表現。換作是我，聽人說這種長篇大論，也會很傷腦筋的。」

「我不是小孩子。」

「不是嗎？」

飛鳥井回了這麼一句後，急忙摀著嘴，露出「糟了」的表情。原本對等看待的氣氛已蕩然無存。我明白，有條像細絲般的東西，已從我手中溜走。

「……話說，努力準沒錯。」

飛鳥井的聲音中夾雜些許笑聲。那是想掩飾尷尬的笑聲。

「加油嘍，小帥哥。」

＊

從那之後，我一直都很「努力」。

我磨練觀察力，提高思考力，擁有討人喜歡的個性。

到頭來，唯一派得上用場的，只有最後一項。我還是跳脫不出「書迷」的層級。沉迷於偵探小說是很美好的一件事。虛構的故事中描寫的那些人物和飛鳥井有幾分相似，對他們抱持憧憬是很快樂的一件事。我也想成為這樣的人物。

但我知道自己辦不到。

因為我遇見了葛城。偵探需要具備與生俱來的特質。要如實的觀察事物。不要有先入為主的觀念，不斷累積經驗。只有能做到這點的人，才能掌握真相。我無法擺脫「自己」，化為自由。我只能透過自己的雙眼去看這個世界。我假裝沒受傷，但與飛鳥井重逢時，感到心中一陣痛楚，這證明那天我憧憬的夢想至今仍未完全放棄。連我都覺得自己是很不乾脆的男人。別因為小事而受傷——對我來說，連這點都很難辦到。

這種時候，我都很嫌棄自己。

5 山路【離宅邸燒毀還剩27小時39分】

本以為五分鐘的路程應該很輕鬆。但我似乎雙腳浮腫，還起水泡，每一步都走得很痛苦。火勢離這裡還很遠，但山中大火的熱氣似乎已讓整個森林為之升溫。從樹木稀疏處遠望，可以看見黑煙從山腳竄升。可能因為是從樹下的雜草開始燃燒，我所看到的樹木目前都還沒延燒。

「對了，同學。」

飛鳥井突然對我說道。

「什麼事？」

「我好像在哪兒見過你。是我自己想多了嗎？」

當初飛鳥井勉勵過我，但我一無所成，所以我感到有點內疚。但也沒必要隱瞞，我就此談到以前那件毒殺事件。飛鳥井露出訝異的表情，臉上明顯為之一沉，但她突然像恍然大悟似的，重重的點頭。

「原來是那個時候的少年啊。」

「您好，好久不見。」

「用不著說客套話。哦，原來你現在長成這樣啊。」

飛鳥井像在打量似的望著我。被一位比自己年長許多的女性這樣盯著瞧，著實緊張，但同時也興起一股懷舊之情，感覺還不壞。

「經這麼一想，確實還有當時的影子。個子長高，體格也變結實，長成一位帥哥呢。」飛鳥井嫣然一笑，但她的笑容帶點生硬。「真沒想到會在這種地方重逢。真是奇怪的命運安排啊。」

她採用的口吻與當時沒有兩樣，但眼眸卻像是望著虛空。我還想到，她的頭髮剪短了，和十年前不一樣。

「妳現在是保險調查員？」

飛鳥井微微垂眼望向地面。

「我大學畢業後就去上班了。進現在這家公司到現在應該是第三年了。中間換過一次工作。」

「哦……。之前的公司也是保險業嗎？」

「對。這工作和我的屬性好像挺合的。」

是因為調查員的工作與偵探有類似之處嗎？我不好意思問。

「那麼，甘崎小姐現在……」

「對了，田所同學。」

飛鳥井語速很快的說道。那是很急促的口吻，就像要打斷我的話似的。

「你當上偵探了嗎？」

她的嘴角掛著淺笑。跟十年前一樣，仍被當孩子看待，這令我很不是滋味。然而，我沒半樣足以抬頭挺胸向人報告的功績，這令我備感沮喪。

「說是偵探助手的話，感覺比較貼切。」

飛鳥井突然停步。她空洞的雙眼望向葛城的背後。

「你的意思，他才是……？」

她慵懶地抬起手，指向葛城。我向她點頭，她低吟一聲「嗯……」，朝葛城背後凝望了半晌。

「對了，你好像進過雄山的房間對吧。」

「咦，」我不禁為之一怔。「妳怎麼知道？」

「剛才聽到你和小出小姐的對話。有什麼有趣的東西嗎？」

我心想，這種改變話題的方式可真唐突，但還是向她提到裡頭有松本清張的書籍和資料，以及保險箱的事。

「另外還整理了連續殺人魔的紀錄。雄山先生常在小說中寫到獵奇的殺人犯心理。例如酒鬼薔薇事件的資料，還有不久前在指甲上做指甲彩繪的連續殺人魔……」

「無聊。」

我嚇了一跳。飛鳥井的口吻突然變得強硬。幽魂般的氣息消失，改為吐出刺人的怒火。接著她突然摀住嘴看著我，靜靜地搖了搖頭。

「……抱歉。我不太喜歡聽殘酷的故事。」

說完這句話後，她快步走下山。我則是愣在原地。她突然表現出怒意，拒人於外，難道這和她後來不當偵探的理由有關？

我追向前方的葛城。

「就快到了。」久我島說。路上有一棵倒樹，聽說是半個月前倒下的，一直都沒處理。岔路上遺留了兩道淺淺的車痕，順著車痕走，過沒多久便抵達了久我島家。

他自家旁邊停了一輛車。我問能否開這輛車去財田家，但飛鳥井搖頭說「因為路上有倒樹，會有困難」。久我島也說，他都是下山前往市鎮時才開車。

那是一棟老舊的木造房。打開不好開關的拉門後，入門臺階前方是帶有懷舊風情的地爐和榻榻米房間。從玄關走上地爐旁，正前方有個以紙門隔開的房間。可能是和室吧。樓梯上方似乎還有一間房。

「電話對吧。我去撥打看看。」

久我島快步走上二樓。

葛城似乎很在意室內的情況，他的視線投向和室和玄關的鞋櫃。飛鳥井踩著沉重的步伐，跟在久我島身後走上樓梯。木板樓梯發出陣陣嘎吱聲。

樓梯上傳來飛鳥井的呻吟聲。「你們兩位也上來吧」，她說。

走上二樓一看，只見久我島呆立在走廊的電話臺座旁，飛鳥井跪坐在地，彎著腰。葛城前往飛鳥井身旁，蹲下身，望向她手上的東西。我被葛城的背部擋住，看不清情況。

「怎麼了？」

「電話打不通。」久我島以惴惴不安的口吻說道。

「咦。……是雷擊帶來的高壓電流造成的嗎？」

只要雷打在電線桿或電線附近，就會流出高壓的誘導電流。是電子機器在打雷時故障的主因。

「被整了。」葛城一臉忿恨的說道。

這句話真教人納悶。葛城移向一旁，讓我看飛鳥井手中的東西。我這才明白，電線話靠近電話主機的地方，呈焦黑的狀態。似乎是燒斷了。連電話線都燒成這樣，難道雷擊的地點離這裡這麼近嗎？

屋內滿是焦臭味。

葛城撫摸電線的斷面，似乎覺得很惋惜。

「不管怎樣，」飛鳥井長嘆一聲。「這下就沒辦法與外界取得聯繫了。」

飛鳥井朝久我島走近，以冷靜的口吻說：

「等你整理好需要的東西，就趕快離開這裡吧。」

久我島點頭，走進二樓的寢室。等了三分鐘後，久我島抱了一個大波士頓包走出。他說，裡頭放的是存摺等貴重物品、T恤、內衣褲等。這男人可真會精打細算。

「不好意思。內人的私人物品，我也想帶一些過去。」

他走下樓，進入和室。我們決定在一樓的地爐附近等他。

葛城蹲在紙門附近，手指撫摸著右下方。我抬手緊按額頭。葛城的開關啟動了。只要發現在意的事，向來內向的他就會馬上點燃，不顧一切。久我島家中有哪樣東西令他這麼在意？我走近葛城，低聲向他問道：

「喂，你在人家家裡忙什麼啊？」

「田所，你看。這裡好像是最近才開了個洞。也許就在我們到財田家避難前。」

葛城所指的位置，上面確實貼了一張紙。

「確實是修繕過，但你怎麼知道是避難前發生的事？」

「上面的漿糊還是溼的。」

久我島蹲在那座擺在和室深處的梳妝臺前。梳妝臺上有尚未拆封的一瓶全新化妝水和口紅。抽屜裡有金飾銀飾以及化妝用品。掛在牆上的月曆，在今天的日期上以渾圓的字體寫著「採買」。

轉頭一看，葛城正打開壁櫥。他說「衣服好像在這邊。久我島先生，你快點帶走吧」。久我島瞇起眼睛，見別人窺望家中的東西，他顯得有些慌亂。

「……不是交代過你，別人家的東西別亂看嗎。」

葛城聳了聳肩。久我島則是急忙說「啊，沒關係，不用在意。現在是非常時刻，人手愈多愈好……」，臉上泛起打圓場的笑容。

壁櫥裡設有吊衣桿，衣架上掛著像是她妻子的衣物。裡頭也擺有看起來已用了一段時間的手提包。

「啊，對了。栗子可能會來避難。我先幫她挑一些T恤和方便穿的衣服吧。」

久我島在壁櫥裡探尋時，葛城朝他背後說道「手提包裡應該放了化妝包，你幫她帶去的話，她應該會很高興」。也太多管閒事了吧。

「對了，久我島先生。留張紙條給夫人吧。就寫『我在財田家避難』。」

「咦？」

「因為你們要是錯過彼此的話，可就傷腦筋了。」

久我島先是一愣，接著才滿臉堆歡的應道「啊，真是好主意。就這麼辦」。

久我島離開後，改換葛城來到梳妝臺前，朝擺在一旁的垃圾桶翻找。雖然我認識他這麼久了，但還是感到錯愕。

「你也太誇張了吧。垃圾桶裡有很多私人資訊耶。」

我朝他咬耳朵，但葛城沒回答。可見他真的很專注。久我島家中有什麼令他這麼在意嗎？

幸好久我島背對著我們，所以沒惹出麻煩。飛鳥井和我眼神交會。她朝我露出苦笑。

葛城一臉滿足的站起身，若無其事地走了回來。這傢伙可真會讓人嚇出一身冷汗。

「啊，我把印鑑忘在寢室了。我馬上就回來，你們請稍候。」

久我島的拖鞋發出一陣聲響，走上二樓。

葛城目送他離去後，打開玄關的鞋櫃。裡頭有一雙女用的運動鞋和一雙男用的皮鞋。運動鞋似乎已穿了很久，只有鞋帶換新過。似乎相當珍惜。

我再也壓抑不了好奇。我等飛鳥井的視線移往他處，也開始朝梳妝臺旁的垃圾桶查看。拿走裡頭的報紙廣告後，底下冒出揉成一團的面紙、吸過化妝水的棉花、化妝水空瓶、口紅外盒。今天的報紙廣告放上面，昨天的報紙廣告擺下面。盒子是打開的狀態，直接扔進垃圾桶裡，刻意安排成讓人一看就知道是用完才丟棄。應該是為了事後自己檢查時，不會造成混亂吧。我沒用口紅，不過，自動鉛筆的筆芯盒我也都會這麼處理。

葛城是看到了什麼，才露出那樣的表情？

我原本還期待能找到什麼神祕的便條紙，所以此時心裡很焦躁。

「不好意思、不好意思。我拿好了。我們走吧。」

久我島滿頭大汗的走下樓。突然一陣怪異的臭味直衝鼻端。是燒東西的氣味嗎？

也許火勢已逼近這裡。

我們離開久我島家。轉頭一看，不見葛城的蹤影，我感到不安，大聲叫喚「葛城」。「我在這裡」，他如此應道，從玄關現身，我心想，他應該是又去調查了什麼吧。這傢伙也太我行我素了吧。

6 歸來【離宅邸燒毀還剩26小時58分】

「噢，你們回來啦。真是太好了。」

打開財田家的大門，前來迎接的是小出。

「臉好髒啊。先去洗把臉吧？」

「還有自來水嗎？」

「不，已經停水了。」貴之搖頭。「先在浴缸裡貯滿水，真是做對了。瓦斯雖然是用桶裝瓦斯，但警報器一響就會停止。如果業者沒前來檢查，是不會恢復正常的。目前一般電源供應正常，所以照明暫時沒問題。一旦有事，我們也備有緊急電源。」

最低限度的需求都已確定保有。我暗自撫胸鬆了口氣。

葛城和久我島什麼也沒說，一臉疲憊的坐向沙發。

「電話情況怎樣？」

貴之問，葛城無力地搖了搖頭。

「電話線因雷擊而燒斷了。」

我加以補充說明，貴之聽了之後瞪大眼睛道「什麼！這可嚴重了」。

「這麼一來，就只能等候救援了……」

文男摩娑著下巴。財田家的人都沒踏出家門，所以臉上沒沾上黑灰，也沒顯得滿身大汗。那一派輕鬆的神情，看了更教人生氣。我也知道，自己沒道理為此生氣。

「隱藏通道查得怎樣？」

我自己也意識到，我詢問的聲音相當嚴厲。

文男搖頭。

「並不順利。你們前往久我島先生家的這段時間，家父、舍妹、我、小出小姐四人，分頭在宅邸內搜索，但還是沒找到類似的通道。我們覺得一樓的地板有點可疑，還試著到處敲打地板……」

「有許多有趣的機關呢。」

小出一臉天真無邪的說道。

「尤其是四個角落高塔裡頭的電梯，真的很有意思。塔內也有螺旋階梯，不過塔的正中央另外有個小房間，它會像電梯一樣上升。螺旋階梯的形狀就像是環繞電梯的傳動軸一樣，一路往上延伸。」

電梯傳動軸的動作，以及隱藏通道往地下室延伸的推測。這些要素結合在一起後，我不自主的趨身向前站起身。難道說……。

小出猜出我的想法，阻攔我說話。

「啊，當然了，我也試著讓電梯上升，調查看它底下有沒有通道。但很遺憾，那裡就只有石板地，無路可走。」

雖然覺得這是很有可能的線索，但最後還是行不通。我安分的坐下後，小出露出不懷好意的笑容。

「這果然是夢話。我們就別再浪費力氣了，應該保留體力，等候救援才對。」

貴之以冷笑般的態度說道。他打從一開始就對隱藏通道的存在抱持懷疑的態度，所以會有這種反應，也可說是理所當然。

「……爸爸說的對。火勢離這裡還很遠，而且應該會派直升機來才對。現在還不到六點，雖然有點早，但大家就先回各自的房間休息吧。」

「太感謝了。可以給我自己房間的鑰匙嗎？」

聽小出這麼說，文男聳了聳肩。

「在這種非常時刻，應該不會有小偷。因為每個房間都只有一把鑰匙，所以只要隨身攜帶就不用擔心。」

「你應該不懂吧？我也是女生，所以自然會在意這種事，對吧？」

小出向飛鳥井尋求附和。飛鳥井露出傻眼與同意夾雜的笑容。

「那麼，我先去休息了。」

飛鳥井一臉疲態。從文男手中接過鑰匙後，走上二樓的客房。

在場的眾人也都飄散出一股想解散的氣氛。大家都已沒力氣交談。

「不過話說回來。」

小出仰身望著天空，就像在對空氣講話似的。

「有人為錢發愁，有人卻是錢多得花不完，對吧？」

「啥？」我不明所以的應了一聲，小出刻意大聲說道：

「父親有錢，這是不爭的事實，但如果老是坐吃山空，那也不成啊。貴之先生的公司，是那家有名的大藥廠對吧？記得八年前好像對政治人物非法政治獻金。那一年，我記得貴之先生好像是公司的最高負責人對吧。」

說到這裡，小出轉頭望向貴之。

連我也對小出的舉止感到不安，戰戰兢兢的望向貴之。要是陷入一觸即發的氣氛中，要在這座宅邸裡避難可就尷尬了。

但貴之倒是顯得很沉著。非但如此，他甚至還偏著頭裝傻。

「……妳是什麼人？」

「只是個避難者。」

小出站起身。

「各位，晚安了。」

她若無其事的離去。見她離開後，我頓時感到疲勞湧現。我望向貴之，他聳了聳肩，面露苦笑。

小出的態度令人覺得可疑。面對在這種緊急時刻提供住宿，而且又是第一次見面的對象，有人說話會這麼針鋒相對嗎？貴之平靜的應對，所以才沒鬧出風波，但要是惹惱貴之，小出很可能會被趕出去。小出的態度實在太沒禮貌了。就像一直在鎖定八卦消息的新聞記者一樣。

不過，不管那是多麼充滿惡意的話語，一旦聽了，就無法置若罔聞。對小出感到可疑的同時，我也忍不住對貴之投以懷疑的眼神。她說貴之是最高負責人，這表示貴之也以某種形式牽涉其中嘍？

我決定不再深入細想這件事。此時仍留在大廳裡的人們，領取基本需求的物資後，各自踩著沉重的步伐，返回各自的房間。

「你什麼都沒發現嗎？」

睡前，葛城突然問了這句話。他躺在床上，我看不到他臉上的表情。

「你是指什麼？的確，大家都態度冷漠，感覺很詭異……財田家的人們好像也有什麼盤算，而小出小姐也不知是在想什麼。不過，久我島先生看起來無害。因為他很懦弱。」

「是嗎。」葛城發出嘲笑般的笑聲。聽起來不像在笑我，而是像在笑他自己。

「真羡慕你。」

「喂，你這話什麼意思。」

「晚安。」

我知道他累了，但感覺他還有話沒說。是對我感到傻眼嗎？還是覺得不耐煩？就算我想進一步確認，這位吊人胃口的偵探也一直都不開口。

7　夜【離宅邸燒毀還剩21小時31分】

睡不著。

情緒激昂。甚至覺得樹木燃燒的劈啪聲響，彷彿已逼近耳畔。

由於只有四間客房，我和葛城被塞進同一個房間。躺在床上的葛城已開始打呼。提議說要在地上鋪被睡的人是我，但現在我卻感到一肚子火。真有事發生時，葛城的膽量比我大。

在黑暗中，我伸手探尋礦泉水的寶特瓶。好輕。我姑且一試，傾斜瓶身倒水，但只滴出幾滴水。

就走下一樓要點水吧。

我想起貴之曾經廣播說過，礦泉水和罐頭等救災物資都已事先整理好放在餐廳裡，可自行斟酌拿取。

身體好沉重。連起身都嫌懶。

我在餐廳拿起一瓶礦泉水，含了一口微溫的水。光這樣就覺得自己又重新活了過來。

反正也睡不著，我開始在一樓的走廊上散步。深夜時分，財田家闃寂無聲。就連腳步聲也被吸進地毯中。盈滿靜謐又神祕的氣氛。幾乎讓人忘記外面發生了何事。

我停下腳步。

懸吊天花板的房間，門是開著的。門後是一片漆黑的空間。沒有照明，所以無法看清房內的情況。讓人覺得彷彿就像通往異世界之門就此開啟。甚至給人錯覺，以為那漆黑的牆壁會無限往前綿延。

為什麼門是開著的呢，我想進去一探究竟。但是那看起來無限綿延的黑暗令我心生畏懼，就此停步。我們前往久我島家時，留下來的人們在宅邸內展開探索，可能是當時沒關吧。沒錯，我這樣告訴自己。

（對了……）

我想起小出提到的塔。

充當電梯的小房間……。不論是要找尋隱藏通道，還是到外面吹吹風，這都是個不錯的選擇。

我打開走廊盡頭處的門，來到通往螺旋階梯的房間。螺旋階梯的寬度僅容一人通行。

被螺旋階梯環繞包圍的空間裡，就是我要去的那個小房間。

就像一個空間狹小的電梯。被這處石造的空間包圍後，微微有點封閉感，但好奇心還是戰勝了恐懼，我走進房內。這裡亮著燈，所以不會覺得太排斥。我試著按下開關。門自動關閉，我被關在圓形的空間裡。
接著發出巨大的隆隆聲響，電梯動了起來。
我不禁全身一震。事前明明已聽聞有這種情況，卻還是嚇了一跳。
來到樓頂後，另一側的門自動滑開。
眼前是位於螺旋階梯頂端的一處略微寬敞的樓梯間，以及兩扇可上下開的窗戶。我試著從窗戶探出上半身，能望見外頭的景致。
一陣強風從正面吹來。仔細一看，宅邸後方是一處陡峭的懸崖。與懸崖反方向的小窗戶，可以看見燃起紅豔火光的樹林。從地上猛烈竄升的烈焰，就連漆黑的暗夜也被染成一片赤紅。
這時，從樓下傳來有節奏的咚、咚腳步聲。
我大吃一驚，回身而望，站在我面前的原來是翼。
「啊，什麼嘛，原來是田所啊。」
她的肩膀劇烈的上下起伏，額頭冒出涔涔汗水。過沒多久，黑灰纏上汗水，她的額頭旋即被染黑。
「沒必要這麼失望吧。」
「因為我沒想到這麼晚了還有人醒著。我還以為是誰呢，嚇了一大跳。」
可以站你旁邊嗎？她如此詢問，我略感緊張的應了聲「可以」。

她任憑滿是黑灰的強風吹拂，撥起瀏海。

「另一位……姓葛城對吧？你們是同學嗎？」

「嗯。我高一集訓時第一次和他說話，之後就一直認識到現在。不過我們的相遇經過很慘。」

「哦，這樣啊。你們當初相遇的經過，可以說給我聽嗎？」

她背對那火光熾盛的烈焰，就像忘了眼前可怕的現實般，以天真無邪的聲音說道。

想起與葛城相遇時的我，便臉頰發燙。

與葛城第一次遭遇的那起事件，我盡可能講得情感豐富，妙趣橫生。

在集訓處發生的殺人事件、我們兩人的推理對決、葛城精緻的推理。

當時我很努力想成為偵探。所以看葛城在我面前展開令人眼睛一亮的推理，我很嫉妒，想要打敗他。而也因為那起事件，我認清自己的天分。我真切感受到，當偵探需要資質，需要才能。葛城說「偵探」是一種「生存方式」。還說不管什麼時候，都要勇敢面對謎題，查明真相，這是他的天命。我就沒有他這樣的覺悟。

儘管如此，我還是和葛城形影不離，因為全心投入推理的葛城令我擔心。擔心總有一天，他的態度會產生衝突，將他逼上絕路。既然我們是志同道合的朋友，心裡有這樣的不安，就無法放著他不管。

翼不時會出聲附和，做肢體動作，有時露出誇張的表情，情感豐富的做出反應。

讓我覺得自己就像一位知名的演說家。

「咦，完全想像不到，田所以前竟然會對葛城同學那麼冷淡。你們現在簡直就像兄弟一樣，黏得很緊呢。」

「妳說黏得很緊是什麼意思？」

我表現我的不滿，她聽了之後發出銀鈴般的笑聲，笑彎了腰。

黏得很緊是吧。我略感不安。對我來說，葛城這位名偵探只有一位。但是對葛城來說，我可就未必如此了。或許正因為感到不安，我才會想維持和葛城的關係。我們這樣的關係，或許也有人會看作是「黏得很緊」吧。葛城又是怎麼想的呢？

「田所，我真羨慕你們。」

我甩除迷惘，目光移回她身上。她以陶醉的眼神，望向眼前的烈焰。

「為什麼這樣說？」

「為什麼？」她先是一愣，接著急忙補充道。「因為你有個知心好友啊。」

這表示她沒有嘍？和家人一起關在這座宅邸裡。

「啊～。等我暑假結束，應該就會比較快活了。」

「在這種高原和家人一起共度暑假，我覺得也不錯。」

她慵懶的倚向上下開的窗戶邊框上，朝我投以滿含怨氣的眼神，那模樣就像在說「你明明什麼都不懂」。我就此縮起脖子。

「因為在田所你和葛城同學來這裡之前，我真的悶得發慌。就算和家人一起，還是很無趣。家裡只有老古板的爸爸，以及一肚子壞水的哥哥。和爺爺又沒辦法說話。」

「這樣啊。」我改變話題。「對了，為什麼妳都稱呼我『田所』，叫葛城就稱呼『葛城同學』呢？」

「因為」，她先是一愣，接著嫣然一笑說道：「叫田所比較親近嘛。」

「是嗎。」

她覺得我人畜無害是吧。身為男人，這種感覺還真複雜。

這樣的夜晚，眼前的熊熊烈焰感覺就像某種舞臺裝置。此刻我的心情就是這般愉悅。

「現在我真的很開心。因為以前他們都說宅邸裡很危險，不可以到處亂逛，還阻止我四處走。我能去的，就只有像書房或客廳這些限定的房間。但現在就像在尋寶似的！此刻也是，我正在找尋自己想去的地方時，你剛好在場。過去從來沒發生過這種事！」

當然了，她會有這樣的好心情，其實她那近乎異常的天真也是很大的助力。光看我們現在所面臨的情況以及她的發言，只會覺得她是個粗神經的女孩，但我卻一點也不在乎。難道我的腦袋也變得不正常了嗎？

沒錯，我記得這種感覺。

第一次見到飛鳥井光流時的那種感覺。

此刻看到財田翼，我這才發現。當時我戀愛了。愛上「偵探」這樣的角色。我當時真正想對飛鳥井說的，不是「我想成為像妳這樣的偵探」。而是「我想待在妳身邊」。我只想對她那樣說。

所以我才沒能當上偵探。

睽違十年才發現的這個答案，將我內心徹底擊潰。

「田所，今天很累吧？你們經歷了很長一段旅途吧。」

「對，真的。好長的一段旅途啊。」

我真的好累。累積十年份的疲憊。

我吐出可以持續好久的一大口氣。現在我可以好好睡一覺了。

但是她留住了我。

「我們會全部死在這裡嗎？」

她露出無力的微笑。她的聲音微微顫抖。那笑容就像是想將內心的恐懼轉為玩笑話。

我感到喉嚨一陣乾渴。我真傻。為什麼我會以為她很樂天呢？她好歹也是和我同年的女生。當然也會感到不安。

「一定會有人來救援的。」

我自己說的這句話一點都不可靠，連我自己都覺得傻眼。就算是說謊也好，我卻連「我會保護妳」也說不出口，我對自己的沒用感到羞愧。有人會來救我們的。不，葛城會拯救我們的。面對眼前的烈火，我甚至抱持這種樂觀的念頭。

她回以不置可否的微笑。她這份貼心令人難受。

這樣不行。我搖了搖頭。要是就這樣道別，她今晚一定無法安眠。如果我想成為偵探以外的人物，這時候絕不能逃避。

「翼。」

光是叫她的名字，我都覺得緊張。

「妳假日時喜歡做什麼？」

她眨了眨眼。

「我喜歡到公園或是河畔……在光線明亮的地方散步。」

「我則是常去看電影，回家的時候去咖啡廳看書。和朋友一起同行時，則是在平價餐廳之類的地方暢談電影感想。」

「嗯。感覺很像你會做的事。」

「什麼意思嘛。」

說完後，她終於笑了。

「妳不喜歡看電影嗎？」

「我很少看。」

「要是我約妳的話，妳肯去嗎？」

她雙目圓睜。

「或許會想去吧。」

「那麼，暑假結束的那個週末，我們一起去看電影吧。看完電影後，我帶妳去一家我極力推薦的咖啡廳。他們家的檸檬飲是自己手作的，很好喝。」

「不過，應該很花錢吧，爸爸不知道會怎麼說。」

「沒問題的。葛城他家很有錢，這樣的話，我去叫他請客吧。我們三個人一起去。看是要老套的戀愛電影，還是要無趣的無厘頭喜劇，都沒問題。我們就三個人一起去看電影吧。討論感想時，不管是談得熱絡，還是氣氛很冷，都無所謂。我們就三個人一起去吧。」

我講得無比豪邁，想停都停不下來。之所以刻意提到葛城，想必是因為我怕被拒絕吧。雖然覺得自己很沒用，但我還是非講不可。

「所以我們要活著離開這裡。」

翼以認真的表情朝我注視了半晌後，再也忍俊不禁，大笑起來。我也跟著笑了。

「田所，你真會死纏爛打。」

「惹妳不高興嗎？」

「不，一點都不會。」

她搖頭。接著朝我伸出小指說道「說定了」，我明白她的意思。我也伸出自己的小指，與她打勾勾。

「那就這樣說定嘍。」

「嗯。就這樣說定了。」

我用力點頭，接著她鬆開小指，蹦蹦跳跳地離去。她踩在螺旋階梯的臺階上，轉過身來。

她依依不捨的揮著手。

「明天見。」

明天。處在這種情況下，竟然還約好明天見。旁人看了，一定覺得這是很滑稽的一幕。但能引她親口說出這句話，真的很開心。雖然只是個小小的成果，但對我而言，卻是傲人的動章。

「明天見。」

感覺那累積十年份的疲憊，就此吹跑了些許。

*

財田貴之站在雄山的房間前。光這樣他就漸感怒火上湧。

（真是夠了！老頭子也真是的，一直到最後都這麼會給我添麻煩！）

貴之走進房內，望著自己父親正發出平穩呼吸聲的睡臉。一股憎恨湧上心頭，他差點就伸手掐死眼前這個老人。

財田雄山是小說家。很典型的一位思想老舊的男性作家。他以謙虛的態度寫小說，只到他三十六歲離開公司前所寫的第二部作品為止，之後他以松本清張的追隨者之姿，連出了數本暢銷書，很快便加入暢銷作家的行列，接著他馬上開始構築自己的王國。好色、性急、胡來。只有在作品完成的那一瞬間，他會恢復為正常人，而當那些口無遮攔的書評開始刊登後，他馬上又恢復原本的暴君本色。

貴之本想觸摸擺在書架上的松本清張的著作，但最後還是作罷。

雄山因為被人們拿來與清張比較，而變得暢銷，因為有清張在，人們才看他的作品。正因為這樣，雄山對清張可說是又愛又恨。每當清張寫出傑作，他有時開心，有時亂發脾氣，有時則是鬱鬱寡歡。小時候去店裡買漫畫雜誌時，看到架上推出新書，總會提心吊膽，不知道這次爸爸會是什麼反應。只要別拿我出氣就好，想到這裡就感到一陣胃絞痛。

曾經也是文學少年的貴之，見父親第一次出版小說時，開心不已。國中時，他之所以沉迷小說也是這個緣故。但之後他馬上便開始討厭小說，並對天發誓，絕不成為像父親那樣的人。這都是因為那個時期父親讓他看的某份原稿所造成。在清張的影響下，被迫只寫推理小說的父親，其實原本是想走純文學路線。但父親沒那個才能。清張有一部名叫《玻璃之城》的長篇小說，是以女性的日記構成，但父親根本無法像那樣描寫出女人的欲望。父親那充滿色老頭味的文章，甚至還描寫到一對男女殉情，這種故事還不如拿來當衛生紙。

我才不搞文學呢——

貴之就此遠離小說，進一流大學的法學院就讀，進一流企業任職。他很賣力的工作，就算不靠雄山幫忙，也要闖出自己的天下，就此一帆風順的出人頭地。

（可是這一切……！最後都因為你這個臭老頭……！）

可能是情緒激昂的緣故，貴之呼吸急促。同時也是因為接下來要展開的犯罪，令他緊張的情緒高漲。

8 翌晨【離宅邸燒毀還剩13小時14分】

「你打算睡到什麼時候啊？」

我張開眼睛，率先映入眼中的，是葛城那沾滿黑灰的嚴肅臉孔。

「……早安。」

「早安。」

「奇怪。我們兩人集訓住的房間應該不一樣吧？」

「再怎麼睡昏頭，也要有個限度吧。這裡不是集訓住的房間。」

我自嘲的笑了。要是醒來後發現這全是一場夢，危機就此結束，那就太好了，可惜終究不是夢。

「如果一切都是夢的話，昨天的事也會成為一場夢是吧。」我獨自嘀咕道。「那也很落寞。」

「這不重要，你可以快點起床嗎？你的壞毛病又出現了。」

我撐起沉重的身軀，看了一下手錶，時針指向七點。與翼道別後，記得我半夜起來上過一次廁所，但我似乎睡得太沉。對了，廁所的燈泡該換了。

我開始起床更衣。不過，我除了這身衣服外，幾乎什麼也沒帶，所以不用換衣。

用葛城事先幫我準備的毛巾打溼後洗了把臉，感覺清爽些許。
走下樓後，小出、久我島、貴之、文男早已起床。
「哦，兩位小夥子還活著啊。」
一早就得應付小出的毒舌，實在累人。我回了她一句「託您的福」，輕鬆帶過。
「剩飛鳥井小姐和翼小姐還沒來是嗎？」
「家父還在睡。早上六點我都會去檢查生命測量數值和換尿布。當時我順便去翼的房間叫過她，但她沒回答。房門也鎖著，她應該也累了吧。」
「也對，從昨天起一直都很忙。」
葛城應道，貴之頷首。
「那飛鳥井小姐呢？」
「我叫過她，但她似乎不習慣早起。」
貴之如此說道，把湯裝進左手的塑膠碗裡，遞給了我。是法式清湯。
「因為還剩了一些生菜。冰箱也因為雷擊而報廢，所以在壞掉之前，最好大家一起吃掉。卡式爐用的瓦斯罐也比想像中剩得還多。」
看來，冰箱似乎因為電擊的強大電流而故障了。
文男突然發出「啊」的一聲，張開雙手。
「當然了，我昨天沒外出，手很乾淨。」

我們忍不住笑了。或許可說是因為湯的溫熱，化解了內心的緊張。雖是用簡單的食材煮成的一道湯，但正因為這樣，更讓人深刻了解這是多貴重的食材。

財田家可能是一直有很高的防災意識，礦泉水和方便米的貯備一概不缺。看來暫時不必擔心糧食匱乏。

「外面情況怎樣？」

葛城問，文男回答道：

「我爬上尖塔，從窗戶遠望確認，火勢果然朝這裡逼近中。看來，跨河延燒過來，也是時間早晚的問題。」

「怎麼會……」

「不用那麼失望。救援就快來了。……好了，我和我爸去叫翼起床吧。」

「我們也來找尋隱藏通道吧。」

我自信滿滿的起身行走，久我島也跟在我身後，可能是只剩他和小出兩人獨處會感到不安吧。

走在走廊上的葛城突然停了下來。

「喂，田所……這是怎麼回事？」

葛城蹲下身。

那是懸吊天花板房間的房門前。我順著他的視線望去，發現房門下方有紅黑色的痕跡。

我感覺全身發冷。昨天晚上，懸吊天花板的房間門是開著的。當時我望著門後的黑暗，覺得那彷彿與異世界相連。但此刻我看到的紅黑色痕跡不是異世界，那是暴力在鮮明的現實世界中遺留的痕跡。

是血。

我全身雞皮疙瘩直冒。

「信哉……我要開門嘍！」

「按門邊的開關！這應該是往內開的電動門！」

門果然開始動了，但似乎卡住某個東西，打不開。

「這、這是怎麼回事？應該有通電啊……」

久我島直眨眼說道。他的呼吸急促。聽到他的呼吸聲，我心中不祥的預感也逐漸攀升。

葛城臉色慘白的低語道：

「是天花板……」

「咦？」

「天花板降下來了。所以往內開的門卡住，打不開。」

我發出啊的一聲驚呼。

「你說天花板降下來……這表示……」
我想起從門下露出的鮮血，不禁摀住嘴。不舒服的想像浮現腦中。我想到沒下來吃早餐的她們兩人。飛鳥井和翼。我使勁搖頭。
「快點。得趕去隱藏房間確認才行。久我島先生，不好意思，可以請您去找財田貴之先生和文男先生來一趟嗎？因為接下來需要他們家人的協助。」
我、葛城、久我島、文男、貴之，聚集在懸吊天花板的房門前。小出可能也聽聞騷動，很感興趣的跟了過來。
按下走廊的地板開關後，繞過轉角，來到有絞車的隱藏房間。懸吊天花板就是由這個房間裡的絞車緊緊懸吊住。
原本捲在兩臺絞車裡的鋼索，已從絞車裡脫落。
「這到底是怎麼回事？」
「應該是因為這個。」
我望向葛城從地上撿起的東西。是幾個金屬零件。似乎是螺絲。
「鋼索的末端是靠這個固定住。尾端繞成一個圓圈，以螺絲貫穿兩條鋼索，加以固定。這種方式稱作髮夾固定法。因為是很簡單的方法，所以才會採用，不過，螺絲得定期重新轉緊才行。要是像這樣……」
葛城拾起其中一個螺絲。

「螺紋崩塌，就無法維修了。這將會是釀成事故的原因。」

「為什麼你連這種事都知道。」

我很傻眼的說道。葛城的表情依舊嚴肅，於是我也繃緊臉上的神情。

「我們再次拉起懸吊天花板吧。」

聽貴之這樣提議，在座眾人皆點頭。

「將能更換的螺絲換新，重新轉緊，應該就能拉起天花板。」文男臉色蒼白的說道。「得趕緊查看房間內是怎樣的情況才行……」

文男說了一句「我記得保險箱裡好像有工具和備用螺絲」，就此走出隱藏房間。他走起路來步履虛浮，教人擔心。不安幾乎快將我壓垮。

「喂，要直接繫上，看來是不可能了。」小出拿起鋼索的一端。「這裡斷了。」

鋼索是由多條鋼絲捆在一起交纏而成。捆在一起的鋼絲叫作絞線，絞線纏在一起形成鋼索。而原本固定住的尾端鋼索，有一條絞線斷了。

「鋼索雖然是由多條絞線捆在一起交纏而成，但每條絞線彎曲的部位都會有一些位置的偏差。就跟田徑場上起跑線的位置不同一樣的道理。」

「有了偏差，就會加重負荷，就此從外側的絞線開始斷裂對吧。不過，如果是只斷一條的話，應該不算是什麼大問題吧。」

「田所同學，這可就大錯特錯了。只要斷了一條，剩下的絞線所承受的負荷就會增加。這可能是鋼索因多年老化而斷裂，對發揮髮夾固定功能的螺絲造成過大的負荷……」

「這樣似乎說得通。」葛城應道，接著小聲的補上一句「……如果這真的是意外事故的話」。

「不過……」小出哼了一聲。「就算要重新繫上，這損毀的部分也不能再用了。」

「根據起重機的構造規格，鋼索固定都會多纏兩圈以上。也就是會有多餘的鋼索。而在工地現場，似乎也都會多纏幾圈，例如五圈或八圈之類的……嗯，這裡似乎也是這樣。」

原來如此——貴之低語道。

「只要避開那條斷掉的絞線末端的部分，利用多出來的部分，似乎就能再次固定鋼索。姑且試試吧。」

文男抱著工具箱返回，和貴之兩人開始作業。螺絲似乎是配合鋼索的粗細特別製作的專用螺絲。他們挑出螺紋崩塌或生鏽的螺絲，換成備用品，再次固定鋼索。

我和葛城也在一旁幫忙，我們這種外行人光是要重新加以固定，就花了不少時間。等到好不容易可以運作後，我們啟動絞車，捲動鋼索。

天花板開始移動，感覺像是整個宅邸隨之晃動。這裡相當於懸吊天花板房間的正後方，所以更加強烈感覺到震動。

「花了不少時間呢。」

貴之語帶焦急的說道。

「因為是慢慢捲動絞車。那降下的時候呢？」

「會透過絞車的剎車功能，緩緩降下。不論是上升還是降下時都一樣。不過，如果鋼索斷裂的話……」

文男沒再接話。

他感覺到血色從自己臉上抽離。

天花板應該是一口氣掉落下來。

終於拉起了天花板。花了一分鐘的時間。懸吊天花板房間的房門開啟。房門是石頭打造，相當沉重，似乎無法靠手動去移動它。

「就這樣讓門開著吧。」

貴之大聲說道。

「鋼索雖然已重新固定，但終究只是應急處理。請大家不要走出這扇內開門的安全地帶……」

說到這裡，貴之突然停住。

在場眾人馬上明白原因。

「啊、啊、啊、啊、啊。」

久我島搗著嘴，背抵著門，身體緩緩滑落。他面如白蠟，面對眼前的情況，他比誰都顯得慌亂。

「這也太震撼了吧。」

小出的反應實在太不謹慎，但她的嘴唇也微微發顫。似乎是想以輕佻的口吻來化解心中的紛亂。

「喂，這不是真的吧，快告訴我，這不是真的。」

文男跑向那個東西。沒人責怪他這麼說。沒人會在乎他說什麼。

不。

「她已經死了。」

也許只有眼前這位低聲說出事實的男人不一樣。

我望向房間內。在走廊射入的光線照亮下，一個形狀怪異的物體，渾身是血，散發鮮豔的亮光。

她整個人被壓扁。

地上一大灘鮮血。她的身體躺在房間中央，手腳往不合理的方向扭曲。

——我們會全部死在這裡嗎？

腦中復甦的記憶無比殘酷。

誰都沒料到會有這種死狀。

骨頭刺穿手肘的皮肉，露出體外。紅黑色的物體從破裂的連身洋裝冒出來。身體濺滿黏答答的液體，被壓得扁扁的，連內臟原本的形狀都看不出來。也沒能保有人原本的形體。是因為她身上穿的那件連身洋裝，這才知道她的身分。她的手腕與手臂分離，在不遠處被徹底壓爛。

是昨天晚上我碰觸過的手。

翼被壓扁喪命。

＊　閃回

「啊……」

我感覺得出自己的聲音逐漸下沉。身體漸感乏力，頹然垂首，雙手抱頭蹲下。

「我說得太過分了……」

「『別因為小事而受傷』。光流，這句話我很想原封不動的對妳說呢。」

美登里在一旁呵呵的笑著說道，我回了她一句「妳很吵耶」。

偵破飯店毒殺事件的女高中生二人組。我和甘崎美登里都還穿著打工的服務生制服。正來到飯店的露臺休息。

一陣舒爽的涼風吹過，吹動我的烏黑長髮。

「給那樣的小男生建議，實在很不適合我。因為我沒參加過社團。應該是美登里妳比較拿手吧？妳在美術社裡不是頗受景仰，大家都叫妳『美登學姊』嗎。」

「妳嫉妒嗎？」

「吵死了。」

毫不客氣的回了她一句後，不自主的嘆了口氣。

「美登里妳擅長指導學弟妹，又很會玩。這一點我完全比不上妳。那個男生如果要崇拜的話，應該崇拜妳會比較好。」

我知道自己鬧脾氣的時候很難搞。美登里就像覺得很傻眼般，露出溫柔的微笑，並對我說「妳是真的不懂呢」。

「要當好學姊，可不只是和學弟妹感情好，整天膩在一起，或是擅長教人，這樣就行了。」

「……是嗎？」

「當然是啊。只要妳人在那裡，持續讓人見識妳專注投入的模樣，就會讓學弟妹們印象深刻。所以妳沒必要沮喪。妳今天真的很帥氣。」

我抬起臉，望著美登里那張近得出乎預料的臉蛋，向她問道「……真的？」。

「嗯，當然是真的。我們這位偵探怎麼這麼純樸啊。」

「不行嗎？比人早一步發現許多事，就是這樣才累啊。」

「嗯～。那是因為光流妳的角色是獨一無二的。一起事件，偵探都是獨自面對。所以光流妳就是這樣才有價值，對我來說，妳是無可取代的名偵探。」

聽美登里這樣誇獎也不壞。連我也感覺得出來，自己嘴角揚起笑意。

「不過，像我這樣的角色，倒是由誰來當都行呢。偵探無可取代，但華生這個角色多的是可以取代他的人。真正該擔心的人……」

這時我感到腦中血氣上衝。

我一把揪住美登里的衣襟。印在她制服上的飯店LOGO都因此歪斜了。

我和美登里的臉貼得好近。這是能感受到彼此呼氣的距離。美登里仍是那一派輕鬆的表情。這表情讓人看了就有氣，但我卻覺得她連這種表情也很可愛，這樣的我也教人生氣。

「對我來說，妳是無可取代的華生。」

「這話聽了真教人開心。」

「除了美登里之外，我誰都不要。」

「妳可真熱情。」

「別開玩笑。」

美登里偏著頭。

「所以妳以後別再說那種話。」

美登里轉頭望向我。她的短髮甩動，露出靦腆的微笑，感覺亮得刺眼。她柔細的手指碰觸我的指尖，接著她就像要緊抓不放似的，握緊了我的手。

「我們正慢慢的改變中。不過我們還是能永遠在一起嗎？能永遠都不變嗎？」

我不懂美登里為何要說這種話。她認真的神情令我震懾，我只能點頭。

「等書出版後，我也會馬上送妳一本。」

我就此從緊張中釋放開來，以輕鬆的態度說道：

「那我得請這位未來的名插畫家先幫我簽名才行。」

「那麼，光流排第一個簽名。」美登里笑道。「以後價格會攀升的。」

「那可真教人期待啊。」

我說完後，美登里依舊握著我的手，滿面笑容。

緊接著下個瞬間，四周突然轉暗，她的手仍握在我手中。

就像我說的。她的手從手腕的部位整個被切斷。手腕變得冷若寒冰，原本與手掌相連的身體，飄蕩著一股像幽魂般的氣息。那鮮明的觸感緊黏在我的手掌上。那隻手感覺是如此鮮活，彷彿隨時都會出力握住我，真不可思議。

屍體的指甲上留有水藍色的指甲彩繪。是美登里喜歡的顏色。

……我仰望著陌生的天花板。

呼吸著粗糙的空氣，記憶逐漸變得鮮明。山中。火災。財田宅邸。我們為了逃離火勢而到宅邸內避難。

——至今手中仍留有那個觸感。

我暗自咒罵一聲。不讓自己聽到。

好糟的一場夢。夢見自己最幸福的那段時光。夢見對身為偵探的自己，以及總是待在身旁的她，從不抱持任何懷疑的那段時光。接著我失去了一切。感覺那手腕的觸感仍留在手中，我打了個寒顫。緊接著打了個噴嚏。因為鼻塞，這也是沒辦法的事。似乎是昨天感冒，到現在一直沒好轉。不，是因為恐懼的關係嗎？

是因為那名少年再次出現在眼前嗎？想起了不願憶起的事。我今年也已經二十八歲了，內心已變得像象牙般堅硬，不會因為小事而受傷，這句話已經成真。

而甘崎美登里已不在我身邊。

——不過我們還是能永遠在一起嗎？能永遠都不變嗎？

那是她留下的一句話。

所以我才討厭她。就像無法回到認識她之前的我一樣，也無法重回失去她之前的我。她想將「永遠不變」這種不可能的事強加諸在我身上。我也想回應她。但我做不到。所以我想藉由討厭她來取得平衡。

最後搞成現在這副德行。

失去美登里後，失眠的夜晚增加。但已很久沒像這次這麼慘了。甚至覺得每一次呼吸，都像是把黑灰送進肺裡。肌膚黏滿了涇汗和髒汙，渾身不舒服，我現在滿腦子只想要好好沖個澡，其他什麼也沒辦法思考。但偏偏我不能放棄思考。要是我放棄思考，那我就真的沒臉面對她了。

……偶爾也會忍不住展開思考。

通常都是發生討厭的事，感到不悅的夜晚、因宿醉而嚴重頭疼，緊緊抱頭的早上，以及像今天這樣，在看不見任何希望的昏暗清晨，才會展開思考。

如果甘崎美登里那時候和我一起，她就能得到幸福嗎？

我恐怕無法讓她幸福吧。我不該得到她的理由多的是。就算要扯斷她的翅膀，我也希望她能留在我身邊，我就是這麼任性的女人。

她對自己的不幸，應該是一句話也不會說。而我應該會忍受這一切，甚至會裝作什麼也沒發現吧。

當時我是不是做錯了什麼？難道不管怎樣，我都應該拜託她留在我身邊才對嗎？

傳來敲門聲。

「妳不要緊吧，飛鳥井小姐！」

是那位姓田所的少年的聲音。「不要緊吧」，好奇怪的說法。光憑這句話，就可以猜出一切。我頓時感到身體沉重。以前我只要一察覺出悲劇的氣味，身體就會俐落地展開行動，但現在已今非昔比。現在我只想將眼前遭遇的事盡可能往後拖延。同時微感煩躁，差點就要敲起了牆壁。想叫醒面對這樣的事態，卻還在這裡悠哉睡大覺的自己。

「我說。」

「妳怎麼了嗎？」

「請先告訴我一件事，葛城同學。」

「請說。」

「是誰死了？」

站在門外的葛城，沒顯露出一絲驚訝的氣息。

「……是那個女孩。」

我閉上眼。「我馬上就過去」，我回答後，他們兩人這才從門外離去。說什麼「那個女孩」。這種稱呼方式聽了教人生氣。「妳應該知道吧？妳應該知道才對」，他話中透露出這樣的訊息。煩死了。我頭痛欲裂。心情惡劣到了極點。

喂，美登里。

看到這樣的我，妳一定也很傻眼吧。

9 屍體【離宅邸燒毀還剩11小時40分鐘】

「……好慘。」

我聽到這聲低語，回頭而望，只見板著張臉的飛鳥井手摀嘴巴。

我和葛城前去叫飛鳥井後，便又回到命案現場。從往內開的門附近的「安全地帶」觀察裡頭的情況。

留在現場的，有我、葛城、小出，以及這才趕來的飛鳥井四人。

文男和貴之緊抱著屍體，一副魂不守舍的神情。文男很堅強的說道「我先送我爸去沙發休息一會兒」，但他自己同樣臉色蒼白。這也難怪。

久我島打從看到屍體的瞬間起，似乎就人不舒服。「想吐的話，就到外面去吐吧。剩下的礦泉水還剩二十瓶。考量人數的話，實在不太夠。這麼重要的水資源，別用來清洗你的嘔吐物。」小出就此趕他出去。膽小的他，此時慌亂的模樣有些異常，正因為這樣，我們反而得以冷靜，算是不幸中的大幸。

「田所，你的手機還有電嗎？如果有，請先拍下現場的照片。避難過後，可以提供警方當作辦案參考。」

「聽你那說話方式，好像在調查什麼殺人案件似的。」

小出冷笑似的說道。我雖然不太想做，但還是開始拍照。

「要角終於登場了呢。」

葛城對走進房內的飛鳥井說道。難得他會用這種像在找碴的口吻。也許是因為有同業存在，就此燃起葛城的競爭意識。

飛鳥井蹙起眉頭望著葛城，接著望向我。

這時，突然有種奇妙的感覺襲向我。昨天飛鳥井的眼睛讓人聯想到一個沒有思想的幽魂空洞的雙眼。一個漫無目的，四處遊蕩的幽魂。

但此刻她的眼神不一樣。雖是冷漠的視線，但她筆直注視我的那對眼睛剛勁有力。這是為什麼？是因為面對眼前的案件，她昔日的熱血也就此沸騰嗎？若真是這樣，偵探這種角色的生存方式還真是宿命啊。

「抱歉。」我想在飛鳥井和葛城之間打圓場。「昨天我跟葛城提到妳的事。葛城似乎也因為這樣而很感興趣。」

她瞪了我一眼後，不發一語的戴上手套。

「哦，手套是吧。真像是在模仿偵探辦案呢。」

小出以挖苦的口吻說道。

「我早就不幹偵探了。我只是為了防曬才放在包包裡。」

飛鳥井就像是不想浪費唇舌多做說明般，不發一語的展開作業。我雖然因為大受震撼而腦袋一片空白，但還是看得出來，現在這種氣氛不適合多問。

懸吊天花板的房間構造很簡單。懸吊天花板的裝置裝設在隔壁的隱藏房間裡，所以這裡頭一概沒有家具。要不是有電動式的內開門，它看起來就像是個水泥箱。門的旁邊相當於肩膀高度的位置，有個用來控制門的開關。走廊上同樣的位置也設置了一個。現在這處灰色的空間裡，灑滿了怪異的鮮紅色彩。就像小孩子天真無邪的拿畫筆胡亂塗鴉般。

翼的屍體躺在房間前方——也就是靠門的位置。血痕、破碎的骨頭、壓爛的肉片散亂四周。也有少量的血痕附著在內牆上，地板上也有斑斑血跡。

「為什麼連門的下方也沾了血呢？如果沒有那血漬，我們或許就沒辦法發現她了。」

我說完這句話後，葛城重重地點頭。

「既然這個位置上有屍體，就很難想像血是直接從屍體附著上去的。如果屍體被搬動過，地上應該會留下屍體到門邊的血跡才對。照這樣來看，這血跡應該可以看作是從凶手的手或是衣服附著上去的。」

「既然是附著在門的下方，那應該是鞋子或長褲的褲腳。」

我說完後，葛城點頭說道「不過，應該已經丟掉了吧」。他已看出後續的動向。

「在這種緊急時刻還丟掉衣服？」

經我這樣詢問，飛鳥井聳了聳肩。

「誰知道呢。也許對方是丟掉衣服也不愁沒衣服換的人。」

宅邸裡的住戶……。

「不過，這麼悲慘的死法……」

飛鳥井朝那死狀淒慘的屍體望了一眼後，視線突然移向上方。

「懸吊天花板是吧。」

天花板是白色，從屍體垂直仰望的位置，殘留了鮮明的紅色血痕。血從天花板滴落的痕跡也遺留在地板上。現在天花板上的鮮血似乎已全都凝固。

「從天花板的痕跡來看也很明顯，這麼淒慘的死法，就是懸吊天花板所造成。」我說。「當然了，或許也有可能是將墜落在其他地方的屍體搬來這裡。」

「如果只有屍體的話，或許是吧。」葛城搖頭。「但這樣的話，降下天花板就沒意義了。而且，要將墜落在其他地方的屍體搬來這裡，而且一路上都沒滴落半滴鮮血，這不符合現實。」

我的假設被推翻了，不過葛城很仔細的舉出他的論點，所以我聽了並沒有多生氣。

「這個房間裡都沒有家具呢。是為了確保懸吊天花板的動線通暢，可以一路降下是嗎？」

飛鳥井暗自低語道。

「原本還以為這是個很無趣的房間。而且絞車也是另外裝設在別的房間裡。」小出露出心領神會的表情。「沒想到天花板還真的會降下來。真是太教人吃驚了。」

「這該怎麼表達才好呢……算是『壓死』吧。」

飛鳥井的口吻相當沉重。她低著頭俯視翼的屍體。

「因為懸吊天花板掉落，造成大量出血以及全身複雜性骨折。想必是一下子就喪命。」

我聽她這樣說，再次俯視那模樣淒慘的屍體。真教人不忍卒睹。

我從翼的胸前發現有個發亮的東西。

「那是……？」

當我還在躊躇不前時，飛鳥井沒理會我，逕自一腳踩進血泊中，探尋翼的胸口。翼的脖子上掛著項鍊，上面的墜飾繫著鑰匙。鑰匙上附著鈴鐺。是之前在山路上聽到的鈴鐺。

飛鳥井用手帕拿起那把鑰匙。這是哪裡的鑰匙呢？可能是她被天花板壓扁時受到影響，鑰匙前端扁塌，似乎已無法使用。

「向貴之先生或文男先生詢問，應該會知道些什麼。」

飛鳥井如此說道，從屍體身上拿走那個附鑰匙的墜飾。

「這麼淒慘的死法，大家想必很吃驚吧。」飛鳥井轉頭望向我。「大家當時是什麼神情呢，田所同學。」

我告訴她發現屍體時的情況。就算這時候回頭想，也無從得知身為骨肉至親的貴之和文男所遭受的衝擊有多大。

她聽完我的報告後，閉目沉思了半晌。她在想些什麼呢？

「我記得，啟動這個天花板的機關，是設在一樓的隱藏房間吧。」

「是的。」

葛城回答飛鳥井的詢問。

「一樓走廊的隱藏房間內，有吊起這個房間天花板的絞車。我們發現時，鋼索已經斷裂，我們將它重新接向絞車，捲動鋼索，拉起天花板。由我、田所、貴之先生、文男先生、久我島先生五人一同合力。」

「處理得不錯。」飛鳥井面無表情的說道。「不愧是現役偵探。從這個房間到隱藏房間有多遠的距離？」

「不用一分鐘。左手邊的走廊盡頭處左轉，前方的房間就是那個隱藏房間。途中的地板有個打開隱藏房間的開關，只要加以操作就行了……」

「原來如此。它正好與這個房間的後面相鄰是嗎？」

「我們在這裡談話的時候，天花板不會掉下來吧？」

面對小出的提問，葛城回答道「已經牢牢固定住了，應該不會有問題才對」。

「我們發現時，天花板已經掉落，房門是關著的狀態。因為天花板卡住，房門打不開。」

「當時因為鋼索斷裂，連要拉起天花板都沒辦法。」

「不過話說回來，還真是不尋常呢。」我低語道。「凶手是操作絞車，讓懸吊天花板掉落，就此殺死當時人在這個房內的翼小姐對吧？他到底是怎麼辦到的……」

葛城和飛鳥井都沒任何反應。不過，愛擺架子是偵探的習性。要是態度太冷淡，我也是會鬧脾氣的。

「有太多的不可能。首先，要怎麼鎖定攻擊對象呢？昨天我們也走進過那個隱藏房間，不過從房間看不到這裡的情況……」

聽葛城這麼說，小出冷哼一聲說道：

「你說的沒錯。這房間只有一扇門對吧。甚至連小窗戶都沒有。從外頭根本沒辦法確認裡頭的情況嘛。」

「如果是用聲音來確認，你們覺得呢？」我想到這點。

「要試試嗎？田所，你現在走進那個房間，我到時候會問你能不能聽到我們說話。」

我贊成。飛鳥井也不太情願的同意這麼做，我和小出走進那個隱藏房間，飛鳥井和葛城留在懸吊天花板的房間裡。關上門後，他們兩人都露出不安的神情，但我們保證三分鐘後一定會來開門，他們這才放心。

我和小出留在隱藏房間裡，等了三分鐘，但什麼聲音也沒聽見。

「要回去了嗎？」

小出一臉無趣的表情說道。

回去後，葛城滿臉通紅。飛鳥井一副很受不了的表情。

「我用我最大的音量唱著校歌。」

「真的假的。」小出吹了聲口哨。

「完全聽不到。抱歉，葛城。」

「不，沒關係。這樣就知道，只要門一關上，什麼聲音都傳不到隱藏房間裡。如果是站在門前，情況怎樣？」

「一樣。可能因為牆壁很厚，完全聽不到裡頭的聲音。」

嗯——葛城頷首。

「試著把門關上後，我發現另一件事。」葛城調整呼吸後，以嚴肅的口吻說道。「這房間的門，是兩扇內門開。如果是這樣，在門開著的狀態，也就是從外面看得到裡面的狀態下，天花板應該會卡在門上，停住不動才對。」

這是石造的厚門，高約兩公尺半。它相當沉，無法徒手推動。它採電動式，開關設在兩個地方，分別是內外兩側的門邊。

它就是這麼有重量的門。就算天花板降下，想必也不會連門整個壓扁。

「如果卡在門上，降下的天花板應該會變得傾斜吧？這麼一來，翼小姐就不會被壓扁了……」

「對。所以只能研判，翼小姐喪命時，石門是完全關閉的。」

「這樣的話，凶手怎麼確認翼小姐在這裡面呢……」

我揉著太陽穴，想出各種假設。

「能想出各種假設。一，事先從本人那裡聽說。二，看到她走進。三，猜到她有走進這個房間的理由。」

「在這個階段，三者都有可能。」葛城蹙起眉頭。「不過，如果犯人是真的想降下懸吊天花板殺害翼小姐，這個想法沒錯的話……最大的問題是，為什麼翼小姐不想自行開門逃離呢？」

「啊……對哦。」我一邊點頭，一邊說道。「如果是外開的門，可以想作是凶手設置路障之類的東西，防止被害人逃脫。但因為是內開門，無法這麼做。這石門沒設門把，所以也無法用鎖頭鎖住。沒有從門外上鎖的方法。」

「夜裡一片漆黑，很難想像翼小姐走進房內後會把門關上。而且屍體旁也沒看到手電筒之類的東西。只要門一關上，這裡就完全被黑暗籠罩。在這個什麼也沒有的漆黑房間裡要做什麼？」

「……這裡會不會塗有螢光塗料？」

葛城斜眼瞪了我一眼。

「總之，先假設事發當時，翼小姐是開著門的。於是凶手非得按下走廊門邊的開關，把門關上，再前往有絞車的隱藏房間，破壞鋼索的固定部位不可。要從纏繞的鋼索中找出固定的部位，取下用來固定的螺絲。這可是項大工程呢。」

「在取下一顆螺絲的階段，也許在重量的作用下，其他螺絲自己鬆脫了。不過，這得使用工具才行，而且絞車有兩臺，都非得這麼做不可。再怎麼算，至少也要五分鐘才夠。花上十分鐘的時間比較符合現實。」

需要五分鐘到十分鐘是吧——葛城暗自低語。

「翼小姐發現房門被關上後，要再度打開門逃離，這樣的時間很充裕了。」

「也許她遭人捆綁。或者是被迫服下安眠藥。」

飛鳥井回應葛城的疑問。她沒轉頭望向我們。

「就死者還勉強保有原貌的部位皮膚來看，並沒有繩索的勒痕或是類似的壓迫痕跡。單就下臂和腳來看的話。」葛城也沒看她，直接就回答。「如果是安眠藥的話，倒是有這個可能，不過，從哪裡取得也是個問題。」

「還有其他假設。」我插話道。「她從凶手身邊逃走，躲在這個房間裡。這假設你覺得怎樣？」

「特地逃進這個房間嗎？如果要逃，多的是其他房間可以去。而且，就算她逃進了這裡，但如果看天花板漸漸逼近，她只要往外跑就行。沒必要眼睜睜讓自己被壓死。」

「那麼……」

我正準備舉下個假設時，飛鳥井再度打岔。

「你們默契真好。」

飛鳥井道出了她的感想。

「你們討論可能性的動作快速。田所同學負責找出問題點，起頭提出假設，葛城同學則是負責判斷、整理假設、否定。你們有各自分擔的角色。兩個人一起動腦會比較快吧。」

「……沒有妳說的那麼誇張。」葛城噘著嘴應道。

飛鳥井會說出這樣的話，不就表示她也跟著我們的步調嗎？雖然嘴巴上誇讚我們，但我感覺得出來，她話中別有含意。

「不過，你們有點衝太快了。」

「既然您這麼說，還望『前輩』賜教。」

葛城充滿幹勁的說道。向來不善與人交際的葛城，難得會用這種略顯強硬的口吻說話。光看他的表情，看不出他有何心思。不知道是對這位曾是偵探的女性懷有較勁心態，還是純粹只出於尊敬。
「跳過前提確認了。可以先帶我去有絞車的隱藏房間看看嗎？」
我們就此帶飛鳥井前往剛才去過的隱藏房間。
她朝絞車旁蹲下，她的視線前方是剛才重新固定住的鋼索。飛鳥井叫喚葛城，仔細又問過一遍一開始發現鋼索時的情況。
這段時間，葛城在隱藏房間入口和深處來回走了好幾趟。是無事可做嗎？
飛鳥井嘆了口氣說道「我們也去大廳吧」，就此離開這個房間。
「這招厲害。」小出笑了出來。「偵探果然就是愛裝模作樣。」
這時，突然傳來轟的一聲地鳴。
「怎麼了？」
小出東張西望的問道。
「像打雷般的聲音。」
「外面還是壞天氣嗎？」
「可是，好像沒看到閃光。」
走廊有扇窗，但沒看到閃光。
「也許是落向不同的方向。」
我說，葛城則是心不在焉的應道「嗯，是啊」。

我不經意的望向時鐘。早上九點。從發現翼的屍體到現在，已經過了一個多小時。

就在我們準備返回大廳時。

久我島從大廳跑來。他手裡拿著收音機，氣喘吁吁，額頭冒著豆大的汗珠。似乎正準備前往走廊深處。

「喂，你那麼慌張，發生什麼事了嗎？」

「還問呢，你們沒聽到嗎？」他大聲嚷道。「救援來了！」

救援？這時突然傳來直升機的聲音。我不禁發出「啊」的一聲。

「直升機來了！」

「對，所以現在正要爬到塔上去求救。文男先生和貴之先生現在已走出宅邸的門外呼救去了。因為站在那一帶，從空中也看得到。」

久我島舉起收音機。

「收音機正在播放山中大火的新聞。可能是收訊不好，聽不清楚。我心想，到塔上去可能會聽得比較清楚，所以就帶在身上……不過，有沒有收音機已經沒關係了，這下我們有救了！」

我感到希望從心底湧現。如果說希望也有聲音的話，此刻直升機螺旋槳的聲音就是。

我們四人跟在久我島後面走上高塔。四座高塔中，離我們最近的一座塔，是面向這座山正面的塔。

從塔的窗戶俯瞰，可以看見起火的森林。火焰幾乎燒遍整片芒草原，現在已延燒至河川附近的灌木。已近逼至前方一公里遠。

仰望天空，一架白色直升機在空中盤旋。在離宅邸約五十公尺遠的上空。這下有救了！先是安心，接著是歡喜，盈滿我全身。

「喂～」

久我島扯開嗓門叫喚。從窗戶整個探出身子，用力揮手。「這樣太危險了」，飛鳥井對他說道，扶住久我島的腰。但她臉上一樣有鬆了口氣的神色。

這時，直升機突然一陣劇烈搖晃。

「怎麼了？」

我問，望向一旁的葛城。葛城臉色發白。

「是風……」

「咦？」

「是強風。這麼一來，直升機就無法靠近了。」

在場眾人皆目瞪口呆的望著葛城。飛鳥井搖頭。

「……有可能。從昨天開始，風就很強，因為這座山的後方是陡峭的斷崖，所以風會往上吹。為了讓直升機能安全的飛行，秒速20公尺左右，風力階級八，是最大極限。那是足以吹斷小樹枝的風勢。」

聽了只覺得驚訝，不論是葛城，還是飛鳥井，為什麼都擁有這些知識呢，不過，經這麼一說明，就能清楚想像出目前的風勢。昨晚爬上另一側的高塔時，也感覺到風的強勁。不過，直升機都傾斜成那樣了，表示上空肯定吹著更大的強風。

「搖得好嚴重……也許現在吹的風，超過風力八級。照這個樣子，就算想從直升機上垂下繩索，也沒辦法。我們無法安全的避難。」

飛鳥井心有不甘的說道，緊咬嘴脣。

「怎麼會……」

正當我頹然垂首時，傳來葛城「啊」的一聲驚呼。

「你、你們看！它要離開了！」

直升機掉頭消失在遠方。我有種遭背叛的感覺。正因為感覺到希望，所以受傷更重。飛鳥井和葛城也茫然地望著直升機離去的方向。久我島癱坐在地上，小出則是一臉不悅的暗啐一聲。

久我島放在地上的收音機，就像在落井下石般說道：

「……昨天在N縣M山發生的森林火災……已延燒到標高一百公尺處附近……已派出兩架空拍機，但因為遭遇強風而墜落……就連新聞採訪用的直升機也無法靠近……消防廳的救援直升機試著在強風中靠近，但目前狀況無技可施……」

拖著沉重的步履返回大廳後，文男和貴之也回來了。這麼一來，除了雄山外，七名倖存者都湊齊了。財田貴之彎著腰坐在沙發上，十指交纏的雙手抵向額頭。財田文男則是深坐在椅子上，仰望眼前的虛空。

「……哦，是你們啊……」

文男回過神來，如此說道。翼的死令他憔悴，救援沒來令他沮喪。可能是兩者產生的交互作用，此時他那張臉了無生氣。

「該不會就這樣不來救援了吧？」

久我島面如白蠟的說道。他的詢問令眾人感到煩躁。

「這種事誰知道啊。」文男自暴自棄的說道。

「這下子，找尋隱藏通道一事，或許愈來愈有真實感了。不能再笑說是夢話了。」貴之無力的搖著頭說道。

飛鳥井閉著眼睛，就像已經死心一樣。

「既然無法期待直升機來解救我們，就只能做我們自己能做的事。所有人一起合作……」

「所有人？」

這時，文男散發的氣息驟變。

「不……不行。不可能所有人一起合作。是有人幹的，有人對翼做出那樣的事來……不可原諒……不可原諒！」

文男的語氣變得粗暴、狂亂。

「如果這當中有人殺了翼，那傢伙沒資格獲救！應該要有一個人留在這裡被火燒死。在查出這個人是誰之前，不可能合作。」

沒錯，是誰下的手？還有，為何選在這個時候下手？最後，疑問集中在這兩點上。對離奇的殺害方法產生的疑問、內開的房門、懸吊天花板的動線等等，還有許多其他細部的問題。葛城會給出怎樣的答案呢？說來實在有點輕率，我內心因為抱持這樣的期待而略感激動。不過，緊接著下個瞬間，我想起翼的笑容，就此深受打擊。

「不。」

然而，搶先開口的，是飛鳥井。

「那不是殺人案。沒有凶手。說起來……」

這位昔日的偵探，語氣平靜的接著往下說。

「這是一起不幸的意外事故。」

10　檢討【離宅邸燒毀還剩10小時31分鐘】

「妳說是意外事故？」

貴之發出一聲怪叫。

我完全不懂飛鳥井這句話的意思，以及她心裡的意圖。那是意外事故？

「意外事故……妳說這種話，到底有什麼根據？」貴之問。

「因為這樣想最自然。首先，鋼索有一條鋼絲斷了。這是彎曲導致的鋼絲偏移，以及多年老化所造成的自然現象。鋼索的斷裂方式，是因為承受不了重量而被扯斷，切面呈鋸齒狀。」

葛城小聲的低語道「這點我也抱持同樣的想法」。

「光是一條鋼絲斷裂，剩下的鋼絲所承受的重量，將會跳躍性暴增。對用來固定的螺絲會造成過度的負擔，其中的一顆螺絲就此毀損。這也會增加固定處的負荷，螺絲將就此鬆脫。就這樣造成了這次令人痛心的意外事故……」

飛鳥井一臉遺憾的搖著頭。

「這是個可悲的事故。但不應該憎恨任何人。事故就該當作事故看待，我們現在應該繼續前進。好了，就從我們能做的事開始做起——」

「兩臺同時嗎？」

葛城以犀利的強硬口吻說道。以幾欲將人射穿的目光注視著飛鳥井。令人為之一寒。

「你這話什麼意思，葛城同學。」

「兩臺絞車同時發這種意外事故？這也太湊巧了吧？」

「這不完全算是同時吧。不過，第一臺絞車故障時，懸吊天花板加諸在另一臺絞車上的重量就會加倍。因為這樣的負重，使得另一臺絞車也故障了……可以這樣來看。當然了，因為是突然增加負荷，所以會有時間差，但應該撐不了一分鐘。」

飛鳥井以平淡的口吻接著說道。

「如果說這不是意外事故，那會是什麼？」

感覺她嘴角浮現一抹淺笑。那只出現短短一瞬間，甚至讓人不確認是否真的看到。我心想，她是在誘導。她想引葛城說出這句話。

「……是殺人案。」

葛城以嘶吼般的聲音說道。文男和貴之都浮現緊張的表情。久我島倒抽一口冷氣。小出看不出是什麼表情。她似乎是在看熱鬧。

「對了，你自稱是偵探對吧。」文男瞪視著葛城。「既然你說這是殺人案，那你告訴我。凶手是誰？我該懲罰誰才好？告訴我吧，偵探。」

「哈哈，有意思。葛城是偵探？」小出誇張的拍著手。「飛鳥井剛才也說『我已經不幹偵探了』。也就是說，這是現役偵探與前偵探的對決嘍。」

貴之和久我島對於她突然提到「偵探」一詞，似乎頗為驚訝。這也難怪。因為在這處密閉空間裡，竟然有兩位號稱偵探的奇特人物。如果說這是湊巧，未免也太巧了吧。

「我認為天花板會掉落，是人為造成。鋼索的鋼絲，不太會因為人為的方式而斷裂。它之所以斷裂，就像飛鳥井小姐說的，是自然現象。不過，鬆開螺絲，卻是人為。」

「鬆開螺絲是吧。這樣的作業需要花多少時間呢？葛城同學、田所同學，你們大致算過時間對吧。從外面關上懸吊天花板的房門。移往隱藏房間。在隱藏房間依序對兩臺絞車的鋼索動手腳，讓天花板掉落。依你們的推論，這需要五分鐘、十分鐘是嗎？這樣的時間，翼小姐要逃走綽綽有餘。」

「可是……」

「鬆開第一個鋼索的螺絲時，房內的人當然會發現天花板有異狀。這時，翼小姐會前往操作電動門開關，這樣應該能開門逃離。」

「這……」葛城說不出話來。

「而且，就算是殺人案好了，有必要這麼大費周章的對螺絲動手腳嗎？如果是要讓天花板掉下來就好，只要操作絞車就行。為何要刻意對螺絲動手腳，採用這麼麻煩的方法呢？

葛城沉默不語。

「將它看作是一起意外事故，一切就說得通了。反過來說，如果要看作是殺人案，則必須要解決許多矛盾才行。凶手為什麼要選擇這種殺人方法？為什麼要大費周章的對螺絲動手腳？為什麼翼小姐發現天花板有異狀，卻無法逃走？」

飛鳥井的說話口吻，就像老師很溫柔的在教導一位不太聰明的學生一樣。這存在著一份狡猾，就像是一邊刻意給周遭人好印象，一邊針對特定的學生施壓。

「……靠門那一側！」

葛城像在反抗般，大聲說道。

「凶手先對靠門那一側的鋼索動手腳！這樣如何？天花板會在堵住靠門那一側的狀態下傾斜。被害人就此無法從房門逃離，之後凶手再慢慢解開另一條鋼索的固定螺絲。」

貴之和文男散發的氣息明顯改變。他們因殘酷的想像而皺眉，對玩弄推理的葛城感到排斥。久我島張著嘴，渾身顫抖，似乎努力想跟上眼前迅速發展的情勢。而面對這樣的發言，覺得有趣而面露笑容的人，只有小出。是葛城失算了。因為他過於追求真相，而沒注意現場的氣氛。

飛鳥井開口。她瞇起眼睛，臉上露出幾乎可用慈愛來形容的柔和笑意。**沒辦法了。只好由我來公布答案**。

「翼小姐的遺體是位在懸吊天花板房間裡的哪個位置呢？」

「在房間的前面……」

葛城說完後，就此沒再接話。

如果葛城的推理沒錯，翼應該是在房內深處被壓扁才對。

「這和你說的好像兜不攏呢。」

「怎麼會這樣……」

貴之似乎深感懊悔，不斷搖頭。

「意外事故是吧……。雖然覺得我妹妹的亡魂一定很不甘心，但這麼說確實也有點道理。」

文男一臉悲慟的說道。

「可是！那種死法……那種死法不應該是意外事故啊！」

久我島像在哀號般大聲喊道。

「雖然聽起來很像是編造的理由。」

小出冷哼一聲說道。

「請、請等一下。」

我急忙站起身。這時候如果不加以反駁，就會一口氣傾向意外事故致死的說法了。

「的確，是有意外事故致死的可能。對鋼索指出的問題點，以及天花板明明降下，卻沒逃走的這個不自然的地方，也都跟飛鳥井小姐您說的一樣。不過，這些疑問應該也都有它的意義。」

「那麼，你能提出解答嗎？」

我全身僵硬。接著一股無力感襲來。甚至連「我沒辦法」都說不出口。

葛城的鼻翼顫動。

又來了——我做好防備。他開始要做出反應了。他的失控，或許又會產生新的衝突。但這可能也會成為打破眼前局面的契機。

「妳為什麼……這麼堅持說這是意外事故致死？」

「你說我堅持，我不懂你的意思。我只是陳述自己的意見。」

飛鳥井說到這裡暫時停頓，像在強調似的說道。

「堅持的人是葛城同學你吧？」

葛城的目光游移。他竟然會感到慌亂。

「……我向田所確認過，妳以前好像曾經當過偵探。」

「曾經當過？好怪的說法。不過，你說的沒錯，但那已經是過去的事了。」

「所謂的偵探，是不管處在什麼時候，都會追求真相的人。就算衝突一再發生，也會為事件帶來光明的人。至少我是這麼想。我們必須忠於真相。不管什麼時候，都唯有正確的推理，才堪稱是正義，不是嗎？」

飛鳥井的表情先是因厭惡而扭曲，接著才緩和下來。她露出不知如何是好的笑意，慢慢搖了搖頭。就像是感受到乳臭未乾的熱情，或是看到某個雖然令人厭煩，但又感到懷念、心情為之暢快的東西時，胸中浮現的感覺。她的表情散發出「你太嫩了」這樣的訊息。

十年前，與飛鳥井光流相遇的那個夏日情景，再次從我心頭掠過。這十年來，到底發生了什麼事？是什麼改變了她？

「推理有時候也會奪走人的性命。」

飛鳥井以冷靜的口吻說道。

「所以我後來才不當偵探。」

葛城說不出話來。我也一樣。

「十年前的冬天，有個姓甘崎的女生被殺害。都是因為我當偵探的緣故。」

我終於知道那名女子不在她身邊的原因了。

飛鳥井坐向椅子，開始以壓抑情感的低沉聲音娓娓道來。

「我和甘崎就讀的學校，有位女學生遭連續殺人犯殺害。那是個殺人魔，喜歡在屍體上做獵奇的裝飾。我們有位同學喪命，殺人魔依自己的嗜好，用鮮花替她裝扮。甘崎看了之後說——」

——我們就不能靠自己的力量抓住這個傢伙嗎？

真是傲慢。不過，這也是因為那起事件對我們兩人帶來很大的衝擊，令我們下定這樣的決心。

「我和甘崎兩人有偵破殺人案的經驗。雖然大部分都是在打工的時候被捲入的案件。」

「我和飛鳥井小姐你們相遇的那起案件，也是在那樣的模式下發生的嗎？」

飛鳥井一本正經的頷首。

「正因為這樣，同學遭殺害對我們造成很大的衝擊。要親手逮捕連續殺人犯，這麼不知天高地厚的想法，我們以前從來沒想過。不過……」

一切進行得很順利——飛鳥井略帶自嘲地笑著。看起來像在責怪自己。

「我發現了連續殺人犯的行動模式。他照著星期一到星期日的順序，每週換一個日子殺人，而且殺人的場所有一定的規則性。在地圖上標示後，他的特定意圖就此浮現。」

原本因親人的死而顯露悲傷和怒意的貴之和文男，也身子前傾，專注聆聽。似乎深受飛鳥井說的話所吸引。

「我透過甘崎在警視廳任職的哥哥，向警方提供這項資訊。告訴他們凶手下次犯案是在星期五，在這個地點進行。雖然我的推理很像是在遊戲，很可能遭到拒絕，但警方還是在我預測會是下個殺人場所的地點緊急布署警力。那天就此沒發生殺人案。」

這麼說來——久我島惴惴不安的說道。

「飛鳥井小姐防止了一起殺人案發生……對吧？」

他講得很沒自信，語尾就此消失。

「沒錯。我防止了一起殺人案，造就了另一起殺人案。」

準備接著往下說的飛鳥井，似乎相當痛苦。只見她蹙起眉頭，交握的雙手不住顫抖。

「……聽說是警方內部走漏消息。那起事件的犯人戶越悅樹得知我們是提供消息的人。」那是冬天下著冰雨的某個星期一。

＊　回想

一早就下著冰冷的雨。由於溼度高，今天喉嚨狀況不錯，但口中呼出雪白的氣息。我抵抗不了這樣的嚴寒，穿上了緊身褲。

我從圍巾裡露出嘴巴，呼出一口白色的氣息。今天早上就是這麼無聊，得靠這麼做來打發等候電車的無聊時光。

我站在八號車第三個門的位置上。每當我站在那裡，甘崎美登里總會比我晚兩分鐘走來，在我的視野左下方揮著手現身，並朝我喊「早安」。平時我們會開始閒聊，心情好的時候，她會從後面抱住我。心情不好，或是身體不舒服時，她會不發一語的站在我身後，所以我得主動跟她搭話。在更換季節服裝的時期，不管她心情再怎麼糟，也還是會誇讚我的穿著。我回答「明明每年看的都是一樣的衣服」，而她總是笑著應道「有一段時間沒看，就會覺得新鮮啊」。如果是這樣，對她來說，不論是夏天的酷熱，還是冬天的嚴寒，或許每年都一樣感到無比新鮮，這令我覺得有點羨慕。

在夏服外披著開襟羊毛衫的初秋服裝，終於改換成冬季服裝的這天，她沒出現。倒也不是想聽她誇獎，也不是覺得遺憾。就只是像心裡開了個小洞般，怎麼也靜不下來。

平時都在這時間坐的電車都到站了，但還是不見她現身。我一如平時，坐在最靠邊的座位，平時甘崎會坐的位子，一位身穿西裝跑進車廂內的大叔一屁股坐了上去。

昨天是星期天，她應該是去和她那位奇幻小說作家的親戚見面，讓對方看她的插畫底稿吧。

「妳一定很期待對吧。因為這可是妳的得意之作呢。」

讓我偷看一下嘛——我這樣說道，她回了我一句「不行！」，將她愛用的文件夾緊緊抱在懷中，死命搖頭。那是A3大小，折疊式的紙質文件夾，用來隨身攜帶素描本。

「為什麼不行。我知道妳在那個文件夾裡又放了透明資料夾，相當保護它。」

而且——我接著說道。略微興起惡作劇的念頭。

「它成為作品後，會有更多人看的。」

「光流，妳真壞。不過，讓妳看底稿，那又另當別論了。妳自己不也是這樣嗎，在妳腦中的想法完美的做出歸納整理之前，妳不也都不會說出心中的推理嗎？」

她鼓起腮幫子說道。雖然這是兩回事。

她說的奇幻小說，我聽她提過一些片段，所以我心裡也有大致的畫面。是一對少年少女，為了湊齊分散在世界各地的八顆寶石，而通過各項考驗的冒險故事。愈是讓人在腦中產生想像，挑戰的難度就會愈高，所以先讓我看不是很好嗎，基於這種微微的嫉妒心，我一直纏著美登里不放，但她堅持不肯讓步。

——真教人期待。

那位作家不知道多有名氣？一共會印幾本呢？雖然她說很期待書本擺在書架上，但如果不是疊放在平臺上，而是只有一本插在書架上，她看了應該會很沮喪。我並未在她面前說出我腦中浮現的這些無趣的現實。和這些都沒關係。當書本完成，她拿到我面前時，這世界就只會有畫書中插畫的她，與看著插畫的我。就連那位小說的作者，我也不讓她介入我們之中。

我走出車站，撐起傘邁步行走時，大聲的傳來雨傘彈開的雨聲，以及走在我四周的同校學生的交談聲。

校門四周聚滿了學生。模樣古怪。我感到一陣心神不寧。我從以前就不斷被捲入案件中。我嗅出案發現場飄蕩的空氣。我拋下傘，大喊著「讓一下」，撥開人潮。遠處傳來「妳別看」的大吼聲。

當我看到那幕光景時，我知道自己再也不會有平靜的夜晚了。

她蒼白的臉因痛苦而扭曲，雙眼圓睜。她周遭擺設了五顏六色的花朵，那人造花彈開雨水，展現出很不真實的鮮豔色彩。看起來就像翅膀。從她身上展開的五彩翅膀。我想起自己曾經在心裡想過，想要她陪伴時，會不惜扯斷她的翅膀，也要她留在我身旁。**不過我們還是能永遠在一起嗎？能永遠都不變嗎？**奪走她翅膀的人應該是我才對。這一切都太遲了嗎？

凶手有個在犧牲者的指甲上彩繪的怪癖。撥開花朵的裝飾一看，指甲上塗了黑白格子，圖案簡單的彩繪。

她愛用的文件夾就扔在屍體旁。因為是紙的材質，所以多處遭雨水滲溼。

從邊角露出一張紙。我無意識下取出手帕，打開那折疊的文件夾。裡頭的透明資料夾和她的畫都不見了。是凶手拿走了嗎？這到底是怎麼回事——我腦中一片混亂。

取而代之的，是在文件夾裡夾了一張紙。那小小的紙片裡，以黑筆寫著工整的字跡。

——因為妳的關係，得從頭來過了。

女教師從背後抱住我，我這才發現自己一直在放聲大喊。我將那張紙連同文件夾一起砸向地面，在因下雨而滿是泥濘的地面上用力踐踏。我發現自己滿臉濡溼，並不是因為下雨的緣故。

「都是我害的！」

我喊到破音，喉嚨沙啞。

「都是我害的……！」

＊

「甘崎死後，我獨自追查戶越悅樹的下落。最後，戶越在警方找上門之前，自己先上吊自殺了。那是我當偵探的最後一項工作。」

由於她說得很自然流暢，我一時間沒發現她要說的故事已經結束。這樣的結局真令人意外。

「自殺……也就是說，戶越認輸了？」

「現場留下了遺書和殺人案的證物。我和當時的警察認為這是他投降的表示。」

飛鳥井沉重的過去，令眾人聽得說不出話來。財田貴之一臉沉痛的表情，緩緩搖了搖頭，文男則是盤著雙臂，低頭不語。久我島一臉錯愕的表情注視著飛鳥井。只有靠在牆上雙臂盤胸的小出面無表情，但她同樣沒說話。

葛城全身顫抖。他一再張嘴，似乎在躊躇些什麼。不久，他就像下定決心般說道：

「……最後，妳就這樣逃離了偵探的工作嗎？」

我不自主地站起身。

「葛城！你怎麼說這種話……！」

此時的葛城已經失控了。因為這個緣故，他沒發現站在我們這邊的人已愈來愈少。

「田所同學。」

可能是看穿了我的不安，飛鳥井向我喚道。那是宛如母親般的溫柔口吻。

「請不用在乎我。」

飛鳥井露出空虛的笑意。

「葛城同學說的沒錯。有什麼話儘管說。」

她緩緩站起身。

「沒錯。我是放棄了推理。不再解謎，也不再當偵探。」

飛鳥井的聲音顯得滿不在乎。感覺她的態度就像一切全豁出去了。

「不過，那是因為我明白有些事光憑推理是無法解決的。我不再盲目相信。現在的我們就是這種情況。」

她張開雙手。

「我們現在被捲入山中大火之中，有生命危險。這時剛好又遇上強風，救援直升機無法靠近，就這樣原機折返。大火從正面來襲，背面是斷崖，無路可逃，火焰已逼近至前方一公里遠。我們只能祈禱風勢減弱，或是他們用滅火劑滅火，或者是期待來場奇蹟的大雨……。這就是我們現在面對的現實。」

不過——她接著說。

「就像葛城同學原本提到的，這座宅邸有可能存在著一條通往山下的隱藏通道。如果能找到那條通道，我們的生存機率就會提升許多……這樣就不是只能靠祈禱，而是有一線生機，能靠我們自己的力量脫離這樣的困境。」

「前提是真有這樣的通道。」

小出在一旁打岔，不過，對深受飛鳥井演說所吸引的眾人來說，似乎沒什麼效果。

「因此，我們現在該做的，就是為了找出這條隱藏通道而分頭調查。或者是分擔工作，為了獲救而做我們該做的事。絕不是……」
她俯視葛城，提出她的結論。
「沉迷於推理，繼續無視現實。」
就像小出所說的，如果這是現役偵探和前偵探的對決，勝敗已昭然若揭。
葛城坐著仰望飛鳥井，雙脣緊抿。他似乎在細細思索飛鳥井的意見，評估她的人格特質。
「的確……說得也有道理。」
貴之語氣嚴肅的說道。
「這時候不管再怎麼爭論，也改變不了山中大火向我們來襲的事實。要是彼此再疑神疑鬼的話，大家都會命喪此地。飛鳥井小姐應該是位現實主義者。我贊成妳說的話。」
在現場的氣氛下，由年長者起頭，是個很重要的要素。
其他人也都表示同意，葛城和我就此被孤立。
「你……你們打算怎麼做？」
飛鳥井把話題拋給葛城。她順便也提到了我，這令我有點生氣。感覺就像我一個人無法做出決定似的。
「的確，現在是該合作的時候。如果是需要力氣的工作，我欣然接受。因為我們還年輕。」

我很不甘心，刻意以強硬的口吻回答。雖然我很想和葛城站在同一陣線，但我也怕與眾人為敵。我真是個膽小鬼。

「我無法接受妳的信念。我認為有些事還是能藉由推理來改變。」

「還真是年輕的特權呢。光芒耀眼。」

飛鳥井以半開玩笑的口吻說道，但從那煽動的語氣中感受到惡意。就像對一個已無法重拾的事物充滿恨意。

「……不過，在現在這個情況下，妳的意見是對的。」

葛城讓步了。

我暗暗吃驚，同時也認為這是很妥適的結論。目前的情勢明顯是站在飛鳥井那邊。在這種已經夠孤獨無援的環境下被孤立，絕對要避免。

我同時也覺得，此時她的行為相當微妙。她知道貴之和文男對葛城反感，她刻意說葛城「還太年輕」，給他的行為一個理由。**你們應該也還記得自己年輕是什麼樣子吧？**她故意說給他們兩人聽。**所以我們也就以寬大的胸懷原諒他們吧。**到頭來，這是為了讓葛城加入自己團隊所使出的策略。

老奸巨猾。我腦中浮現這個字眼。坦白說，我相當感嘆，但成為直接攻擊目標的葛城可不是這麼想。他似乎還不服氣，他那顫抖的雙手就是證據。

飛鳥井光流原本不是這樣的人——我心中同時感到失望。她的推理和思考能力還是和以前一樣厲害，但她已失去當時的光輝。是因為我長大成人了嗎？還是她長大成人了呢？不管是哪個，現在一切全變了樣。

她真的是像她說的那樣想嗎？她要我們別追查真相，是想達成什麼目的？這又是為了什麼？我不知道。

「……別算我一份。」

倚在牆上的小出突然往前挺身。

「我不想和人合謀。不過，我也想獲救。因此，找尋隱藏通道一事，就請讓我自己一個人來吧。當然了，要是有什麼發現，我絕不會隱匿資訊。就結果來說是一樣的。這樣可以吧？」

她的口吻帶有不容分說的氣勢。飛鳥井不顯一絲怯意，向她確認道：「妳真的會和我們分享資訊嗎？」

「妳信不過我嗎？」

「因為難保妳不會突然改變心意，只想自己一個人獲救。」

小出像在嘲笑般的大笑。

「我自己一個人獲救，看你們六人被濃煙團團包圍，似乎也挺有趣的。哦，連同雄山老師也算在內的話，是七個人。——不過，我沒想到這個層面。因為對我來說，沒任何好處。」

好處——這句話聽了令人毛骨悚然。

當所有人都同意飛鳥井的提議時，我產生了錯覺，以為眾人產生一種連帶感。儘管明明有不願接受的葛城，以及不肯配合的小出在。

但如果真的像葛城的推理那樣，財田翼的死是一起殺人案的話呢？接受飛鳥井的提議，能明確獲利的，只有那名犯人。因為這麼一來，別人就不會追究他的惡行。

我極力壓抑身體的顫抖，同時環視在場每個人的臉。

也許殺人犯就混在這群人當中。

11　對策【離宅邸燒毀還剩8小時58分鐘】

我們分頭搜尋。

有體力的我、葛城、文男、久我島，對宅邸周圍進行翻土，挖出寬一公尺的黃土裸露地面。也就是所謂的防火帶。含水分的黃土翻出地面後，就不容易起火燃燒。這也是葛城提供的知識。

宅邸的團隊以飛鳥井光流為核心人物，再加上貴之和小出，在宅邸內四處調查，尋找隱藏通道。小出雖然說不和我們合作，但她也說「如果我可以自行在宅邸內四處走動查看的話，那我可以和你們一起行動」，所以為了方便，也就將她算進我方團隊的一員。

我們從裝滿園藝剪和平板車的倉庫裡，取出鐵鍬和鏟子。園藝剪上寫著「貴之用」。事先在用具上寫名字，看得出他中規中矩的個性。葛城說「這能用嗎」，拿起園藝剪，但他使用起來似乎很不順手。

「這也許是左撇子用的。」

我說，葛城聽了之後，不以為意的應道「嗯，可能吧」。

「或許能用它來裁剪樹枝。有誰是左撇子嗎？」

「啊，我是。」久我島舉手。

「……那麼，這把剪刀給你。」葛城若有所思的將剪刀遞出。「高處的樹枝之後再請貴之先生處理，我們在宅邸窗戶搆得到的範圍下盡量剪。就等我們這項作業結束後再請他做吧。因為待在下方會有危險。」

作業的第一個目的，是打造出含水分的黃土裸露地面。第二個目的是將宅邸四周的雜草連根掘起，防止地上的野草延燒。如果以園藝剪剪掉朝宅邸延伸的樹枝，更能提高效果。

我們以毛巾纏住口鼻，盡可能避免吸進不斷順著風勢飛來的黑灰。

當只剩我和葛城兩人時，剛才他與飛鳥井對決的事再次浮現腦中。

「抱歉。」

我此話一出，葛城露出納悶的神情。

「幹嘛道歉？」

「為了剛才飛鳥井小姐的事。你主張這是殺人案，一直到最後都堅持己見，但我卻沒站在你這邊，被飛鳥井小姐拉了過去。」

「是啊。你同意『應該合作』。而且還說我們年輕，所以需要力氣的工作可以交給我們。拜你之賜，我們被迫幹這種粗活。」

葛城拿起鏟子，朝我一笑。

「不必介意。你的判斷沒錯。在這座宅邸裡，就得避免被孤立。要是惹來貴之先生和文男先生的憎恨，而被趕出這裡，那將是最糟的情況。」

他回身而望。

「我想先問你一個問題。你當初遇見飛鳥井小姐時，她就是這樣的人嗎？」

「不……她……」

我一時找不到適合的說法，變得吞吞吐吐。

「我認為……她原本是位沒有迷惘的名偵探。一來或許也是因為有甘崎小姐這位開朗的女性在背後支持著她，不過，她原本是位個性更率直的人。」

「這樣啊。」葛城搖了搖頭，轉身背對我。「真是悲劇。」

他可能是在回想飛鳥井說的往事吧。光想就覺得心裡難過。

「好了，幹活吧。」

「好。」

這項肉體勞動真的很折磨人。我們朝地面翻土，要沿著宅邸周圍圍成一圈。

「這項作業真的有意義嗎？」我問葛城。

「我不知道是否有意義。不過，等體力耗盡後，就沒辦法進行這項作業了。」他說。

像這種時候，就算說謊也好，如果不回答一句「有意義」，可就教人傷腦筋了。

這可是關係著士氣啊。

久我島依照吩咐，不發一語的工作著，但文男則感覺像是做沒多久就休息。他倚在宅邸的牆壁上，茫然的仰望天空。

「文男先生，你可以多休息一會兒……這裡我們會處理。」

我抛出這句話後，他猛然回神，臉上浮現生硬的笑容，拿起鏟子。「沒事、沒事。動動身體，比較能消除煩憂。」他如此說道，又開始投入工作中。

心裡真不是滋味。

我回到自己的工作崗位，再度開始作業。過了一會兒，葛城一邊將鏟子插進土裡，一邊說道：

「不過話說回來，真是被擺了一道呢。」

「怎麼說？」

「這項分擔工作啊。」

葛城用腳踩向鏟子，把鏟子前端插進柔軟的地面。一臉不悅的將鏟起的泥土抛向一旁。

「說什麼我們……體力好。我看飛鳥井小姐她應該可以輕鬆走遍這座山，連大氣都不喘一下。來到這座宅邸的那一晚，她一臉疲憊，還說『我要先休息一會兒』，就此先離席，那是騙人的。當然了，不可能說她一點都不累，但她的步伐和聲音還顯得游刃有餘。我們被巧妙的阻隔在外。為了不讓我們在宅邸內調查。」

「所以你剛剛才說『被擺了一道』是吧。會不會是你想多了？」

「這可難說。」葛城的口吻佯裝平靜，但他的每個動作都顯得很粗魯。「至少，只要不讓人對宅邸內展開調查，應該就找不到他殺的根據。」

他將鏟子立著插向地面，像在向我求助般，聲若細蚊的喚了一聲「我問你……」。

「我的做法錯了嗎？」

我有點意外。葛城確實個性內向，不擅與人往來，但在推理方面，他有絕對的自信。這樣的他竟然會迷惘。

「對，你確實錯了。」

他一臉驚訝的抬起臉來。我朝他一笑。

「……如果我這麼說，你就會改變做法嗎？」

葛城眨了眨眼，像在吐氣般的大笑。模樣有點誇張。接著他以略顯僵硬的表情說道「這玩笑開得有點猛哦」。

「你這麼在意飛鳥井小姐說的話嗎？真不像你呢。坦白說，我剛才雖然說我認同她說的話，但對她的做法有疑問。」

「怎樣的疑問？」

「……在這種局面下，大家應該合作，這個結論沒錯。但她前面提到的根據實在很薄弱。不是嗎？的確，在殺人案的說法下有一些矛盾，這也都被飛鳥井小姐點出。不過，如果要看作是意外事故死亡，同樣有疑問。例如，翼小姐走進懸吊天花板的房間內，把門關上，是在裡面做什麼？飛鳥井小姐並未對此說明。而且也很難證明這確實是意外事故致死。

「這或許近乎是惡魔的證明❷。」

「我也不知道該怎麼說才好，不過，她的話聽起來不像是在說『因為這是意外事故致死，所以大家一起合作』。該怎麼說呢……」

「以意外事故致死的結論，來主導談話內容。」

葛城如此低語。我馬上彈了個響指說道「對，就是這個」。

「但這麼做的目的何在？」

「……為了讓大家一起合作？」

葛城說完後，鼻翼抽動。

「……田所，託你的福，我覺得理出頭緒了。謝謝。」

「用不著為這種小事道謝啦。」

他垂眼望向地面，露出陰沉的表情。

❷將很難證明的事比喻成惡魔，因而有這種說法。

「……我也認為她說的有點道理。以目前現有的線索，無法確定這是意外事故還是殺人案，在這種狀況下，我也不希望一味的引來對立。像這項作業也是，如果不是大家一起合作，將難以推動。」

「不過，她也透過那樣的意見展開誘導，讓你無法進行搜查。你應該很不是滋味吧。」

葛城大動作的聳了聳肩。他以毛巾代替口罩遮住了臉，所以我們無法以表情溝通。

「她要說的是……」葛城接著道。「不靠推理，就能打破眼前的僵局。但所謂的偵探，就只有在推理下才得以存在，不是嗎？」

Raison d'être（存在的意義）。

為了這種概念性的問題而苦思，果然不像平時的他。眼前的灼熱和沾滿黑灰的環境，肯定也漸漸削弱他的內心。

「因為她好像已經不當偵探了。」

連我自己都大吃一驚。要同意他的意見，或是鼓勵他，應該多的是方法，但實際從我口中說出的，卻是轉移他討論話題的話語。

「葛城，對你而言，偵探是什麼？」

之所以想用這個抽象的討論來逃避，是因為我覺得自己很沒用。

「這還用說。」

他毫不迷惘的回答。

「是一種生存方式。」

我吞了口唾沫。

「所謂的偵探，並不是什麼職業。我們實際的『職業』是高中生，而偵探的行為，不過只是情勢使然下而為之。不論是當保險調查員，還是總理大臣，應該都還是能當偵探。不是當職業，而是當一種生存方式。所以它不像職業一樣，可以說辭就辭，說換就換。永遠都無法擺脫偵探的身分。」

「職業也是有緣分的，不是想辭就能辭，想換就能換。」

我這句話，葛城沒回應。他對飛鳥井這種違背偵探的行徑嚴厲批判。

「……她應該是再也無法採用那樣的生存方式吧。」

這樣有那麼不可原諒嗎？這句話我終究還是沒說出口。對我來說，她說的往事確實觸動了我的心。就算這只是她刻意施展的策略也一樣。

「葛城。都這時候了，我坦白跟你說吧，你的個性太直了。你聽好，我不像你這麼堅強。飛鳥井小姐一定也是。你要貫徹你的生存方式，是你的自由，但把你的價值觀硬加諸在她身上，這就錯了。」

「你今天可真敢說。」

「因為也只有我能對你說這些話了。」

「我對謊言很敏感，這是個性的問題。這是改不掉的。」

「那麼。」

我的聲音不知不覺中帶有一絲煩躁。正因為他個性太直，所以不時會讓人動怒。

「是我的說法不對。我們人對於自己的生存方式，無法說改就改。你說的沒錯。但這種生存方式將會處處受限。到時候，為了保護自己……」

只有選擇逃避——這句話卡在我喉嚨裡。因為我不想用這句話來責怪她。逃避？為什麼非得用這樣的字眼不可呢？我望向葛城。此時他因為情緒激動和面對危機，兩相作用下顯得怒氣沖沖，但如果我對葛城……。

一陣強風吹來，樹木焚燒的臭味直衝鼻端。無法呼吸。像咳嗽般硬擠出的聲音，就此變得很大聲。

「那你自己呢。」

我的聲音變得粗野。

「你能發誓，就算我死了，你也會繼續當偵探嗎？」

葛城瞪大眼睛，眼瞳微微游移。他掀開當口罩用的毛巾，從我臉上移開視線，暗自低語。

「……這樣的承諾太殘酷了。」

從葛城眼中浮現的神色，我明白他和我想的是同樣的事。令人喘不過氣來的沉默，緊緊纏繞著我滿是溼汗的身體。

我無事可做，就此拿起鏟子，準備再次開始工作，但沉默重重壓向我身體，雙手遲遲沒有行動。

「……抱歉。我一時沖昏頭了。」

葛城先開口道歉。

「不，我也不夠冷靜。」

「或許有一天……」

葛城喃喃自語似的說。

「我們會無法在一起。也可能是拆夥，或是被拆散開來。我想過這種事。」

「是我不好。說得太過火了。絕對不會有這麼一天的。我是最想在你身旁看你推理的人。因為我想看清楚案情是從哪裡開始，到哪裡結束。所以我絕不會離開你。」

「飛鳥井小姐和甘崎小姐一定也是這麼想。」

「這……」

我為之無言。我覺得不管再怎麼如實傳達我心中的話語，也留不住葛城的心。我低頭望著自己腳下。

「……你要這麼說的話，我覺得很不安。我和葛城你不同，我沒半項優點。因為我不知道你是否會永遠和我搭檔。」

我到底在說什麼啊。我順著自己的不安，脫口說出不該說的話。是因為處在熱度逐漸攀升的山中，腦袋變糊塗了。

「都這時候了，我坦白跟你說。」

葛城就像要說什麼心裡話似的，以平靜的聲音說道。用和我剛才同樣的說法，難道他也是刻意？

「我之所以認定你當夥伴，是因為你不會講致命的謊言，而且個性憨直。」

「什麼嘛，瞧不起人是吧……」

差點又火氣上來時，我猛然驚覺。我懂他話中的含意了。葛城出生在上流社會的家庭，生活在滿是謊言的世界裡。身為一位富家少爺，在學校裡同樣大家對他敬而遠之。

所以我明白。這是葛城發自內心對我的誇讚。

「意思是，我這個人頭腦簡單，很好應付對吧？」

「你雖然嘴巴上這樣說，但感覺得出來，你還挺高興的。你的個性就是這樣。」

我不禁嘆了口氣。是感到身體疲勞，同時也帶有一絲滿足的嘆息。

「總之。」

葛城別過臉去。他的聲音略微偏高。似乎對自己說的話感到難為情。

「再度面對飛鳥井小姐前，能先讓頭腦冷靜一下，真是太好了。……不過，我可不想就這樣放棄調查線索。因為這起事件明顯很不自然。」

「對。就這麼辦。現在還是先工作吧。」

我們默默做著這項工作，過了約三十分鐘後，果然感到腰部痠疼。當我工作變慢時，葛城從後方喚道：

「對了，你和她當初認識的經過，說來聽聽吧。」

「昨天我不是已經濃縮成二十字說過了嗎。」

「因為我想對『敵人』多一分了解。而且，要完成這項工作，如果不聊點有趣的話題，未免也太單調了。」

這話聽了教人直搖頭，不過，我還是應他的要求開始說了起來。畢竟我也厭倦不發一語的工作。

當然了，我所知道的資訊並不多。只知道被捲進飯店命案的當時情況，以及當時飛鳥井光流和擔任她助手的甘崎美登里給人的印象。

說著說著，漸漸覺得甘崎美登里這名女性最後竟然會喪命，這樣的殘酷和悲慘，重重壓向我心頭。幾乎完全變了個人的飛鳥井，她的態度和言行，每次想起，總會感覺到有股像皮膚遭針刺的痛楚。

「……真令人鬱悶。」

作業結束後，葛城說道。

「真搞不懂。我不會放棄解開謎團，不過……」

說到這裡，葛城停頓了一會兒，將鏟子扛在肩上。

「我們分擔的部分完成了。看看其他兩人的情形吧。」

葛城最後到底想說什麼呢。

不過，看得出來，有某個東西開始在他心底匯聚。

＊

久我島敏行將鏟子插在黃土上，稍事休息。

（水……）

他知道自己步履虛浮。再過幾個小時，大火便會燒向這座宅邸。一想到這點，就害怕得齒牙打顫。我會死在這兒嗎？

（不，我不想死在這兒……）

正當準備前往一樓的餐廳喝水時，發現玄關門的樓梯前方有名男子蹲在地上。男子手肘抵在自己大腿上，單手托腮，低垂著頭。

「文男先生。」

久我島向他叫喚，但沒有反應。

久我島環視四周，發現宅邸前的區域，作業完全沒進展。地上只留下用鏟子鏟了兩、三下，微微翻過土的痕跡。鏟子就這樣隨手丟在地上。

不久，文男以緩慢的動作抬起頭。

「……抱歉。」

那是很誠實的口吻。沒有要掩飾的意思，極為冷靜的口吻。

「沒人會責怪你。我負責的部分結束了，我來幫忙。」

久我島想展現自己隨和的一面，如此說道。

（他似乎很沮喪。這也難怪。）久我島心想。（因為他剛失去自己的妹妹。）

久我島坐向他身旁，忘了要喝水的事。遠處傳來那對高中二人組工作的聲響，久我島試著展現親近感。

「救援真的不會來嗎？」

「這麼大的風勢，應該很難吧。」

文男清楚的呈現出想結束對話的氣息。但他似乎連站起來都做不到。

「這樣的作業有意義嗎？」

「總比什麼都不做來得強吧。」

他的口吻帶有一絲不耐煩。

「現在這時候，最重要的就是通力合作。」他接著道。「飛鳥井小姐不也這樣說過嗎？她說的很對。大家決定好的事，應該已經沒有閒工夫去攪亂了。」

久我島圍著毛巾的臉，擔心地望向對方。（這也難怪，因為他現在正發愁呢）。像這種時候，就會想對別人發火。

「為什麼會變成這樣？」文男的聲音在顫抖。「我沒這個意思。真的沒這個意思。我沒想過要讓她遭遇這樣的危險啊。」

「你和令妹感情很好吧。」

（不過，他說讓她遭遇危險是什麼意思？）對於這令人納悶的說法，久我島頗感在意。

文男抬起臉，一臉驚訝的表情。「對，」他像在呻吟般說道。「沒錯。」

「那孩子是天使。」

這形容可真誇張——久我島覺得奇怪。但想起翼穿著那身潔淨的連身洋裝，掛著天真微笑的模樣，便覺得他這麼誇讚自己親人，倒也不為過。

「不論我和家父再怎麼難過，她也總是對我們投以那樣的微笑。明明我們都沒資格得到她的原諒。但她卻在我們毫不知情的情況下……」

他內心紛亂。

他的口吻很奇怪。聽起來就像在說別人的事一樣。

「我原本心想，如果那天遲早會到來，那就是現在了。我一直以為這是上天的安排。」

難道他指的是翼與她祖父見面的機會？

「我也做了不少壞事。」他轉頭望向久我島。「啊，你一定覺得我講話很孩子氣吧。」

「不，沒這回事。」

久我島聽說財田貴之是知名企業的社長。而他兒子想必也在知名企業裡任職。他說的壞事，指的是公司裡的事嗎？就像貴之的公司捲入非法政治獻金的疑雲一樣……。這就此激起久我島喜歡八卦的個性，但對方現在方寸大亂，看來不適合現在打聽。

「到底是誰做出那麼殘酷的事呢……」

貴之對久我島的低語有所反應。

「誰做的？」

他的聲音轉為尖銳。

「飛鳥井小姐不也說過嗎！那只是一起意外事故。是一場悲劇！」

他的口吻轉為具有攻擊性，久我島全身為之一僵。

「文、文男先生……」

「你太太也是，也不知道她現在是什麼情況。」

久我島全身發顫。

「你……你說什麼？」

久我島腦中閃過一個他很排斥的畫面。那是妻子冰冷的躺在地上的身影……。

「別再說了！」

久我島摀著嘴，蹲下身，全身不住顫抖。

不知過了多久。兩人的呼吸這才平靜下來，一臉茫然的互望一眼後，他們小小聲的向彼此道歉。

「……真的很抱歉。我說得太過火了。」

「不，我也是。說出那麼思慮欠周的話……」

聽兩人的口吻，都不認為光這句道歉就能了事。

兩人盡皆沉默。不久，就像是要填補眼前的沉默般，文男向久我島問道：

「嫂夫人是怎樣的人？」

久我島也向自己心裡拋出這個問題。

「在我難過時，她是唯一在身旁支持我的人。」

可能是對自己竟然會脫口說出這樣的話感到吃驚，久我島為之瞠目。

「她是個很堅強的人。每當我悶悶不樂，感到苦惱時，她總會在背後推著我前進。」

久我島拭去眼角的淚，用力吁了口氣。

久我島抬起臉，發現失去翼的文男，正向他投以擔心的視線。文男眼中的攻擊眼神已完全消失，改為浮現同病相憐的親愛之情。

「她一定是個好太太。」

「對。」久我島意識到自己心中的感傷。「非常棒。」

久我島重新面向對方。

「你娶妻了嗎？」

「我還沒結婚。」

文男以自嘲的口吻說道。

「我們要是都能活著回來就好了。」

說完後，原本意志消沉的文男應了聲「嗯」，終於站起身。

「好了。開始做我們能做的事吧。」

＊

小出吹著口哨，在寬敞的宅邸內四處走動。

（情況愈來愈有意思了。）

第一次看到葛城時，只覺得是個不討喜的小鬼，刻意與他疏遠。正因為這樣，看他被那個姓飛鳥井的女性修理時，心裡覺得很痛快。這兩人好像都在玩推理，但飛鳥井畢竟薑是老的辣（這樣說，她有點可憐哦？），略勝一籌，小出從她身上感覺到老奸巨猾。

（不過話說回來，關於這個隱藏通道嘛。）

小出暗自思索。的確，財田雄山基於自己孩子氣的嗜好而蓋了這座豪宅，她事前早已得知這項消息。但親眼看到隱藏房間和懸吊天花板的存在後，對於雄山竟然做出這麼無聊的事大為傻眼，這也是事實。

（大人們全部聚在一起，就像在尋寶一樣！真是夠了！一副傻樣。）

話雖如此，這可是性命攸關的事，她也同樣無法置身事外。

她從一樓依序對宅邸內展開調查。

一樓有玄關、客廳、大廳、書房、餐廳、洗手間，以及懸吊天花板所在的大房間和隱藏房間。二樓有充當每個人起居室的客房數間，三樓則是財田一家人的房間。

雖說要找尋隱藏房間，但如果是地下通道的話，應該在一樓找尋比較恰當。反過來說，財田貴之和飛鳥井人在一樓的可能性比較高。

（這樣正好。）

小出心中興起惡作劇的念頭。她一溜煙的走上樓，往各個房間裡窺望。

有的客房上鎖，有的沒有。上鎖的有飛鳥井、久我島，以及小出三人的房間。此時是非常時期，很多人來到這裡，只有身上一套衣服，什麼也沒多帶。她最先打開葛城和田所的房間，背包裡除了飲用水、罐頭、毛巾外，什麼也沒有。真沒意思。

久我島曾一度先回到家中，整理家中的貴重物品，所以會上鎖也是理所當然。小出自己當然也就不用說了。飛鳥井是出於習慣，還是她從公司帶來的包包裡藏有不能讓公司以外的人知道的祕密資訊？還是說……。

她走上三樓時，腳步放得特別輕。

小出對三樓的房間展開調查。文男的房間沒開，所以她搖著那扇門，心裡暗罵。電影放映室、遊戲室沒上鎖，所以可以在裡頭盡情調查，但查無所獲。

她定睛細看，發現走廊的地毯上沾附了幾個像白墨水的白點。從雄山的房間前面一路連向翼的房間。她順著墨水痕跡走，得知起點似乎是倉庫。

她走進倉庫時，發現一處疑點。

平時不太使用的東西，在倉庫裡塞得滿滿。鐵製的架子上擺放了烤肉組、露營用品組、老舊的煤油爐、平板車。還有像是文男兄妹小時候用過的充氣泳池，完整的折疊擺好。她看到一個開著口的小袋子。就像是被人隨手扔在門口附近。

地上有白色的墨水痕跡。紙箱下有個被壓垮的修正液容器，裡頭的液體都被擠壓出來。想必是整理物品時，修正液掉落，內容物跑了出來。

墨水已經全乾了。

（會在這種地方嗎？）

當然了，這裡沒有隱藏通道的線索。

小出發現雄山和翼的房間都沒上鎖，微微嘴角上揚。

走進雄山房內的寢室後，只見他一臉茫然的躺在床上，發出沉睡的呼吸聲。

（他應該還沒發現自己的孫女已經死了吧。）

她極力不發出腳步聲，將工作室大致檢查過一遍。

相本整理在書架的最下層。仔細一看，雄山當初到全國各地的神社佛寺和風景勝地旅行時拍的紀念照片，全收納在相本中。桌上有一臺年代久遠的相機。拍照似乎是他的嗜好。全是他自己一個人的獨照，感覺得出這男人的自戀。

桌子後方的牆壁，滿滿都是月曆和像是作品備忘錄的潦草文字。牆上留有幾處老舊的日曬痕跡。

她想起從那名高中生那裡聽到關於保險箱的事。她往桌下窺望，身體瞬間為之一僵。

（……嗯。）

她抬起臉，做了個深呼吸。

她重新整理情緒，打開書桌抽屜，裡頭有老舊的日記本。應該有三十多本吧。似乎是一年寫一本。她翻看了幾頁，發現是對文男小時候的描寫。日期是二十多年前的八月。當時他還只是個國中生。

『文男又長高了。雖然還是個國中生，但現在得仰頭看他了！因為他在走廊的柱子上記錄身高，我罵了他。』

雄山的日記本有多達好幾頁寫的都是這種無趣的日常生活。小出暗哼一聲。

『所謂的疼愛入骨，指的就像這樣。原本以為第二個孫子出世，不會有多大感動，但孫女果然就是不一樣。不知道她以後會長成怎樣，心裡對此充滿期待。』

指的應該是翼吧。一位疼愛孫子的爺爺所寫的詞句持續了好幾頁，看了幾年份的日記後，小出又發現一個令人在意的地方。

『水江來訪。一樣不長進，又談到《青色的回想》。直嚷著說『那小說裡的人物原型是我。你把我寫得像妓女一樣，這是毀謗名譽，你要付我賠償費』。每次都講同樣的事，怎麼也說不膩。我已給了妳不少錢。倒不如說，妳應該感謝我，把妳寫得這麼美。話說回來，妳說把妳寫得像妓女一樣，未免也太偏離實情了吧。妳根本就是個不折不扣的妓女。』

小出的表情因厭惡而扭曲。她最討厭把女人當食物看待的男人。雖然不知道水江這個女人，但應該沒道理被他寫成這樣。

之後十幾年份的日記，她迅速翻閱。都是和創作有關的各種問題的羅列。他用來作為小說人物原型的人所發表的憤怒言詞，以及雄山對與他爭論的編輯們所說的辱罵言詞，當真是不堪入目。

其中一個是關於雄山的兒子貴之。

『兒子的公司捲入非法政治獻金疑雲。我向他質問後，確有此事。果然不出我所料！這傢伙就是會做這種事的人。我叫他把一切全告訴我。我會替他保密。我對他一開始決定做壞事的心境，以及他是如何掩蓋此事很感興趣。他問我，爸，你不生我氣嗎？他那張天真的臉，看了真教人愉快。他根本什麼都不懂。親人當中出了罪犯。我知道他的成長過程、想法，以及過去的一切。就是這樣的傢伙犯了罪。

如果這樣還不是適合寫小說的素材，那什麼才是？』

「什麼都不懂的人是你吧。」

小出不自主脫口說出的這句話，或許是想說給靜靜躺在床上睡覺的雄山聽。

小出想起之前刻意對第一次見面的貴之問到非法政治獻金的事，他當時的反應。這令她更加確定。

小出將日記放回抽屜，不再閱讀。

她再次望向書桌，重重啐了一聲，接著摀著嘴望向雄山。雄山仍在打呼。

（既然他不會發現，我乾脆朝他吐口水吧。）

她試著找尋有沒有當初建造宅邸時的合約書，或是可以看出隱藏通道的存在和位置的資料，但書架裡堆積如山的資料，全是列印出的成疊網頁資料，以及出版合約書，完全沒有關於宅邸的資訊。

她再次環視房內。為了確認自己是否已將現場恢復原狀。

接著她前往翼的房間。寫有一個『翼』字的名牌旁，有音符和翅膀的圖案。可愛的小飾品。

充滿想像力的內部裝潢。附床幔的床鋪，加了蕾絲裝飾。一位身上裹著膨鬆白色毛毯的大小姐。她想起翼的面容，心想，如果是她的話，一定很合適。

（不過對我來說，這太甜了。）

桌上的擺設很單調，就只有邊角放了幾根香氛蠟燭。抽屜裡塞滿了講義，但看不出哪個是暑假習題。小出翻閱她高中三年的教科書。得知她從頭到最後一頁都寫滿了字，練習題也全部寫完。小出嘴角輕揚。

她再度將這疊講義塞進抽屜，取出從最下層抽屜滿出的透明文件夾。

小出微微發出哦的一聲。文件裡有幾張圖畫用紙。她直接在桌上攤開來看。

是草圖，但似乎是這座宅邸的平面圖。好像是翼自己親手繪製而成，旁邊還以渾圓的字體寫下一些備註，很像她這年紀的女孩會寫的字體。

（哦，這是……）

平面圖雖然畫得很外行，連直線也畫得歪歪扭扭，但整體輪廓一致。這是從一樓走廊看出去的角度，連絞車所在的隱藏房間也畫了進去。這平面圖上還畫了幾個小出不知道的機關。二樓的走廊微微傾斜，就像立體圖一樣。一樓走廊的圖畫，有幾個地方像門一樣打開著，內側設有鏡子。餐廳和大廳以翻轉門相連……。就像這每個機關都有其存在意義般，教人不敢相信。

（這個平面圖是翼畫的吧。那麼，之前提到隱藏通道時，為什麼翼不拿出這個平面圖呢？）

小出呵呵輕笑。本以為那個女孩是個傻瓜，不過現在看來，她似乎暗藏了某個企圖。

小出思考翼留下這個平面圖的原因。對翼來說，這裡是暑假才會來的祖父家。而且是座大宅邸，多的是隱藏通道和機關。同時，從她與葛城、田所談話時的模樣來看，她很怕無聊，對新的刺激特別敏感。當然會在宅邸內展開探險。

這個推測同時也引來另一個推測。這個平面圖從抽屜露出來。換句話說，最近才剛有人拿出來過。

這個人當然是翼自己。她以天真的渾圓字體，在平面圖的懸吊天花板房間上寫著「寶藏！」。位置是在房門口一帶，但那個房間因為會降下懸吊天花板，所以沒擺放家具。這個位置應該什麼也沒有才對。

不論是意外事故，還是蓄意殺人，飛鳥井和葛城曾針對她走進那房間的原因展開爭論。小出似乎發現了一樣東西，能窺見箇中原因。

（寶藏是吧……。她是打算獨占那個寶藏，才隱瞞這件事嗎？看起來不像那位大小姐會做的事。）

發現了一個有趣的東西——小出暗自微笑。

她走出房間，來到文男的房門前。走廊的柱子上有幾道刻痕。抬頭仰望的位置，有個刻痕寫著「國二　夏　文男」。

小出忍不住嘴角輕揚。

「小出小姐，可有發現什麼嗎？」

轉頭一看，走上樓的飛鳥井出現在她面前。小出在心裡冷笑。**妳可來了。光會說**

好聽話的女人。

「不」，小出面露微笑。「什麼也沒發現。」

小出刻意說謊。她在思索，將這個資訊交給誰會比較有趣呢？

12 發現 【離宅邸燒毀還剩6小時4分鐘】

我們好不容易完成了我們負責區域的挖掘工作，返回大門前。文男和久我島將鏟子扔在地上，兩人不知在談些什麼。黃土裸露地帶的作業才做到一半，所以我們也動手幫忙。文男和久我島覺得很不好意思，但四個人一起進行，果然作業速度加快不少。不到一個小時便完成了。

「明天肯定肌肉痠痛。」

我如此嘀咕道，葛城虛脫無力的點著頭說道「應該先鍛鍊好身體的」。

「背部好難受。葛城，你的背包裡頭有沒有貼布？」

「因為裡頭只放最低限度的必需品……早知道就帶降溫噴霧劑來了。」

「如果明天會肌肉痠痛，就證明你們還年輕。」

轉頭一看，只見文男取下摀住口鼻的毛巾，臉上掛著淺笑。

「託兩位的福，幫了我們很大的忙。」

「真想沖個澡。」久我島說。

「雖然不能沖澡，但再這樣下去，身上的汗會變冷。我有些舊的T恤，你們不嫌棄的話，我去拿來給你們，看要不要把汗水擦乾後，先換上T恤。」

我和葛城也都受不了自己和對方的汗臭，這建議真是求之不得。文男返回他三樓的房間，拿著T恤返回，我們收下後，各自回房換上。脫下那沾滿汗水的學生制服後，有種又活過來了的感覺。

突然很想喝水。往下走到大廳一看，飛鳥井在那兒。

「辛苦了。」

她可能是已猜出我們的心思，朝我們遞出兩瓶水。她那沒流半滴汗的清爽表情，看了真教人忿恨不平。

「雖然只是應急，不過黃土裸露地帶已經造好了。」

葛城以冷靜的聲音報告。

「真的很感謝你們。」

她很有禮貌的低頭行禮。

「妳那邊可有什麼收穫？」

經這麼一問，抬起臉的飛鳥井馬上臉色一沉。她一臉遺憾的搖了搖頭。

文男和久我島出現在大廳。文男表情扭曲。

「情況不妙……」文男低語道。「剛才我和家父談過。他到塔上用園藝剪裁去樹枝，發現火勢似乎已經很接近這裡了。他說已經開始過河了……」

「過河？」葛城喊道。「那一帶是黃土裸露的地面，應該很安全才對……」

「你說河……那不就已來到步行不到三十分鐘的距離了嗎？」

我深感絕望，差點當場昏厥。

「火勢一定很強……」

飛鳥井同樣流露悲戚的表情。

「這樣不妙啊。火勢已延燒到河邊，那表示今晚這座宅邸可能就會被大火包圍。」

「怎麼會這樣！」久我島放聲哀號。

「可惡，看來有必要認真找尋隱藏通道了。」文男說完後，又補上一句。「……在那之前，請讓我先休息十分鐘。我覺得人不太舒服。」

他說完後，上樓回自己房間去了。

我感到尷尬，對大家說我也要回房間休息一下，就此離開大廳。葛城也隨後跟來。

我打開廁所電燈。因為已經停水，所以成了無法沖水的馬桶，但就是想走進一處可以上鎖的空間。

（……咦？）

這時我覺得有哪裡不對勁。

是哪裡不對？這時我還不明白原因。

我回溯自己走進廁所後的行動。打開門、按下開關、關門。手放在腰帶上——對了。開關。我打開燈。或許有人會笑我，說這麼理所當然的事有什麼好說的，但其實不然。

我頓時失去尿意。我走出廁所，對坐在床上的葛城說：

「我想起來了——我想起來了，葛城。」

「……你好歹繫好腰帶吧。怎麼啦，這麼慌張。」

「昨天深夜，我起床上廁所。因為我一直都睡不好覺。」

「然後呢？」

「當時我想打開廁所的燈。但燈不亮。」

葛城就此停住動作。

「本以為是燈泡壞了。但現在是非常時期，而且又是深夜時分，就算跑去要備用燈泡，貴之先生也睡了。所以我今天早上原本還在想，得換燈泡才行。」

「但現在燈亮了。」

葛城站起身，注視著廁所的燈泡。

「如果是這樣，只能推測是昨晚停電。」

這正是我想說的。

「的確，我記得昨天深夜又傳來雷聲。如果是那時候一般電源停電的話……」

「因為是深夜時分。沒人一直點著房內的燈，所以不容易發現停電。如果這座宅邸停電的話……那懸吊天花板房間的電動門，在那個時候也會無法操作。」

我和葛城面面相覷。

為什麼翼無法從那個房間逃離？

為什麼凶手只能藉由將固定用的螺絲取下，讓天花板掉落？

現在我們已經得到答案了。

「接下來我們要面對的問題，是凶手在停電時，如何得知被害人在那個封閉的懸吊天花板房間裡。」

解開一個疑問後，又出現另一個疑問。但我們真切感受到我們正往前推進。

這時傳來敲門聲。我應聲後，對方回答「是我、是我啦」。似乎是小出小姐。我站起身，正準備前往開門時，她突然直接從外頭開門。

「原來你們在啊。」

「請不要突然自己開門好嗎！」

「因為沒聽到你們應聲，我還以為你們不在呢。」

要是不在，就更不應該開門吧。

「如果要直接說那件事的話，還是跟你們說比較好。我給你們帶來了一個有趣的消息。還帶了個伴手禮。」

她如此說道，就此告訴我們她在雄山和翼的房間裡調查的結果。說要自己行動的小出，果真如她所言，到處擅自行動。雖然她嘴巴上說她只是對被害人的房間感到好奇，但我不用看葛城的鼻翼抽動，也知道她在說謊。我看，只要是門沒鎖的房間，她應該全都看過了吧。

「還有，雄山的房間裡有他的日記本。約有三十年份。雖然不知道對解開翼遭殺害一事有沒有幫助，但應該有參考價值。」

「裡面都寫了些什麼？」

我純粹基於個人興趣詢問。

小出告訴我們的事，已足夠令我們幻滅。我們就此一窺從小便萬分憧憬的作家不為人知的黑暗面。有種遭到嚴重背叛的感覺。雖然心裡明白，是我自己對雄山抱持期待，但還是很難承認。

「那麼，妳說的伴手禮是什麼？」

「啊，差點忘了。是這個。」

她取出一張手繪的平面圖。她說這可能是翼對宅邸展開調查所畫下。

「這是……」

懸吊天花板的房間上寫著「寶藏」的標記吸引了我。難道那個房間的地下有個隱藏空間？

「寶藏……難道指的是隱藏通道？」

「應該不是。」小出若無其事的說道。「發現它之後，我也試著展開思考。如果這真的是隱藏通道的話，昨天翼應該會在話題中提到。因此，這應該是別的東西才對。翼很重視的某個東西。所以她才會藏著沒說。」

「有點道理。」葛城嘴角輕揚。「資訊分析。田所，你的拿手絕活被人搶走了哦。」

「少囉嗦。……不過話說回來，寶藏是吧。翼小姐之所以去那個房間，有可能是因為那個寶藏對吧。」

但葛城卻又注意到另一件事。

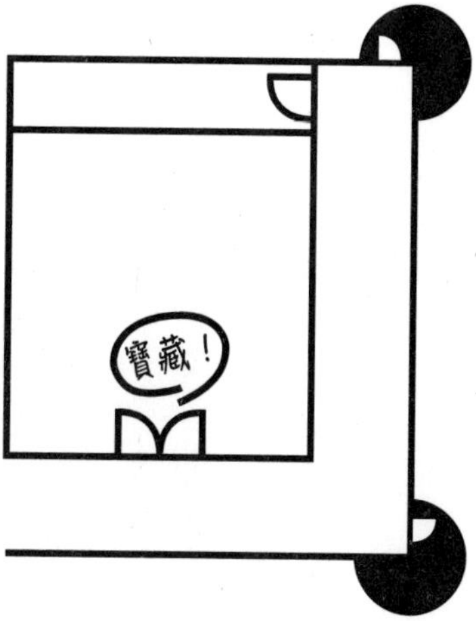

翼隨手寫的字

他突然站起身。

「葛城，怎麼了！」

「看了這張平面圖後，我想驗證一件事。可以幫我個忙嗎？」

「謎題解開了嗎？」

「至少解開了一項。」

他把平面圖拉了過來。

「這個大房間是懸吊天花板的房間。從這房間的門一走出，外面的走廊上掛著一幅畫對吧。」

圖中在他所指的位置，有一幅裝飾在走廊牆上的圖畫。碰觸畫框，畫框就會像門一樣移動，出現一面鏡子，就是這樣的機關。

「接著從那裡順著走廊往深處走，來到路的盡頭，那裡同樣有個鏡子的機關。」

「從懸吊天花板的房間走出後，應該是往左走吧。那裡確實有也有一大幅畫。」

「沒錯。最後從路的盡頭處往左轉，順著走廊走。這中間同樣也有鏡子的機關。同一條走廊竟然有三個同樣的機關。不覺得奇怪嗎？」

「嗯……這到底是怎麼回事？」

「還沒發現嗎？直接看或許比較快。」

我們一起下樓。

朝懸吊天花板的房門前走去。葛城伸手搭向畫框，畫的左側發出卡嚓一聲，就此分開。像門一樣打開，露出裝設在內側的大鏡子。

「果然是這種做法。」

他的表情顯得很滿意。

「喂，到底是怎麼一回事啊。」

「你去站在那個位置上。懸吊天花板的房門前。這樣就能進行驗證了。」

他沒回答我的問題，就這樣沿著走廊朝剛才在平面圖上看到的位置走去。一路走到左手邊的走廊盡頭。他操作第二張圖，打開鏡子。這次畫是從右側打開，與第一面打開的鏡子剛好對望，形成反射鏡。

「角度不好。」

葛城低語道。回到第一面鏡子處，將角度調成斜向四十五度角，第二面也比照辦理。

他前往走廊盡頭處，往左轉。就此不見蹤影。

他的怪異行動，我應該早已習慣，但在疲憊的時候還是經不起他這樣鬧……。

（嗯？）

我望著眼前的鏡子，突然覺得納悶。因為理應看不到他的身影，但我卻在鏡子裡看到了。我眼前的鏡子是從左側打開，第二面鏡子是從右側打開，所以剛好形成光線折射。
鏡中的他在操作第三幅畫，打開鏡子。那面鏡子同樣與第二面鏡子對望。
（啊——！）
「原來是這麼回事。」
一旁的小出也笑了。
映照在我眼前這面鏡子裡的畫面，是連接隱藏房間的牆壁。
小出探尋腳下的地毯，朝先前那個開關用力踩下。
葛城背後的門開啟。
「鏡子的通道就這麼打開了。」

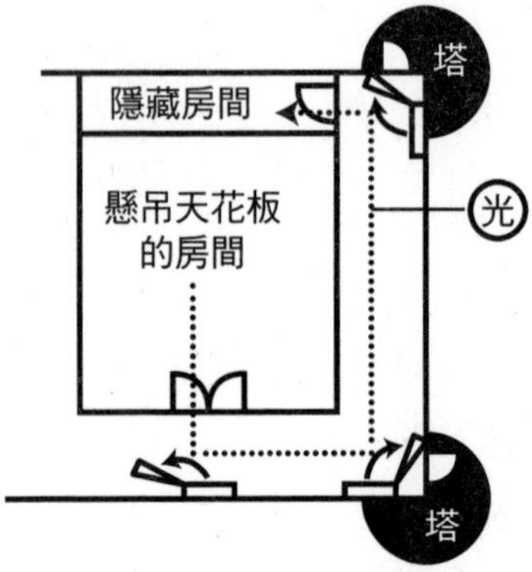

「鏡子通道」圖解

聽到她那半開玩笑的口吻後，我思索著這個發現。凶手雖然人在隱藏房間裡，卻能看見有誰走進懸吊天花板的房間……。一個謎題解開了。

這個「鏡子通道」的發現，我們決定先不讓大家知道。

「現在還太早。」葛城說。

「只解開了一個謎題。要說服飛鳥井小姐，需要更多資料。就算以鏡子打造出視線的通道，但只要懸吊天花板的房間關著門，還是看不到房內的情況。我想等手中的牌湊齊後，再來公開鏡子通道所代表的意義。」

「我可不見得會保密哦。」

因為小出這樣說，所以葛城應道「希望妳也能配合。因為是妳帶來平面圖，我才知道這個祕密。妳也是共犯」，嘴角輕揚。

「看你又恢復平時的模樣了。那麼，要湊齊手中的牌，要從什麼開始做起？」

「解開謎題。那個懸吊天花板房間的祕密，也就是寶藏的真面目。」

我不禁熱血沸騰。

「這需要資訊。田所，你說的停電那件事。就先試著問出那件事吧。」

為什麼停電的事與懸吊天花板房間的祕密有關呢？我心裡感到納悶。

葛城朝大家都還在的大廳走去，向眾人詢問停電一事。文男這時也結束休息，返回大廳。

「經這麼一說」，文男道。「我半夜去看我爺爺時，房間好像燈不亮。」

「我也是。記得我下樓到餐廳拿水時，電燈不亮。」

小出回答。她似乎想起剛才我們的對話，覺得有趣。

綜合以上的證詞（因為這和警方的搜查不一樣，所以除了蒐集證詞外，也沒別的辦法了），做出以下的時間表。

晚上11點　　田所第一次起床。在宅邸內散步後，在高塔上和翼對話。

晚上11點30分　　田所和翼各自解散——田所的證詞

凌晨零點20分　　貴之在大廳與久我島對話——貴之、久我島的證詞

　　大廳的燈不亮

凌晨零點42分　　小出下樓到餐廳喝水。這時在大廳看到貴之和久我島兩人。餐廳的燈沒亮。——小出的證詞（貴之、久我島沒發現她）

凌晨零點45分　　文男擔心雄山的情況，起床查看。雄山房間的燈不會亮。——文男的證詞

凌晨零點55分　　田所第二次起床。廁所的燈不會亮。——田所的證詞

凌晨1點15分　　貴之、久我島解散。解散前，大廳的燈突然亮了。——貴之、久我島的證詞

「大廳的燈突然亮了。沒錯吧？」

「對。」貴之朝久我島望了一眼。「是這樣對吧？」

「對、對。」

如果他們說的沒錯，停電後復電，就是在那個時間。凌晨零點20分到凌晨1點15分這段時間，至少在這個時間帶是持續處於停電的狀態。

我和翼道別是晚上十一點半左右，之後都沒人見過翼。如果有凶手存在，除了凶手之外，之後沒人再見過翼。

「也就是說，事故是凌晨零點20分到1點15分這段時間發生。翼小姐之所以沒逃出房外，是因為停電，造成電動門無法啟動。這是你想說的對吧？」

飛鳥井問。

我感到困惑。的確，因為停電而無法逃離，凶手很有可能利用這樣的機會。但就算將它看作是造成意外事故的原因，同樣也未嘗不可。

即使發現了停電的事實，但我們並未因此而向殺人案的說法邁進一步。

「不，這說明了非切斷鋼索不可的原因。」

「你說什麼？」

我不自主的脫口說道。剛才葛城不是才說「要等手中的牌湊齊後再說」嗎？

「田所，你放心。多虧有停電的事實，我已經握有充分的證據。」

飛鳥井長嘆一聲，催葛城接著往下說。

「翼小姐並不是因為停電而無法逃離。反而是因為有電，而無法逃離……」

葛城這句話，我完全無法理解。

正因為這樣，我明白他已找到「解答」。

「我們先來看這個吧。」

葛城取出小出給她的平面圖。

「那是……」

貴之和文男站起身。兩人都瞪大眼睛。

「怎麼了嗎？」

葛城以裝傻的口吻問道。

他大致說明自己取得這張平面圖的經過後，眾人皆朝小出投以懷疑的目光，但當事人倒是顯得一派輕鬆。

「問題在於上面的懸吊天花板房間所寫的『寶藏』二字。」

「是寫在門口附近對吧。」貴之說。「可是，那裡應該什麼也沒有啊……？」

「會不會是翼小姐畫錯位置？」

我問，葛城聽了之後點頭。

「當然，也不能完全否定有這個可能性。不過，這張平面圖上還寫了許多其他機關。例如，大家看這圖畫的鏡子機關。」

他終於要公開鏡子機關與「鏡子通道」的事了。

「我調查過鏡子的位置後更加確定。上頭寫有鏡子機關的位置完全正確。當然了，這是外行人畫的平面圖，所以無法保證連正確的位置也會全都一致。但能夠假設這些重要配件的配置沒錯，從鏡子的事來看，這樣的可能性相當高。」

「你到底想說什麼？」

文男明顯流露出不耐煩的口吻。

「這麼說來」，我幹勁十足的說道。「她在平面圖上畫的位置，真的藏有什麼祕密嘍？」

「沒錯，田所。你終於走上對的路了。」

聽了葛城那裝模作樣的口吻，飛鳥井臉色略微一沉。

「懸吊天花板的房間還有別的祕密。」

「什麼！」

我不禁大喊。

「翼小姐就是因為那個祕密而被殺害。——沒錯，雖然對大家很抱歉，但為了真相，我要再次主張，這是一起殺人案。」

葛城望向飛鳥井。飛鳥井盤起雙臂，深坐在椅子上，默默聆聽葛城的說法。飛鳥井先前對葛城的意見極力反駁，為什麼現在這麼安分，讓人覺得有點可怕。葛城可能也是看飛鳥井沒提出反駁，就此重拾自信，又恢復他平時的模樣。

「現在我就讓大家看那個祕密。翼小姐留在地圖上的『寶藏』所在處……」

葛城請貴之去隱藏房間操作絞車，貴之以外的所有人則是都走進懸吊天花板房間內。

往內開的沉重石門，打開呈直角。因為電動門的設定，似乎最多只能開到這麼大。房內的縱深和寬度一樣大，近乎呈正方形。現在只有厚實的石門往房內打開，除此之外完全沒任何家具。

「你說的『寶藏』在哪裡？」

文男一走進房內便問道。抬腳朝地面踢了一下。

「如果是照翼所畫的平面圖，位置就在這兒。一走進房間就是。看起來就只是一般的地板。難道你要我們從這裡往下開挖嗎。」

他的口吻顯得又急又凶。

「不，是移動天花板。」

「移動？」小出叫道。「這樣很危險，我要到外頭去。再怎麼說，門要是沒關上，天花板不是動不了嗎。」

「不，門就這樣開著。」
「喂喂喂，你到底想幹嘛？」
「就像小出小姐說的，門要是繼續這樣開著，天花板降不下來。但這就是最重要的一點。」
葛城取出手機，開啟手電筒功能，照向天花板。
「啊，果然沒錯。大家請看。」
抬頭一看，他照向頭頂——也就是天花板與門所在的牆壁相接處。
「現在天花板一帶有影子對吧。」
「對。」我應道。「我看到了。天花板上有一道線。」
「不，這太奇怪了。」文男搖頭。「懸吊天花板應該是完全吻合牆壁的寬度而打造。光線照過去，應該不會有影子才對。」
「這是一大錯誤。其實懸吊天花板打造得比這個房間的尺寸還小一些。可能是只有縱深短一些吧。天花板塗白漆，會讓人感受不出遠近感，所以乍看之下不會發現。這個房間之所以沒有照明燈，就是這個緣故。」
「但這麼做是為什麼？」
他沒回答文男的詢問，一路走到懸吊天花板房間的盡頭處。他立了一個像三腳架的東西，可能是臨時做的吧，將手機架在上頭。操作了一會兒後，又回到門邊。

「為了安全起見，大家最好站在門口附近。」

他朝背後的鏡子比了個信號。

不久，天花板開始移動。

絞車經操作後，天花板開始緩緩降下。身體感覺到震動，忍不住全身蜷縮。但就像小出說的，往內開的門在開著的狀態下，天花板無法完全降下。而在房間最深處放那臺手機的用意何在？放在那種地方不會被壓壞嗎？

好幾個疑問浮現我腦中，但馬上都獲得解決。

當天花板碰到那往內開的石門時，怪事發生了。

之前原本與地板平行的天花板，開始傾斜。

「看了這個房間後，令我感到在意的，是這扇誇張的石門。高度超過兩公尺，而且又是石造，所以太重了，無法靠人力推動它。明顯做得太誇張了。反過來說，把門打造得這麼堅固，應該有其意義吧？一想到這裡，我就試著打光照向天花板，結果發現上面浮現陰影，天花板微微凹陷成扇形。這樣就很清楚了。那扇石造的門，是為了支撐天花板，才打造得這麼堅固。」

「真不錯。全部都說明得很清楚。」

飛鳥井手按額頭，就像很受不了似的，嘆了口氣。

「不過，你解開了這種像遊戲般的機關，到底想怎樣？再過幾個小時，我們或許全都會被活活燒死耶？」

「妳還不知道嗎？這天花板的背後，或許有隱藏通道。我只是想揭開這座宅邸的所有祕密，好查出通道的位置。而且……」

葛城刻意停頓一會兒才接著說。

「妳有辦法相信在場的每個人嗎？」

飛鳥井吞了口唾沫。「……這話什麼意思？」

「正因為現在處於緊急情況，更應該查明真相。如果什麼事都含糊帶過，最後會連什麼該相信都不知道了。」

飛鳥井沉默了半晌，接著像是死心般，搖了搖頭。

天花板以石門的上方當支點，開始往房內深處傾斜。

「好像完全降下來了。先等一會兒再拉上去。」

在葛城的信號下，貴之再度進行操作，天花板逐漸往上升。葛城在抵向盡頭處的天花板微微往上抬時，要貴之停止操作，自己鑽進那狹小的縫隙裡，取回手機。

「好了，好像拍得很清楚。這樣就會顯示出寶藏的所在地……這就是懸吊天花板的房間裡隱藏的祕密。」

影片映照出天花降下的模樣。我看了之後，一時懷疑自己的眼睛。

當中出現了樓梯。

「也就是說，這個天花板背後是樓梯。它完全降下之前的模樣，請各位想像一下便當盒裡常會有的鋸齒狀綠色塑膠葉，就像那樣，在天花板後面有這樣的鋸齒。在石門這個『腳』打開的狀態下降下天花板，天花板會傾斜，鋸齒就會變成樓梯。懸吊天花板之所以打造得比房間的尺寸還小一些，就是因為有這個機關。由於天花板有厚度，要是與房間同樣大小，當天花板開始傾斜時，就會卡在牆壁上。

這個樓梯是從房間的深處往上走，走向門口那一側。而這也就是翼小姐的平面圖上所寫的『寶藏』。」

我朝上仰望。

「就在我們的頭上……！也就是門上是嗎？」

「寶藏」二字就寫在門口附近。這並非畫錯。而是真正就在這個位置上。

久我島一臉感佩。小出則是望著平面圖頻頻點頭。文男一臉尷尬。飛鳥井垂眼望著地面。

「那麼，我和田所也去告訴貴之先生這項發現。」

葛城說完後，帶著我來到走廊。一走出房間，他便猛然轉頭飛快的對我說道：

「接下來要冒險了，田所。順著剛才影片裡看到的樓梯往上走，那裡隱藏了翼小姐稱之為『寶藏』的某個東西，以及她走進這個房間裡的原因。終於要面對真相了。」

我點頭。接著他悄聲說出令我意外的話。

「不過，我們兩個誰去？」

「……啥？」

「誰要到樓梯上去？」

「一起去不就好了？」

「在場的這些人，你真信得過？」

我正要問他這句話是什麼意思時，突然曉悟，一時無言。沒錯。正因為我們是處在靠門的這邊，屬於安全區域，才能放心交由貴之操作絞車。宅邸內的某人或許是殺人犯。在這種狀況下，能讓誰來操作絞車呢？

「發現這個祕密的意義，遠比你想像的還要重要。喏，你看影片的右邊角落，雖然看不太清楚，但這裡……」

我望向葛城指的部位，忍不住叫出聲來。我急忙摀嘴，不讓其他人聽到。

是血痕。

「沒錯……這正是解答，可以一口氣解決這起事件的未解之謎。換句話說，翼小姐不是被降下的天花板壓死的……而是在天花板上升時被夾死的。」

聽了葛城的說明，我頓時感到噁心作嘔。

雖然不敢相信，但影片中的血痕是真的。之前我們一再討論「為什麼翼小姐不逃走？」，這個疑問現在全解開了。

殘酷的畫面浮現腦中，我搖了搖頭，向葛城詢問：

「在天花板上升前的這段時間，應該有一分鐘吧。有這麼長的時間，沒辦法從天花板的邊緣跳下來嗎？」

「天花板到地面，相當於大樓的兩、三層樓高。就算會腳骨折，應該也還是能撿回一命……不過，這個懸吊天花板沒辦法這麼做。你看。」

葛城讓我看手機裡的影片。

「懸吊天花板上方是真正的天花板……我這麼說有點複雜。總之，你應該看得出來，這是很奇怪的形狀。」

仔細一看，形狀確實很古怪。

懸吊天花板在扇形的圓弧部分配置了鋸齒狀的樓梯。形狀就像將便當盒裡常放的巴蘭❸下方按住，往左右兩旁敞開。懸吊天花板有它的厚度，所以牆壁與懸吊天花板中間會形成些許空間。如果沒有這樣的「空隙」，傾斜的機關就無法成立。

頂端天花板應該也能做成筆直的形狀。但頂端天花板刻意設計成能讓這個形狀特殊的懸吊天花板可以密合嵌入的造形。

「只要看過頂端天花板的陰影，應該就會明白，它採取的是與懸吊天花板上方的鋸齒狀部分可以密合的設計。可怕的是，牆壁與懸吊天花板之間的『空隙』空間，也被一旁挺出的牆壁給堵住了。若不這麼做，從房間下方抬頭看天花板時，馬上就會發現這個機關，所以才設計成這樣。」

也就是說，從一個正方形的平面中，刨出一個面積較小的圓弧扇形。

「這樣的話……不就逃不掉了嗎？」

我的聲音在顫抖。

在天花板升上前，只有一分鐘的時間。一旦得知天花板處於上升的狀態，應該會想逃走吧。但天花板上肯定搖晃相當劇烈。也許連站立都很勉強。也可能會雙腳打結，跌倒在地。要是倒在鋸齒狀的樓梯上，也許身體會受傷，就此無法好好行動。

就算卯足全力來到天花板邊緣，一旁的牆壁也堵住了出口。

「懸吊天花板開始上升，一旦來到一旁的牆壁處，就完全無路可逃了。當懸吊天花的上方外緣與一旁的牆壁相接的瞬間——從天花板移動的速度，以及從影片中看到的深度來看判斷——應該是在45秒後。」

45秒。在時限之前，如果沒能在搖晃的天花板上移動，趕到邊緣處往下跳……。

接下來就只能等死。

❸日式便當裡常用來區隔不同菜色的用紙。

在有限的時間裡，她無技可施。只能緊緊咬牙，用力閉上眼睛。

——我們會全部死在這裡嗎？

昨晚她的身影浮現在我眼裡。當時我和她萬萬都想像不到會發生這麼慘絕人寰的事。

「翼小姐人在樓梯上。只要知道這點，凶手光靠升起天花板就能殺害她。而且是絕對致命。因為無法從升起的天花板中逃脫。不論凶手是否使用了鏡子通道，只要他看到天花板完全降下，呈傾斜狀，就能下手了。

實際的犯案步驟如下。翼小姐為了『寶藏』而走上天花板。凶手升起天花板，殺害翼小姐。接著凶手降下天花板。當時他讓靠門那一側的天花板微微升起，讓屍體往懸吊天花板的房間深處滑落。等屍體靠向房間深處後，要再次升起天花板，重新將屍體擺向適當的位置。這時，他將屍體移向我們發現屍體時的房內靠門的位置。最後再讓天花板降下。這麼一來，血痕就會留在天花板上，讓人誤以為這是命案現場。」

「好大費周章的殺人手法啊。」

「沒錯。不過，他這麼大費周章的背後意義，我還沒完全搞懂。」

我搔抓著臉頰。「有哪裡感到在意嗎？」葛城問道。

「有幾個疑問。首先是凶手為什麼知道翼小姐人在天花板上面？」

「是翼小姐自己請凶手幫忙。為了登上天花板，非得請人操作絞車不可。對方背叛了她。」

「等等。自己一個人沒辦法操作嗎？確實就像葛城你說的。降下天花板後，為了回到這裡，需要有人協助。但這樣不是很奇怪嗎？如果是這樣，翼小姐為什麼畫得出那個平面圖？她什麼時候知道寶藏的所在地？」

「問得好。因此，我希望你回想一下，我提出平面圖的事情時，貴之先生和文男先生的反應。」

當時他們兩人站起身，瞪大眼睛。似乎很驚訝……不，那像是在懷疑「為什麼你們會握有那個東西」。

「難道他們兩人……」

「或許應該認為他們兩人知道懸吊天花板房間的祕密以及這張平面圖的存在。」

「既然這樣，他們昨天就應該說啊！我們從昨天起，就一直在找尋隱藏通道……！」

「田所，你太大聲了。不過，你會生氣也是情有可原。平面圖裡沒寫出隱藏通道，或許表示他們也不知道隱藏通道的所在地。」

「這樣的話，至少也應該公開他們知道的資訊啊。」

「對。不過，如果可以，他們會希望能瞞住這個祕密。因為他們不想讓人知道寶藏的所在處。他們希望能在不讓人看到這張平面圖的情況，由我們找出隱藏通道，想得真美。」

葛城說的話教人聽得一頭霧水。「還有其他疑問嗎？」葛城催促道。

「鋼索的螺絲是什麼時候被拆除的？如果是剛才解開的殺人方法，在懸吊天花板降下時用絞車操作，不就行了嗎？他刻意拆解鋼索的理由到底是……？」

「因為絞車無法電動操作。」

我忍不住叫出聲。

「原來這就是你調查停電的背後意義！」

葛城的疑問和行動，全都有其意義，這實在令人吃驚。

「天花板上面才是實際的犯案現場，凶手想掩蓋這件事。就將懸吊天花板的上方有樓梯的那一面設為A面，下方與房間的地板相接的部分設為B面吧。殺害她時，血痕只留在A面上。但這時凶手遇上停電的突發狀況。可能是凶手從天花板上運下屍體，將她擺在我們發現時的位置後，才開始停電吧。凶手前往隱藏房間，想啟動絞車時，這才發現停電。」

「也就是說，在血痕還沒附著在B面的狀態下，天花板一直升著……」

「如果在那種狀態下，沒留下血痕會讓人起疑，這麼一來，凶手在A面殺人的事就會穿幫。對凶手來說，可能也有另一個意圖，那就是掩蓋接下來我們要看的『寶藏』。」

「可是，不知道什麼時候電力會恢復。」我說。

「因為是處在這樣的非常時刻。凶手可能滿心以為緊急電源完全故障了……如果凶手這麼想的話，想要降下天花板，唯一的辦法就只有親手切斷鋼索。因為翼小姐已經死了，凶手不管花多少時間切斷鋼索都無所謂。」

「原來如此。照這樣來看，停電前後可能就是犯案的時間……一直在大廳聊天的久我島先生和貴之先生的不在場證明成立。」

葛城頻頻點頭。看起來有點心不在焉。

「……總之，翼小姐無法逃脫的理由，以及發現屍體時的狀況，就只有這個說法能合理的解釋……這樣合乎邏輯。而且也有實際證據……」

而且——葛城接著說道，轉頭望向我。

「這麼一來，我們終於提出證據了。就算天花板是因為意外事故而掉落，但天花板不會因為意外事故而升起。屍體同樣也不會從天花板上被移往地板上。也就是說，這不是意外事故致死。這下子飛鳥井小姐的說法就不攻自破了。這是一起殺人案，而且凶手……」

「就在這些人當中……」

我身體開始不自主地顫抖起來。果然沒錯。飛鳥井提出意外事故致死的結論，而凶手就在贊同她這項說法的眾人之中。有個人假裝在幫忙，其實暗中冷笑叫好。葛城與飛鳥井展開對決，而這個人在一旁看好戲。

我心中的恐懼轉為憤怒。

「葛城。」

「什麼事？」

「天花板上面由我去。」

「你是有什麼心境轉變嗎？」

「你之前不是對我說，我這個人的缺點，就是對女人見一個愛一個嗎。」

他眨了眨眼。「我是說過。現在也還是同樣的想法。」

「沒錯，這次我深切反省。別看我這樣，我其實心裡很受傷。我和她約好了，要跟你和她，三個人一起出遊。」

葛城既沒笑我，也不顯訝異。雖然平時他總罵我花痴，但我真的受傷時，他不會落井下石。他回了一句「這樣啊」，那口吻無比親切。「真想履行那個約定」，我低語，葛城應了聲「嗯」。一股胃酸湧上喉頭。她昨天的笑臉浮現眼前。我突然覺得自己非搞清楚不可。搞清楚那個奪走我和她這項約定的傢伙究竟是誰。

「我之所以會跟著你，是因為不管用什麼方式，我都想見證結局。到底從哪裡開頭，哪裡結尾，你的解謎都會讓這一切真相大白。」

「……嗯，沒錯。」

「因此，不管再怎麼難過，我也得去她喪命的地方好好見證才行。否則我這樣的情緒會永遠無法結束。甚至不知道該不該讓它結束。」

連我都覺得自己想太多了。

「如果你去了能覺得舒坦，我不會攔你。這件事就交給你去辦吧。」

「好。如果你借我手機的話，我會盡可能將上面的情況拍下。倒是葛城你，可別讓人握有絞車的主導權哦。」

我這樣說道，有了重新的認識。走上天花板，就跟翼一樣，投入同樣的危險中。天花板升起時，無法跳下逃脫。在天花板升到頂端之前，有一分鐘的時間，完全無技可施。如果由這當中的某人控制絞車，就等同讓他握有生殺大權。

真的沒辦法交付任何人嗎？因為要我自己一個人確認命案現場，實在有點不安，而且我也很擔心會被留在那裡。

「我也想過這件事，如果要操作絞車殺人，負責操作的人最有嫌疑，這是明擺的事吧？以現在的情況來看，就屬貴之先生了。在那種情況下，他會下定決心殺人嗎？而且，就算有人啟動了絞車，也還有一分鐘的緩衝時間。只要在那之前從凶手手中搶回絞車的主導權，就能存活下來。」

「對，一般都是這麼想。」

葛城別有含意的搖了搖頭。

「不過，如果被多人壓制住，你有自信能搶回絞車的主導權嗎？」

「你說什麼？喂，這到底是怎麼回事。犯人不只一位嗎？你如果知道，快點告訴我……」

「不，不對。我也還不知道犯人是誰。不，這件事必須想得深入一點，謹慎行動。」

葛城一臉遺憾的搖了搖頭。感覺摻雜了對我的同情。

「因為這宅邸裡的人很容易合謀。也很容易利害一致。」

「利害？葛城，你說的話教人聽得一頭霧水，這到底……」

「好了，我們也差不多該去貴之先生那兒了。要是待太久，會被大家懷疑的。」

葛城突然結束談話。他前往隱藏房間，向貴之說明天花板的機關，請他先到懸吊天花板的房間一趟。關於貴之說謊的事，葛城似乎不打算當場追究。

我看不出葛城真正的打算，最後也沒能問出「利害一致」是什麼意思。

帶著貴之返回懸吊天花板的房間後，葛城在眾人面前宣布，要到天花板上面去。眾人一陣譁然。

「……既然要上去，那我也一起去吧？」

率先出聲的，是財田文男。

「那裡有我妹妹最後看到的東西對吧……？既然她那麼大費周章的想去那裡查

看，應該是有什麼重要的東西。我也想知道。」

他的提議合情合理。我的心情也和他很類似。畢竟自己一個人上天花板，還是會覺得可怕，所以有人提議要同行，我求之不得。

「我也去。」

接著舉手的人，沒想到竟然是飛鳥井。

「如果真有那樣一處空間，我們所找尋的隱藏通道提示，很有可能就在那裡。我也想親眼見識一下。」

飛鳥井轉身面向葛城。

「葛城同學，我對之前的失禮向你道歉。雖然之前覺得你是在繞遠路，但最後還是你最快找到隱藏通道的提示。」

她很乾脆的說道。話中感覺不出猶豫和懊悔。想必是她已不再執著。覺得自己是最佳偵探的驕傲，她已失去。所以才會這麼輕易就認輸。我甚至改變想法，覺得之前她說「現在應該一起合作」，也許不是要對葛城找碴，而是她的真心話。

葛城見飛鳥井這麼輕易就認輸，似乎覺得掃興。葛城是想表示自己比飛鳥井優秀嗎？還是他很在意某人的看法？如果把這個某人想作是我，未免太往自己臉上貼金了。

「這、這樣的話，我也想上去。我對財田雄山先生留下的『寶藏』也很感興趣……」

久我島如此說道，小出出言駁回。

「不，大叔你不能去。」

久我島一臉錯愕。

「雖然能到天花板上面去，但沒人知道它能承受多大的重量。」

她點出的問題相當合理。

「說得沒錯。」飛鳥井說。「如果是我、田所同學、文男先生三人的話，田所同學的體格清瘦，加起來應該不會太重。」

「好在我長得瘦。」雖然我嘴巴上這麼說，但感覺她就像在說我「不像個男人」，心裡很不是滋味。

不過，一共三個人。這樣的陣容還不壞。如果只有兩個人一起行動，對方又是殺人犯的話，恐怕還來不及抵抗就被殺了。葛城說的「很容易合謀」，這句話令人擔心，但既然葛城對這三位成員沒提出異議，那就表示飛鳥井是個安全的人物。

葛城、財田貴之、久我島站在絞車旁，操作懸吊天花板。小出留在懸吊天花板房間裡的電動門附近。有事發生時，由她負責傳達。

當斜斜降下的天花板與地板相接時，葛城拿出他從雄山房間裡拿來的麥克筆，畫下一直線。

他開始向眾人說明。

「剛才我之所以事先讓手機靠向牆邊，是為了確認天花板傾斜降下時，天花板後方出現的『安全區域』……。經過計算，已確定會空出約三十分公寬的空間，但實際情形如果不先確認清楚，會有危險。」

「準備得真周全。」

飛鳥井如此說道，一副很受不了的神情。

「好了，那麼接下來，就在各位面前公開這座宅邸的大型機關吧。」葛城嘴角輕揚。「也許隱藏通道也已經打開了。」

13 「寶藏」【離宅邸燒毀還剩5小時21分】

好強的震撼力啊，可惡……。

我背部緊貼著牆壁，因眼前的光景而發抖。我眼前移動的是天花板，我們完全無處可逃，所以我會緊張也是理所當然。

「田所同學、文男先生。你們最好兩腳打開來站。因為葛城同學的測量，只概略對天花板的厚度做了估算。我們應該做好萬全的準備。」

我們兩人接受飛鳥井的建議，打開雙腳站立。轉頭一看，飛鳥井身為女性，也全力打開M字腿。很怪異的畫面，但這可是關係著我們的生命安危呢。

天花板朝眼前逼近的這幕光景真的太驚人了。強烈的震動傳向我全身。一分鐘後，天花板發出咚的一聲悶響，就此停住。

剛才在影片中看到的樓梯出現眼前。

「這太壯觀了。」

文男吹了聲口哨。吹得有點走音，似乎是在逞強。

「好了，就去一探究竟吧。」

飛鳥井以略顯緊張的聲音說道。

我惴惴不安的朝樓梯邁出一步時，突然想到，這裡是很重要的地方。

葛城事前告訴過我，所以我知道，這裡是真正的犯案現場，而且留有血痕。但這兩人不一樣。雖然我沒懷疑飛鳥井，但在必須認定翼的死是他殺的此刻，覺得每個人都很可疑，這也是事實。

飛鳥井停下腳步。

仔細一看，眼前是之前在影片中看過的景象。沾黏在階梯上的鮮血。附著在水泥地上，開始腐爛的脂肪。我試著以手機的手電筒功能照向天花板，發現天花板上確實也留有血痕。腳下的階梯還黏著頭髮，感覺無比鮮明。

——翼就死在這裡。我們的約定在這裡結束。

我差點就當場嘔吐起來。最後憑意志力忍了下來。

「原來如此……」

飛鳥井這句話令人納悶。聽她的口吻，就像往前躍了一大步，提早看到了結論。

文男則是臉色慘白的低語著「這也太慘了吧……」，相較之下，突顯出他很單純的反應。

「這裡有另外一個人被殺害嗎？」

「恐怕不是。是翼小姐。她就是在這裡喪命。」

飛鳥井對吃驚的文男所做的說明，大致上與葛城的推理一致。看來，這兩人就只有立場不同，在思考力方面則沒多大差異。

「我得鄭重認輸才行呢。你的福爾摩斯真厲害。」

飛鳥井惡作劇似的朝我微笑，所以我聳著肩應道「請直接跟葛城說」。

走上階梯最頂端後，眼前是個令人意外的東西。

「書架……？」

文男臉上浮現問號。

我們眼前有一座很高的書架。就像是從連向真正的頂端天花板的側面牆壁滑下來似的。可能是配合懸吊天花板的動作，側面的牆壁底部打開，書架降下。從懸吊天花板的房間往上仰望時，只覺得是平凡無奇的天花板，但沒想到配置了這樣的機關。

那書架裡擺放的不光只有書，還有相框、畫框等，東西繁多。最底層的架上什麼也沒放。

我的目光被塞在書架左邊角落的幾本珍貴的書本所吸引。如果那本書是初版的話，不知道值多少錢？火災已經不重要了，真想好好閱讀這些夢幻作品。這時我腦中閃過的盡是這些念頭。

但之前從房間下方仰望時，好像沒有這個書架……。

我試著把光照向天花板後，頓時明白為何會覺得不對勁了。這個書架的出現，也和天花板的動作有連動關係。似乎只有在天花板傾斜時，覆蓋在書架前的一片薄薄的

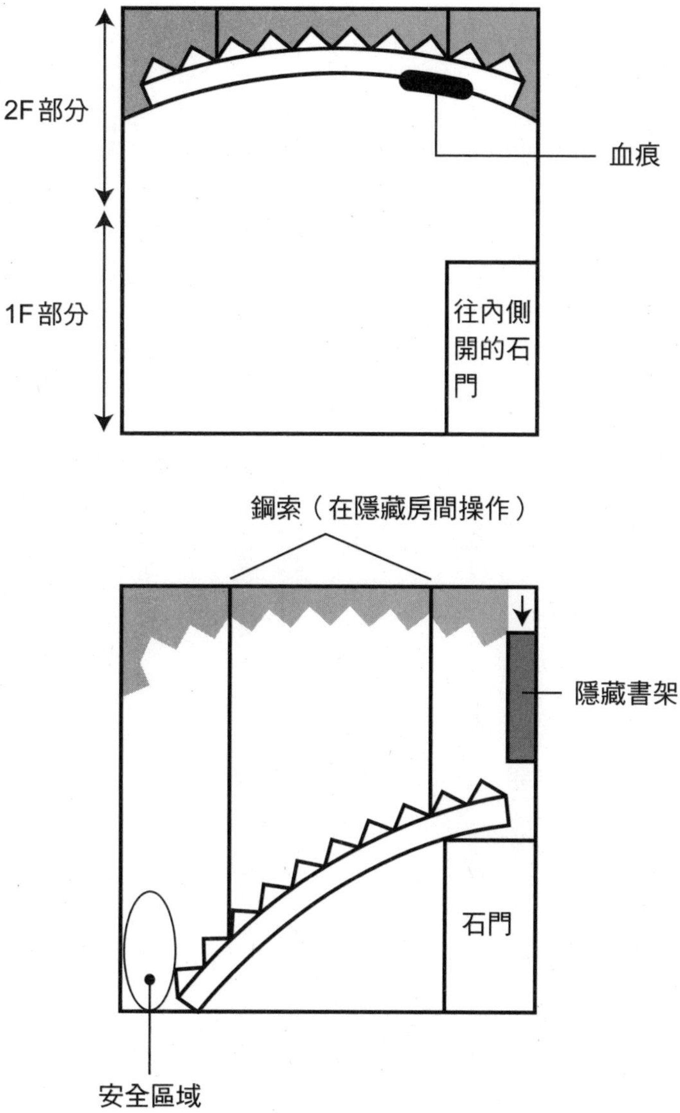
2F部分
血痕
1F部分
往內側開的石門
鋼索（在隱藏房間操作）
隱藏書架
石門
安全區域

懸吊天花板圖解

板子會往上收納。如果是這樣，就能明白從房間下方仰望，看起來什麼都沒有的原因了。

「好像沒有隱藏通道呢。」

「又回到原點了是吧……」

文男嘆了口氣，但他應該知道這個祕密才對。感覺他在裝蒜。

「啊——」

飛鳥井叫了一聲。轉頭一看，只見她兩頰泛紅，一臉恍惚的表情，仰望著書架。她步履踉蹌，好像走得很勉強似的，口中發出「啊、啊」的聲音，宛如瞬間失去生氣的病人。

「飛鳥井小姐……？」

她對我的叫喚完全沒反應。

她的手伸向書架上一個大畫框。畫框裡有一幅畫。畫框旁擺了白色的百合花。應該是人造花吧。

是少女漫畫風格的水彩畫。A3大小的畫紙上，畫著一名少年高舉著一顆橘色的寶石，臉上露出豪邁的微笑。這是外行人畫的畫，有很多缺點，但有一股吸引人的氣勢。我很快便明白自己為何會有這種感覺。是它的每一筆線條。下筆毫不猶豫，以清楚明確的想法畫出的線條。背景描繪的森林，甚至感覺當中的每一片葉子都棲息了生命。

但這幅畫在書架中顯得很突兀。就像是在女兒的建議下，在父親的書房裡擺放精油用品一樣——就像是借來的一樣，很不搭調。

我突然有一陣不祥的預感湧上心頭。畫框旁的人造百合花增添了幾分存在感。我感覺出這是某人刻意這麼做。飛鳥井對此有所反應。她伸手想要觸摸。

就在她碰觸那畫框的瞬間，怪事發生了。

「啊……！」

飛鳥井緊抱著那個畫框。她用力甩動頭髮，就像極力在忍耐什麼似的。

「喂，妳這是怎麼了？」

文男慌亂地問道。飛鳥井此時的模樣就是這般怪異。

「飛鳥井小姐……」

我蹲下身窺望她的表情，大吃一驚。她因為過度用力緊咬脣邊，都滲出血來了。

她是在忍受多麼強烈的情感呢？

「真是萬萬沒想到，竟然會在這種地方。」

她的後背就像一隻被雨淋溼的小狗般，柔弱的顫抖著。她使足了勁抱緊那個畫框，彷彿很怕被我們拿走。一位我憧憬的女性，在我面前蹲在地上，露出歇斯底里的醜態。

我覺得可怕。我們該不會打開了什麼暗藏天大祕密的門吧？

我和文男見飛鳥井模樣古怪，就此暫停調查，走下懸吊天花板。我朝留在懸吊天花板房間裡的小出叫喚，請她升起懸吊天花板。

小出見飛鳥井面如白蠟，吹了聲口哨。

「喂喂喂，沒見過妳露出這樣的表情呢。妳到底看到了什麼？」

飛鳥井就只是緊緊抱著那個畫框，低頭不語。

葛城跑著衝進懸吊天花板的房間裡。氣喘吁吁的喊道「發生什麼事了！」。文男應道「我去叫我爸他們來。就先讓飛鳥井小姐在房間裡躺下來休息吧」，就此走出房外。小出認定目前無法從飛鳥井的反應中看出些什麼，似乎覺得掃興，就此離開房間。

懸吊天花板的房間裡，只剩我、葛城、飛鳥井三人。

「飛鳥井小姐。」

我感到喉嚨乾渴。

「那幅畫是什麼？」

「畫？」

葛城先是一愣，接著瞪大眼睛。

飛鳥井沒抬頭，像硬擠出聲音似的回答道：

「這是你也認識的美登里……所畫的圖！」

我腦中一時沒能和那個名字產生連結。但接著我就像被雷打中似的，大受震撼。

美登里？

甘崎美登里！是以前以偵探助手的身分待在飛鳥井光流身旁的那位天真爛漫的少女。

甘崎美登里？她畫的圖？

可是……為什麼會在這種地方？

「她……她曾經很高興的告訴我，她親戚寫的奇幻小說，會用她的畫當插圖。那件事好像是祕密進行，她私下偷偷只告訴我一個人。雖然連底稿也不給我看，但我知道。這是她的畫。從筆法就看得出來。從臉部的造型也看得出來。當中有她的風格。」

她轉頭望著我，露出鬼氣逼人的神情。

「她帶畫去那位親戚家的隔天……就被殺害了！從她的包包裡沒找到那些畫。所以，擁有這幅畫的人……！」

她的視線突然停在圖畫角落所沾染的黑色痕跡。是黑灰。畫框的內側左下邊角，還留有沾著黑灰的塑膠片。那塑膠片是什麼時候跑進去的？是擺這幅畫的人留下的嗎？如果是這樣，莫非是在這場火災中……？就像要回答我的提問般，不顯半點混濁的畫框小螺絲，在走廊的光線照耀下光亮耀眼。

飛鳥井以強硬的口吻接著說道：

「沒有別的可能！她有可能將自己的成果交給別人嗎？就只有這幅畫，十年前到處都找不到……」

飛鳥井就像要整個人靠過來似的，抓住我的雙肩。我感受到她的重量。她的重量全加諸在我身上。因為她的雙腳連要站立都很勉強。

「好像是這樣沒錯。」

葛城突然以冰冷的聲音說道。

「十年前，妳理應逮捕的那名連續殺人魔，就在這座宅邸內。」

我全身起雞皮疙瘩。剛才在書架上看到那幅畫的瞬間所感受到的不祥預感，現在終於知道是為什麼了。

「可是……十年前的那場恩怨，怎麼會出現在這種地方……」

走到今天這一步，是由多少的算計積累而成呢？這條路一點都不平順好走。葛城發現天花板的機關。他深信天花板上方會有線索。飛鳥井為了找出隱藏通道，主動提議要走上天花板。而在最關鍵的場面下，飛鳥井看見甘崎的畫。

我剛才對葛城說過。**事情是如何開始，如何結束，我都得加以見證。**殺害翼的事，並不是從這座宅邸才開始。而是早在十年前就已開始。從飛鳥井還是名偵探的時候起。

我因為憧憬飛鳥井，而想成為一名偵探。接著我結識葛城。一切就此全部接上。在曾是名偵探的飛鳥井底下。

飛鳥井光流是這一切的開端。

「飛鳥井小姐，妳明白了嗎？」

飛鳥井抬頭望向葛城。這位前偵探臉上浮現瞪視的神情，強忍心中激盪的情緒。相對的，葛城則是冷靜猶如寒冰。甚至讓人覺得有點殘酷。

「妳的宿敵就在這座宅邸裡。也就是說，宅邸裡有個戴著假面的大騙子。不，應該說有個怪物混在這當中。」

「……你早發現了？」

「我不知道對方殺害翼小姐的動機。凶手與妳的恩怨，是可能性最低的一個假設。聽了妳的故事後，連我也很吃驚。」

這很難說——飛鳥井搖了搖頭。

懸吊天花板的房間內突然變暗。因為走廊射進的光線被擋住了。

轉頭朝門口望去，「他們」全部到齊了。

財田文男。表現出很擔心飛鳥井的模樣。

財田貴之。很感興趣的撫摸著下巴，俯視著大受打擊的飛鳥井。

小出。見飛鳥井露出不曾有的模樣，顯得很感興趣，全表現在臉上，想藏也藏不住。

久我島敏行。可能是看出飛鳥井的慌亂。他也摀著嘴，一臉不安的搖著頭。

他們全背對走廊的亮光，臉部籠罩在陰影下。這樣更顯恐怖。有個怪物混在這當中。我雞皮疙瘩直冒，因恐懼而身子蜷縮。

「不過……還不只這樣。」

葛城小小聲的說道。音量極小，只有我和飛鳥井才聽得到。

他就像幽魂般搖晃著身軀，如烈焰般炯炯的雙眼直視著我。

當時我覺得，他也算是另一種怪物。仔細想想，他為什麼要對內心受創的飛鳥井擺出這種冷若寒冰的態度呢？是什麼原因促使他這麼做？

我對此一無所悉。

「飛鳥井小姐。」

這位名偵探就像在施咒般低語道。

「我會揭發這座宅邸和『他們』的一切祕密。」

第二部　災禍

（……）雖然文體可以複製，但感覺到詩中有某個東西在啃食我的身體。這似乎和其他情況一樣。如同小孩子寫的一樣，同樣很不通暢的韻文，誇張的表達方式，同樣帶有文學氣息的文章。鮑許感到混亂，心中隱隱作疼。是那傢伙——鮑許心想。是那傢伙。

——麥可・康納利《水泥中的金髮女子》

＊

這世上唯一屬於我的公主——自從發現她之後，我每天都過得光輝耀眼。看。是飛鳥井光流。我看到她了。就在八號車廂第三個門停靠的位置。那是我和她的固定位置。我抵達時，她一定都早就在那裡等候。呼出雪白的氣息。希望她沒等太久。

從今天開始換冬季衣服是嗎。穿夏服的光流雖然也很好看，但冬季衣服的毛衣長袖更顯可愛。她翻閱文庫本的手，凍得泛紅。「想到要看書翻頁」，我想起她曾語帶不滿的說道。「就沒辦法戴手套。如果是手機，戴手套一樣可以打字寫信對吧？妳不覺得很不公平嗎？」我覺得這很有意思，所以在十一月送光流生日禮物時，我打算送她露出手指前端的手套。

「早安啊，光流！」

我從她身後一把抱住。雖然穿著毛衣，但她柔軟的身體還是微微傳來溫熱。

「妳穿冬季制服真好看。」

「妳一大早就這麼有精神啊。」

光流就像很受不了似的，嘆了口氣。

「喏，電車快來了，快放開我吧。」

「我穿冬季服裝，妳有什麼感想？」

「是是是，可愛、可愛。」

「去。」

電車前來，我讓光流坐角落的座位，自己則是坐她隔壁。要坐上二十三分鐘才會抵達最靠近學校的車站。這是一天當中我最喜歡的時刻。我因為有社團活動，無法和光流一起回家，而且我們又不同班。這是確定能和光流一起共度的時光。我們天南地北的閒聊，我讓她看昨天才買的新CD，約好午休、放學後、週末一起聊天，在這個時間裡，不管做什麼都行。

我已經準備好今天的主題。

「光流，我已經畫好妳在之前那起案件中的活躍模樣了。」

「哇。」

我正準備拿出素描本時，光流按住我的手。

「別在這種地方拿出來啦，很難為情耶。」

「有什麼關係。我畫得很好耶……」

「我沒說不看，但不是在這裡。」她眼神游移。「那麼，午休在屋頂上看，可以嗎？」

這樣倒是可以。完成一項約定。

我心滿意足，將素描簿收好，開始與她閒聊。

——妳應該更認真的投入創作中才對。

美術社一位表情嚴肅的學長曾這樣對我說。他總是說我該做什麼，不該做什麼，用這類的話語來束縛我。我是因為想畫才畫，老實說，繪畫比賽、他人的評價，我根本就不在乎。

這樣會很奇怪嗎？

但我無法推辭。為了比賽而畫，果然很沒意思。一種像義務的感覺一直刺痛我心，畫畫變得一點都不快樂。

然而，光流改變了這一切。

我的公主。

一開始我對她的印象，就只是個和我念同一所高中的漂亮女生。而在高一那年五月的運動會時，校內發生一起偷竊案，她成功破案。

案件本身沒什麼特別之處。但她毫不客氣的展開許多推理，一步步折磨著犯人，光流的推理氣勢十足。

而且有種特別的美。

那天晚上，我將那一幕畫在畫紙上。憑著一支鉛筆的顏色濃淡，畫下身穿體操服的飛鳥井光流展開推理的英姿。我一再重畫。感覺不管再怎麼修正，都呈現不出她在推理時的美，如此一再修改。最後，當我終於完成滿意的作品時，運動會那個週末已經結束。

隔天上學時，我不自主的到隔壁班敲門。

「請問飛鳥井同學在嗎？」

被叫喚名字的飛鳥井，原本正表情凝重的低頭望著文庫本。她抬起慵懶的視線望向我。我激動得顫抖。因為那與推理時的她簡直判若兩人，令人驚訝。

「有什麼事嗎？」

「我是隔壁班的甘崎美登里。您好。」

她就只是禮貌性地點個頭，準備再次低頭看書。

「放學後，可以占用妳一點時間嗎？」

「咦？」

「放學後，如果妳有空的話，請到屋頂上來。我有東西要給妳看。」

她毫不掩飾自己懷疑的眼神，同時對不顯一絲怯意的我感到有點不知所措。這是當然。我才不會為此動搖呢。不管她露出怎樣的表情，我想畫她的欲望都會源源不絕的湧現。

我果然需要她。這個想法失控亂竄，不斷膨脹，那天我完全無法專心上課。

接著，在放學後的屋頂上，我與光流第二次見面。

「運動會時，妳表現得很棒。」

我以這種態度逼近，光流以困惑的眼神注視著我。

「其實那也沒什麼啦。」

「哪會啊。真的很厲害。」

「謝謝誇獎。不過，以後也沒機會了。我已經不會再當偵探了。」

我大為吃驚。「為什麼？妳明明有這麼棒的才能。」

「才能？」她苦笑道。「才沒那麼誇張呢。我只是發現了真相，無法默不作聲而已。其實我不想出鋒頭，甚至覺得很難為情。」

她的表情就像在說，連她都不敢相信自己竟然會說出這番話來。

「無法默不作聲，可見妳是個善良的人。」

我此話一出，她的眼睛瞪得更大了。

「這還是第一次有人對我這樣說呢。」

她那不置可否的微笑，朝我心頭一刺。

「我說……妳為什麼不當偵探了？」

她的表情告訴我，我問了一個令她感到意外的問題。也像是在對我說，這種問題有什麼意義嗎？但她還是告訴了我。可能是第一次被人問到這樣的問題，或是她想說給人聽吧。

「……這個嘛。真要說的話，可能是因為我已厭倦揭發真相了。不管怎樣的案件，犯人有犯人的緣由，被害人有被害人的緣由，我因為發現了真相，無法默不作聲，這才說出真相。我介入他們之間，打亂他們的關係，有時甚至還會帶來破壞。」

我不想問她過去經歷過哪些事件。因為我不想打開她的記憶之門。

所以我聊的是未來。

「所以說，妳已不想再當偵探嘍？」

「沒錯。」

她一臉厭倦的吁了口氣。

「我覺得膩了。妳今天找我出來，該不會是有案件要委託我吧？如果是的話，請恕我回絕。」

她的口吻相當尖銳。

「說得也是。就某個含意來說，也許算是委託。」

「看吧，我就知道。」

「我希望妳繼續當偵探。然後讓我跟在妳身邊。」

光流聽到我這句話，全身為之一僵，隔了一會兒才發出一聲「咦？」。

「這就是我的委託。」

「等等……這是在演哪齣啊？」

「我將那天的情況畫了下來。」

我打開素描簿，讓她看我的畫，她驚訝地說了一句「這是我？」，接著低下頭，面紅耳赤。「真難為情，快收起來」，她飛快的說道。「妳這個人的嗜好可真古怪。我們可是第一次見面耶。」

「我看到妳的第一眼，就想畫妳了。只要有妳在，我就能一直畫下去。」

「妳也太任性了吧。」

「妳要這樣說我也沒關係。」

「我沒那麼好。」

「這麼說來，是不行嘍？」

「我沒說不行……」

「那是OK嘍？」

「妳真的很會強迫人呢。」

「我這個人就是不死心。」

「意思是妳不會放我走嘍？」

「我只是想一直待在妳身邊。」

「如果我接受這個要求，那我不就成了一個很隨便的女人嗎。」

「才沒這回事呢。請為了我繼續當偵探。」

說到這裡，她這才恢復冷靜，她緊咬著嘴脣說道：

「我這麼做，有什麼好處？」

我感覺自己腳踩的地面瓦解。不過，她說這話也是合情合理。是我自己一廂情願。對我來說，光流很特別，而對光流來說，我可就不是這樣了。我只是今天突然不請自來的一個魯莽的女人。我感覺到自己原本充沛的精力就此逐漸洩去。

「……我沒想那麼多。」

光流停止動作，一臉錯愕的望著我。

「那麼……妳今天來，真的只是一時衝動？」

她忍俊不禁，朗聲笑了起來。她捧腹而笑，仰望天空。就是笑成這樣。感覺無比新鮮。要不是我這時候大受打擊，我應該會想拿出素描本，將這一幕永遠擷取下來吧。

「啊～真好笑。」

「抱歉。」

「妳終於冷靜下來了嗎？」

「嗯，已經冷靜下來了。」

「妳……姓甘崎對吧。妳知道自己剛才說了很殘酷的話嗎？」

「咦？」

「妳叫我為了妳繼續當偵探。我明明已經說了，我想逃離偵探這個角色，但妳卻想要我去面對案件，和人說話，介入他們之中去攪亂他們的關係，解開謎團，揭發真相，大搞破壞，要我再一次做這種事……不，妳希望我一再的做下去。」

「我沒那個意思。」

「嗯。我知道妳沒那個意思。因為妳只是待在我身邊。」

她那無從捉摸的回答，令我方寸大亂。她到底同不同意啊？我只感到坐立難安，完全靜不下來。

「妳待在我身邊，幫得上忙嗎？妳能勝任華生的角色嗎？」

「唔……」

這問題真是一針見血。我不擅長思考。也不是什麼武術高手。我不敢直視光流的雙眼。

「我、我會全力以赴的。」

「哦。算了。」

光流朝我伸手。我一時猶豫該不該握住她的手。雖然我不顧一切的跑來找她，但這時候卻又膽小起來。

「那麼，妳證明給我看。證明妳待在我身邊，會對我有所幫助。如果下個案件發生時，我會再次擔任偵探。到時候可就是認真的了。」

「我知道了。我絕對會讓妳認同我。」

接受她開的條件後，我覺得很不可思議。下個案件？這指的是明天？一週後？還是幾個月後？這種事得視情況發生，我們根本無從掌握啊。

「呃……那麼，在案件發生前的這段時間，我們的關係是……」

「算是朋友吧。這樣不行嗎？」

我當時的表情一定是突然變得明亮起來，看光流的神情就會知道。

就這樣，我擔任她的助手，和她一起展開活動。

光流曾經問我，妳畫了這麼多我的畫，打算做什麼？

「做成《飛鳥井光流事件簿》的插畫吧。」

「咦，才不要呢。」

我這位偵探容易內心受創、個性難搞，可愛極了。

但我偶爾也會感到不安。

——我到底有什麼優點？

對我來說，光流無可取代，但是對光流來說，我未必如此。

我曾經向她坦言心中的不安。

「我沒有妳不行。妳要對自己有自信。」

「這我知道，只不過……哈哈。」

「反而是我才沒有自信。妳和任何人都處得來，且個性開朗，又有繪畫的才能。還懷有成為插畫家的夢想。不像我，就只是比較會念書，只能當偵探這種在社會上派不上多大用處的角色。」

「就只是比較會念書，這句話像在挖苦人哦。」

她的成績是全學年第一名。

「我總覺得日後長大成人，我將會一事無成，而美登里妳會離我而去。」

她露出落寞的微笑，手指抵向我唇前。

對她而言，要怎麼做才能成為無可取代的存在？為了讓自己站在她身邊不會感到羞慚，我也決定要成為一個出色的人物。我決定先從她認同我的繪畫才能開始著手。我要拿出成績，讓自己站在她身邊不會感到羞慚。

這時，我把握了一個機會，為一位親戚出版的奇幻小說畫插畫。是一共有七本的奇幻小說大作。雖說是因為親戚的關係，但這也是我的才能受到賞識，才因此得到提拔。我覺得這次如果能成功，我一定會對自己更有自信。

當然了，內心挫折沮喪的次數，幾乎十根指頭都數不清。這是一份專業的工作，我對每一張畫都有責任。我不是一直都逃避不參加繪畫比賽嗎？過去我都不理會什麼責任、義務，一直都自由的作畫。

但現在我想再次面對軟弱的自己。這一切全是託光流的福。就像我沒有光流就無法繼續畫畫一樣，我希望自己可以自豪的認為，光流也和我一樣，沒有我不行。為了這個目的，我給了自己一個必要的考驗。

日後我讓她看這本書時——她會是怎樣的表情呢？如果是滿臉笑容，我一定很開心，如果是激動落淚，那也很新鮮，如果是從沒看過的表情，那就太幸福了。

我捧著剛畫好的A3大小畫紙，不自主地哼起歌來。

等不及那天的到來。

真期待啊。

＊

調查報告書

『二〇〇八年九月十日

〈爪〉的第六起犯行

在私立M高中的操場發現被害人甘崎美登里。第一發現者是該校的辦事員D。從前一天二十一點起便開始降下大雨，現場沒有腳印、證物等遺留物。

已確認〈爪〉的犯案特徵，是對死者的雙手指甲進行指甲彩繪。是黑白格子圖案的指甲彩繪。回到和第一起犯案時同樣的圖案。之前第二次犯案是水藍色的指甲彩繪。如果他下次再犯案的話，難道會是水藍色？

現場留下一封寫給甘崎的朋友飛鳥井光流的信，上面寫著「因為妳的關係，得從頭來過了」，放在研判是被害人的繪畫用具（文件夾）裡。以水性原子筆寫成，字有一部分暈開，但還不至於無法辨識。在凶手犯下的一連串案件裡，在現場遺留訊息，這算是第二次（第一次是發生在第二次犯案時。在被害人被劃開的喉嚨裡插著一張便條紙，上面署名「爪」。從那之後，「警視廳大範圍重要指定事件XXX號」就被大眾媒體冠上「〈爪〉事件」的稱號，廣為人知）。這封信是以工整的楷書體寫成，沒有用尺畫線的痕跡。這是在表現他的自信嗎？目前正在進行筆跡鑑定。

凶手還有個特徵，會向屍體灑香水，但因為當天下大雨，無法確認是否有香味。被害人的懷中藏了一個香包。香包裡的東西已溼透，沒了氣味。（……）』

1　〈爪〉【離宅邸燒毀還剩4小時54分鐘】

大火越過河流，步步逼近。

我從二樓的窗戶往外望。灌木層已起火燃燒，黑煙直冒，視線愈來愈差。強風激烈的吹動窗戶，黑煙飄動。果然還是不能指望救援直升機。大火延燒到落日館，已是時間早晚的問題。已剩不了多少時間可以蹉跎了。再這樣下去，連能不能撐到晚上都難說。

「已經沒時間了。」

飛鳥井搖著頭，嘴唇發白。

「妳先休息一會兒吧。」我讓飛鳥井靠著我的肩膀，對她說道。葛城支撐著她的另一邊肩膀，但似乎也顯得心神不定。

——我會揭發這座宅邸和『他們』的一切祕密。

我們從懸吊天花板下來後，葛城在那個房間說過這句話。

葛城這句話一直在我腦中揮之不去。他到底查出了什麼？想解開什麼謎題？是什麼促使他這麼做？

我和葛城、飛鳥井三人，待在她的房間裡。我們對宅邸的其他人說「我們送飛鳥井小姐回房間休息一會兒」，扶她走回房間。

我讓她坐床上。接著用浴室裡的貯水沾溼毛巾，擰乾後遞給她，請她喝點瓶裝水。她終於平靜了些許，我也就此鬆了口氣。過去我從沒照料過這麼慌亂的成人，而且還是位成年女性，我一時慌了手腳。

話說回來，那幅畫……。

在隱藏書架上找到的那幅畫，已作為證物收妥。為了讓飛鳥井平靜下來，現在它已翻過來放在桌子上。

這是甘崎十年前畫的，畫在一張A3大小的畫紙上，為奇幻小說的插畫。這幅畫被裱在玻璃畫框裡。是財田家的住戶擺放，還是凶手擺放的呢？如果原本就擺在那裡當裝飾，那麼，財田家的某人很可能涉案，也就是貴之、文男、雄山。

然而，玻璃內側附著在圖畫上的黑灰，暗示著這幅畫是在火災發生後才擺進畫框裡。也有可能是那個殺人魔從外面帶進宅邸裡。

也就是十年前與飛鳥井光流對峙，原本理應被捕的殺人魔。也就是殺害甘崎美登里的殺人魔。然而，那個男人——戶越悅樹，不是已經自殺了嗎？難道說，真正的凶手另有其人？

那個人此刻就在這座宅邸裡？

宅邸裡每一個人的臉龐浮現我腦中……。我、葛城、飛鳥井。財田家一家人——臥床的雄山、財田家的當家貴之、他兒子文男。還有旅行者小出、附近的住戶久我島。一共八人。

殺人魔就在這當中嗎？不，摒除十年前才只有六歲的我和葛城的話，就只剩六個人。如果飛鳥井也摒除的話，就剩五個人。不，飛鳥井真的應該摒除嗎？我一方面對抱持這種懷疑的自己感到羞愧，另一方面又冷靜地做出評估。

我們被捲入山中大火之中，翼在懸吊天花板的房間裡遭殺害。接著又在懸吊天花板房間的隱藏書架上發現和十年前的案件有關的一幅畫。看來絕非偶然。

「……田所，書架上比較醒目的東西，真的就只找到這幅畫嗎？」

「咦？這話什麼意思？為了保險起見，我拍下了照片。」

我將自己的手機遞給葛城。我拍了幾張書架的照片。照片中顯示的是那些珍貴的書本以及相框。還有收納那幅畫的畫框。

葛城開始自言自語道。

「……這就怪了。這樣的話，前提就不成立了。擺這幅畫的意思是……可是……」

「葛城？」

他驚訝地抬起頭。「不」，他急忙像在打圓場似的說道。「沒事。」

葛城重新面向飛鳥井。

「飛鳥井小姐，掌握這起案件關鍵的，似乎會是這這幅畫。而與這幅畫關係緊密的連續殺人魔……」

「等一下，葛城。」

葛城的想法我沒能跟上。是因為我太遲鈍，還是他衝太快？為了確認清楚，必須說出我的疑問。

「我還沒搞懂是怎麼回事。目前已知，翼小姐遭殺害，是在她解開天花板機關的時候。但為什麼會和十年前的連續殺人魔這麼大的案子扯上關係呢？我實在想不透。」

「田所，這一切都是很不尋常的案件。在山中大火這種極度危急的情況下，刻意選用這麼特殊的手法殺人。這麼做有什麼好處？是因為家人間的紛爭嗎？如果不是，是與久我島先生之間的鄰居紛爭嗎？又或許小出小姐以前曾見過他們。」

葛城搖頭。

「可是這不可能。這種不尋常的案件，不會在很普通的動機下發生。它的背後有一段很漫長的宿命關係。我一直在找尋線索。這時，這幅畫出現了。」

我不禁吞了口唾沫。

「到頭來，還是你對。翼小姐的死，並非意外事故，而是一起殺人案。而且凶手是十年前那個連續殺人魔……〈爪〉……」

飛鳥井閉上眼睛。

〈爪〉。這個名稱令人印象深刻。是殺人犯的稱號。雖然聽起來簡單，卻有一股強烈的不祥之氣。

「不過，這又怎樣？再過不了幾個小時，我們或許就全會死在這座宅邸裡了。因為有過去的宿命關係，因為這這當中有殺人魔……那又怎樣？」

她一副萬念俱灰的神情。臉色蒼白，嘴唇發顫。

「得快點想想我們能做些什麼。」

到頭來，唯一的方法就只有找出隱藏通道了。我雖然對葛城的推理很感興趣，但飛鳥井的意見我更是舉雙手贊成。現在不是我們在這裡促膝長談的時候。

「就是這種時候，才更應該弄清楚啊。」

葛城語氣堅定的說道。他筆直地望向前方，身子微彎。

「如果就這樣死在這裡，我想搞清楚一切再死。」

他雙眼定住不動。背脊顫動。

「偵探是我的生存方式。如果搞不清楚現在到底發生了什麼事，就這麼死去——那就如同是否定我的生存方式。這我無法忍受。」

他剛才應該是對自己的 raison d'être（存在意義）感到猶豫。而自從揭發了「鏡子通道」和懸吊天花板的機關後，雖然處在這樣的非常時刻，他看起來還是神采奕奕。

「你……」

你瘋了。

飛鳥井直言不諱的說道。

「你的意思是，為了讓你能夠滿意，而要我們所有人陪葬嗎？為了達到你的目的，就算奪走我們所剩不多的這幾小時珍貴的時間也無所謂嗎？只要你解開一切，滿意地死去，我們也會感到心滿意足，這是你想說的嗎？」

飛鳥井的口吻變得很激動。她瞪大眼睛，使出全身的力氣來責備葛城。

「我不知道。如果解開一切謎團，或許也能就此查明隱藏通道的所在地。」

葛城自信滿滿的說道。

「你哪兒來的自信？」

飛鳥井的聲音變得粗野，但音量逐漸變小。她用力地搖頭。就像在說「多說無益」似的，感覺得出她已死心。

「……在逃出的那一刻，連續殺人魔……〈爪〉也許會對我們伸出魔爪。如果是這樣，事先查出〈爪〉的真面目，有其意義。」

飛鳥井低語道。

「不過……只有二十分鐘。我不能再給你更多的時間了。」

「這樣就夠了。飛鳥井小姐，請告訴我一些事。」

葛城趨身向前。

「我記得妳曾經說過，甘崎小姐死後，妳鎖定戶越悅樹就是〈爪〉，而他在被捕之前自殺。理應已死的殺人魔，為什麼會再度現身？而且還出現在這座宅邸……我實在想不通。」

我的視線移向飛鳥井。她露出怯縮的態度，雙脣緊抿。

接著，飛鳥井道出〈爪〉那起事件的梗概，以及甘崎美登里遭殺害時的情況。她一字一句的說著，呼吸變得急促，光是想起這件往事，似乎就伴隨著帶來莫大的痛苦。

「〈爪〉是以年輕女性為目標的連續殺人魔。犯案的特徵，是對屍體進行裝飾。以人造花裝飾在屍體四周，並留下灑過香水的香包。而最後一個步驟，便是對死者進行指甲彩繪。以過度的美學意識來裝飾屍體。甚至連屍體的第一發現者都說『簡直就像是在都市中沉睡的公主』。」

「〈爪〉這個稱號，是源自於指甲彩繪嗎？」

「這也是原因之一，不過，主要是因為凶手自己留下這樣的簽名。第二名被害者被劃破喉嚨。喉嚨裡留下一張寫有『爪』的便條紙。」

「他的殺人方式有什麼特徵嗎？」

「特徵就是什麼都沒有。」

葛城皺起眉頭。

「也就是說，殺人手法沒有一貫性。一直到他殺害甘崎，共犯了六起案件，分別是毆斃、刺殺、槍殺、溺死、電死、勒斃，每一個用的方式都不一樣。」
「不用同樣的手法殺人。這就是他的規則是吧。」
「遵守規則，達成後感到莫大的喜悅。凶手給人這樣的印象。」
飛鳥井表情沉痛的點頭。
「十年前……我被奪走了甘崎，與甘崎身為警察的哥哥合作展開搜查。眼看就快逮捕戶越悅樹這個男人。但最後還是沒能辦到。因為他自殺了。」
「……當時我確實覺得不太對勁。我們檢視凶手的條件，檢視不在場證明，就此找到了戶越。但當我們為了逮捕他而闖進他的住宅時，戶越悅樹已上吊身亡。從他的房間裡發現許多證物，以及用電腦打成的遺書。當中還有香包、用來打死第一位被害者的鐵鎚、刺死第二位被害者的刀子、用來鋸斷每個被害者手腕的鋸子……。當時我心想，證據未免也太齊全了。用自殺的方式落幕，也不符合〈爪〉的個性……」
聽她這樣說，我感覺到血氣從我臉上抽離。
「難道說……戶越同樣也是被〈爪〉殺害？」
飛鳥井用力點頭。
「十年前我就有這樣的懷疑。而現在〈爪〉再次現身，證明了我的推論沒錯。」
「飛鳥井小姐，也就是說，十年前妳沒抓到真正的凶手。而且還將嫌疑冠到別人頭上。」

「葛城！」

我不禁站起身。葛城並未從飛鳥井臉上移開目光。

「對，就像你說的。」

飛鳥井直接承認自己的疏失，令人吃驚。

但她眼中的堅韌看起來仍未喪失。真不可思議。她一開始出現在這座宅邸時，明明雙眼無神，就像幽魂一般。我已不執著於身為偵探的驕傲——她是否已做出這樣的決定呢？

葛城沉思了一會兒後，緩緩站起身，夾雜著誇張的動作說道：

「〈爪〉犯案的規則被妳看穿，大為焦急。因為被警方搶先一步，阻止他犯案。為了洩憤，他說了『從頭來過』這句話，展開第六次行凶。殺害了甘崎小姐。這起了引爆劑的作用，妳更進一步朝〈爪〉逼近。當初凶手火冒三丈的對甘崎小姐下手時，應該沒料到會有這種結果吧。從他一直沒能擬定第七次的行凶計畫，直接就對甘崎小姐下手的輕率行為，就能看出這點。」

「他終究只是個小人物。明明自信滿滿，狂妄自大，卻又無法看清未來。」

飛鳥井語帶不屑的說道。從她激動的言詞中，能感受到她的憎恨。

「〈爪〉因此決定找個替身，阻止警方繼續追查。他將物證都搬往戶越家，讓戶越自殺。」

葛城流暢無礙的說道，而飛鳥井也像舞臺演員般接話道：

「戶越脖子上的勒痕，看起來確實像自縊而死。也沒有吉川線[4]。一概沒有會被認定是他殺的痕跡。」

「目前還不知道凶手是用怎樣的手段。繩子綁在門把上，用被害者自己的體重來壓迫頸部，這個方法也能營造出自縊的假象。就算被害人處在服下安眠藥的狀態，凶手應該也能抱住被害人的身體行凶。」

「對。總之，〈爪〉讓戶越當他的替身。但這同時也意謂著〈爪〉的連續殺人劇就此落幕。」

「而在戶越自殺的同時，身為偵探的飛鳥井光流也就此消失。」

葛城緩緩搖著頭。

「十年……！這十年來，〈爪〉一直低調行事。殺死了身為連續殺人魔的自己。當然了，這十年來，〈爪〉是否完全沒犯其他殺人案，這就不得而知了。最後，在這座宅邸裡，〈爪〉和妳展開這場命運的邂逅。」

飛鳥井全身顫抖。就像在表達她心底的厭惡。

「舞臺轉移到現在了。」

我如此說道，葛城點頭。

從過去談到現在，話題變換，令人眼花繚亂。我努力跟上他們的談話。

葛城舔了舔嘴脣。

「既然已確認過十年前的事情梗概，那就移往下個階段吧。十年前自殺的戶越悅樹不是〈爪〉。真正的凶手應該還逍遙法外。那麼，為什麼能推測出〈爪〉就在這座宅邸裡呢？」

這再明顯不過了。我回答葛城的提問。

「因為甘崎小姐的畫，就擺在懸吊天花板上的隱藏書架裡。」

「那幅畫將十年前與現在串連在一起。接下來就來追查這幅畫的動向吧。」

坦白說——葛城接著說道。

「對於這幅畫是由真正的凶手〈爪〉所擺放的這個結論，我到現在還不能接受。財田雄山先生會保留連續殺人魔相關的剪報及資料，有收藏的癖好。就算看作是雄山先生湊巧因某個機緣而得到這幅畫，也沒什麼不對。或者是說……」

葛城停頓片刻，加以強調。

「雄山先生就是〈爪〉。」

我不禁吞了口唾沫。的確，如果那幅畫原本就在那裡，可以看作是財田家的人擺

❹ 被勒死的被害者頸部，會出現與勒痕垂直的指甲抓傷。可作為他殺的證據。如果是上吊自殺，會因為自身重量而瞬間昏迷，不會有吉川線。

在那裡當裝飾，這個想法很自然。

然而……

「葛城，這點我也想過。但應該沒這個可能。有黑灰跑進玻璃內側。那是火災發生後，有人打開這個畫框，把畫裝進裡頭的證據。」

葛城點頭認同我的話，微笑說道：「……我只是試著說出這個可能性。」

「歸納你們兩人的說法」，飛鳥井緊按額頭。「不論持有這幅畫的人是財田家的人，還是其他人，把畫裝進畫框裡，都是火災發生後才有的行為。」

「沒錯。這麼一來就會冒出三個問題。一，是〈爪〉持有這幅畫嗎？二，殺害翼小姐的人是〈爪〉嗎？三，〈爪〉的目的是什麼？」

葛城拿起裝在畫框裡的那幅畫，拿給飛鳥井看。

「先一步一步來。首先是『一』。如果可以確認是〈爪〉持有這幅畫，之後的動向一下就能整理出來了。

這幅畫與〈爪〉的第六次犯案——也就是與甘崎美登里小姐在妳們就讀的那所學校遭殺害的案件有關。我記得事發前一天，她拿這幅畫給那位奇幻小說家的親戚看對吧。甘崎小姐在事發當天仍帶著這幅畫。妳認為是〈爪〉帶走了這幅畫。這是為什麼？」

他注視著這幅畫。

「這幅畫確實畫得很好。或許是〈爪〉在殺人後，強烈的感受到想將它據為己有的欲望。但妳並未舉出〈爪〉有收藏癖這項特徵。為什麼只有在這次的殺人案中帶走這幅畫？〈爪〉有什麼目的嗎……」

「因為下雨。」

飛鳥井這句話太過突兀，令人吃驚。

而葛城就只是沉默了幾秒，就馬上看出解答。

「文件夾是嗎？」

「腦筋轉得真快。」

她有點不甘心的說道。

「到底是怎麼回事？」

我跟不上他們兩人的速度，忍不住出聲叫道。說到文件夾，就是可以對摺放文件的東西。在甘崎遭殺害的現場就遺留了文件夾。

「飛鳥井小姐要說的是，〈爪〉不是因為很想得到這幅畫才將它帶走，而是因為消極的理由而帶走。

我來分析一下目前的狀況吧。甘崎小姐被殺害時，是個下雨的日子。這對〈爪〉來說是突發狀況。他專程帶來的香包，裡頭的東西都溼透了，使得〈爪〉的特徵——用香氣來裝飾屍體一事無法順利進行，從這點也看得出來。因為他如果早料到會下雨的話，應該會先做好準備。」

「這我知道，但我不懂下雨和這幅畫有什麼關聯。」

「那天，〈爪〉原本想在現場留下一項東西。他寫了訊息想給飛鳥井小姐看。但可能他是用水性原子筆寫下訊息吧。這是〈爪〉的失算。」

「啊！」

我朝膝蓋用力一拍。

「難怪。如果直接將便條紙擺在外面，文字會暈開。因為他將屍體擺在操場，沒能遮雨。雖然放進甘崎小姐的書包裡也是個方法，但因為是事先留在操場上，還是可能會浸水而讓上面的字消失。」

「沒錯。所以凶手才從甘崎小姐的物品中拿走文件夾，將他寫的訊息放進裡頭。」

「當時原本放在文件夾裡的畫，就這樣被剔除在外。〈爪〉將這幅畫連同A3大小的透明資料夾一起拿走。」

葛城伸手摀著嘴。

「我認為，這幅畫也有可能是透過〈爪〉轉交給別人，但這同時也是他殺害甘崎小姐的證物。飛鳥井小姐從雨和透明資料夾推理出〈爪〉拿走這幅畫的經過，更提高了這樣的可能性。想必〈爪〉也不會隨便處理這幅畫。這十年來，一直是由〈爪〉持有這幅畫，這樣的可能性最高。」

葛城輕咳幾聲。

「那麼，接下來做最後的狀況分析。對於十年前的經過，以及這幅畫從十年前到現在的動向，已經確認過了。

接下來是『二』。殺害翼小姐的凶手是〈爪〉嗎？」

我差點憑直覺回答「這是當然的吧」，但我知道，葛城最不喜歡別人馬上做出判斷。

「翼小姐是因為懸吊天花板升起而被殺害——。這點沒錯。而〈爪〉將自己持有的畫裝進畫框擺在那裡，也沒問題。不過，這兩件事也可能單純只是偶然。雖然這始終都只是在檢討其可能性，但我不想輕忽以對。」

「我贊成你的意見。」

飛鳥井點頭。感覺不知從什麼時候起，她已贊同葛城的看法，我感到胸口一緊。

飛鳥井接著說道：

「〈爪〉有個特徵，就是有極為強烈的表演意圖。他誇張的展現自己的行為和成果，看到別人對他的作為所做的反應，他會感到異常的興奮。感覺像小孩子一樣。只為了營造出自己想要的演出效果，他刻意裝扮被害者，以花朵和香氣來加以裝飾。」

飛鳥井皺起眉頭。葛城接著替她說明。

「關於這次的案件。感覺凶手是看準飛鳥井小姐走上天花板的時機，傾力呈現那樣的演出。翼小姐房間裡的那張手繪的平面圖，事先微微從抽屜裡拉出一角來，想必是凶手所為。我們從昨天就提到要找尋隱藏通道的事，所以就找尋提示的層面來看，凶手也早料到我們會對懸吊天花板上方展開調查。也猜到飛鳥井小姐會登上天花板。」

葛城接著道：

「解開提示，登上天花板後，飛鳥井小姐目睹了這幅與她有宿命淵源的畫。從書架上方數下來第三層。這當然是算準了最容易看到的位置，而刻意擺放。凶手刻意移動的意義就在這裡。而最後還在畫框旁擺上人造花來呈現……這都是為了讓人聯想到〈爪〉的案件所做的安排。」

「也就是說，這一切都是安排好的，為了讓我看到這幅畫……」

「對。這樣的演出意圖，從翼小姐死亡的時刻開始，就已經在準備了。走到這一步，絕非偶然。正因為這樣，可以認為殺害翼小姐的凶手與〈爪〉是同一個人。」

葛城想出的故事充滿想像。我聽得有點頭暈。

飛鳥井全身發顫。不知道是因為恐懼，還是憤怒。

「可是……葛城。我無法理解〈爪〉的心理。為什麼〈爪〉在殺害戶越悅樹時，沒將這幅畫一併留在命案現場呢？如果他是考量到自身的安全，就應該把所有證據都處理掉，全推給戶越才對啊。」

葛城把手從脣邊移開。

「……他捨不得。」

「啥？」

「連續殺人魔〈爪〉的功績，已全都歸到戶越悅樹頭上了。實際在平成犯罪史上留名的惡徒，是戶越悅樹。雖說是被逼急了，不得已才找他當替身，但〈爪〉應該是覺得，自己手頭上什麼也沒留，有點捨不得。」

飛鳥井搔抓著頭髮。

「別做這樣的推測，我覺得噁心想吐。」

「……抱歉。」

「不過，你的推測可能沒錯。只要透過案件與〈爪〉對峙，就會明白他的個性。他有點孩子氣，想要別人理他……反過來說，他是個怕寂寞的人。真是個無聊的傢伙。」

飛鳥井的口吻相當激動。

「所以一旦要放下時，會覺得捨不得，這可以理解。這點正是他思慮欠周的地方。突然覺得眷戀，偷偷將偶然獲得的圖畫留在身邊……這是冒瀆。是對美登里的冒瀆。」

飛鳥井的語尾在顫抖。

葛城可能是不想被飛鳥井的慌亂影響吧，他極力以冷靜的聲音接著說道：

「為什麼〈爪〉會帶著十年前的那幅畫呢？他與妳在這棟宅邸裡相遇，應該是偶然才對。」

「嗯，如果是照順序來，應該是先遇見飛鳥井小姐，接著才準備這幅畫。如果是這種情況，財田家的人符合這個條件。」

「不過，或許也能看作是凶手不管什麼時候都將這幅畫帶在身邊。如果是〈爪〉就有這個可能。」

這樣會不會太不合理？我感到困惑。

「睽違十年，再次見到我的〈爪〉，心裡想的是什麼呢？」

「……想為十年前那場宿命的對決再次開戰。之所以殺害翼小姐，就是這個原因。」

「不對。」飛鳥井的聲音變得激動。「那傢只是見到昔日玩弄的對象，單純感到開心罷了。想要對方理他，故意加以逗弄。那傢伙……」

「……飛鳥井小姐？」

她瞪大眼睛，倒抽一口氣。接著用力搖著頭。

「抱歉，又嚇著你們了。」她打圓場似的笑道。

「照這樣來看，〈爪〉之所以會把畫放在那裡，可以看作是為了讓妳看到吧。這正好可以解答『三』的疑問，也就是〈爪〉的目的。他對懸吊天花板上方的安排，也可作為證據。」

「讓她看到？〈爪〉到底想做什麼？」我覺得不太對，如此問道。

「從〈爪〉的個性來看，他應該是想向我傳達『我在這裡』的訊息，並激起我的恐懼吧。也許他想看我方寸大亂的模樣。」

飛鳥井的這番話充滿個人幻想。看起來像是她覺得「我最了解〈爪〉」的這種情感在空轉。為什麼葛城不加以點破呢？我再也無法按捺，轉身面對飛鳥井說道：

「飛鳥井小姐……妳的推測感覺有點牽強呢。妳一直說個性、個性。當然了，我不是在懷疑妳觀察的眼光……」

「田所。」

葛城打斷我的話。他以認真的眼神注視著我。我這才發現葛城的意圖。他默默聆聽飛鳥井的推測，想引她自己說出來。

我發現自己破壞了他的計畫，羞得臉頰發燙。

「繼續往下說吧。這是睽違十年的重逢。意思是與知道自己過去的人再次相逢。〈爪〉一直在等候這天的到來，都這種時候了，他還一直隨身帶著甘崎小姐的畫，從這點也看得出來。」

這就是被名偵探附身的一種詛咒。我感覺到自己睽違十年再度與飛鳥井重逢的心情，與凶手的心情重疊在一起，不禁背脊發涼。我們都是憧憬成為名偵探的人，雖然後來走上不同的道路，但也算是對照的人物。

「借用飛鳥井小姐妳說過的話，〈爪〉希望妳能理他。為了這個目的……」

「所以殺了翼小姐……？」

我困惑不解的說道，這句話的含意令我全身發顫。

同時從此刻葛城的說明中覺得不太對勁。到底是哪裡不對勁，我也說不上來。

「那麼……那麼，到底是怎樣？誰死都行嗎？你的意思是，這傢伙就只是為了演出一場殺人劇，而殺害翼小姐嗎？」

「並不是誰死都行。〈爪〉只挑年輕女性。」

「葛城……！」

我不自主的站起身，但葛城的表情卻沒任何變化。我明白他只是陳述事實，從過去的經驗也知道，葛城在陳述事實時，聲音向來很冰冷。但我身體還是不自主的動了起來。

「還有一件事。」飛鳥井一臉疲態的說道。「〈爪〉應該是因為財田家滿是機關，一時壓抑不了他的孩子氣。如果是財田家的人，應該老早就已存有這樣的欲望，而如果是外面的人，在昨天得知宅邸內的機關後，應該會欲望高漲。而那傢伙的犯案特徵，就是同樣的殺人手法不會用第二次。」

「之前那六個案子的殺人手法，分別是毆斃、刺殺、槍殺、溺死、電死、勒斃對吧。」

「當然沒有壓死。」

我感到一陣胃灼熱。接著覺得噁心想吐，就此癱坐在椅子上。他們此時談到被壓死的人，正是昨天還和我們交談、歡笑，一起共度那段時光的財田翼。他們怎麼能這麼冷血的拿她當資訊來談論呢？發現她身亡，是今天早上的事。我光是回想自己和她的交談，就感到胸口一緊。

——我們會全部死在這裡嗎？

為什麼！為什麼我不能阻止她喪命！

「田所。如果你人不舒服，最好先離開。你臉色很難看呢。你先回我們房間喝點水，躺著休息吧。」

「你在開玩笑吧。」我粗聲粗氣的說道。「讓我見證這一切。」

葛城不發一語的點了點頭。感覺他臉上浮現略感安心的微笑。

「截至目前為止，對〈爪〉的三個疑問已經整理好了。再來必須調查這幅畫。為了查出〈爪〉的真面目。」

葛城取出手帕，拿起畫框。他打開畫框，用手帕取出那幅畫。

突然有個東西從畫框的左邊飄落。我急忙用手掌接住。似乎是一塊塑膠碎片。它有一粒一粒的凹凸面，以及平滑面，平滑的那一面沾有黑灰。為什麼畫框裡會夾著這種東西呢？

我正準備問葛城時，他朝房內的燈光舉起那幅畫。

「你在做什麼？」

「這好像是水彩畫，所以我在看它有沒有暈開的部分。如果有，就是水彩畫，如果沒有，就是複製品。因為看到暈開的部分，所以這是原畫沒錯。」

這傢伙連這麼細微的事都這麼在意，實在教人傻眼，但這應該是在確認重要的前提。這麼一來，就可以確認這幅畫的確是出自甘崎美登里之手。

「葛城，也讓我看一下。」

我再次仔細觀察那幅畫和畫框。

之前注意力都被它奇幻風格的圖案所吸引，但這次我當它是案件的證物，重新檢視。邊角留下泛黃的水漬，與凶手在沾溼的狀態下拿出這幅畫的情形吻合。不過，雖然已是十年前的畫作，但保存狀態良好，沒有捲過的痕跡，也沒任何摺痕。看得出〈爪〉很謹慎的保存它。

畫框是由兩片玻璃板構成，再以四個小螺絲固定這兩片玻璃板。轉動螺絲打開玻璃，從打開的縫隙處放入這幅畫，再將螺絲旋緊。不想被夾到手指，似乎需要一點技巧。

「這個畫框原本是放在雄山一樓的書房裡吧。」

我指出這點，葛城點頭。

「凶手從一樓的書房拿出畫框，把它擺向懸吊天花板上方。就是這麼回事。」

來到宅邸的第一天，我們在書房裡看過這個畫框。如果是在那之後才擺放這幅畫，那麼，臥病在床的雄山就沒有嫌疑了。

畫框的螺絲很小，而且也不是要用螺絲起子轉開的那種類型。話雖如此，要用鑷子夾又嫌太硬。似乎只能徒手轉開。

「這還真不好轉呢。」

「因為是玻璃，所以馬上就會留下指紋。凶手沒用手套嗎……」

「嗯……啊，對了，葛城，這個……」

我朝葛城遞出剛才放在掌心上的塑膠碎片。

他臉色大變，望著那塊塑膠碎片。「這是？」

「剛才你打開畫框時掉落的。我猜大概是原本夾在畫框當中……」

「你的手……」葛城的鼻端湊向我的手。那距離就像要親吻一樣。「可真乾淨。」

「啊？」

「你洗過手嗎？上面都沒沾黑灰嗎？」

原來是這個意思，我鬆了口氣。

「你剛才為我打溼毛巾擰乾對吧。是那時候洗的吧？」

我點頭，葛城眼中閃著炯炯光輝說道：

「田所，剛才書架的照片，再讓我看一次好嗎？」

「咦？可以……」

葛城就像是一把搶走似的，拿走我的手機，將照片放大。將原本拿在手上的塑膠碎片交給我握住，對我說一聲「你先拿著」後，就此走出房外。

我一臉茫然。轉頭望向飛鳥井，她也是類似的反應。五分鐘後，葛城返回。手裡拿著透明的塑膠手套。他套上塑膠手套，拿著畫和畫框。他取下螺絲，拿起畫框，想把那幅畫夾進裡頭。接著他左手伸進畫框內側，按住畫，想將螺絲轉緊。

葛城暗啐一聲。

「不行。手太滑，轉不動螺絲。」

「是因為螺絲很小，戴著塑膠手套無法轉動它嗎？」

「對。不過，可能是因為塑膠手套比我的手大，所以才會這樣。田所，你也試試看吧。你的手比我大吧。」

為什麼連這種事都掌握得這麼清楚，我感到很不可思議，但還是不太情願的戴上塑膠手套。隔著手套，螺絲很滑溜，完全轉不動。

「田所你也不行吧。嗯，果然和我想的一樣。」

「喂。這到底是哪門子實驗啊。」

「當然是在模擬凶手裝設這幅畫時的情形啊。」

「所以才戴塑膠手套？你為什麼知道凶手當時戴著手套？」

「因為你拿給我看的那個塑膠碎片啊。那就是證據。凶手為了從內側按住畫，手伸進畫框的玻璃內。在這種狀態下轉動螺絲，把畫框關上。而就在他把手抽出時，塑膠手套被夾住了。」

「所以這塊碎片才會留在畫框裡……」

「沒錯。塑膠碎片有凹凸面和平滑面。不用說也知道，凹凸面是外側的止滑部位，而平滑面是手套內側。現在平滑面上沾有黑灰，所以凶手在戴手套時，他的手已經被黑灰弄髒。」

「……是這樣啊。沒辦法找出那個塑膠手套嗎？如果找得到，就會有更多線索……」

「應該希望渺茫吧。」飛鳥井不客氣的說道。「塑膠手套內側也會留下指紋。我覺得一定早就處理掉了。」

「嗯，也對……」

葛城沒理會我心中的遺憾，接連說道：

「凶手戴過塑膠手套。因為轉不動螺絲，所以只有在轉螺絲時，非得取下手套不可。因為螺絲很小，就算留下了指紋，也只會有指紋的前端部分。因為是金屬製的螺絲，也容易擦除指紋。凶手不得已，只能不戴手套碰觸螺絲。」

「這樣又如何？」

「田所，你看。這螺絲上刻有細小的凹凸圖案。指紋或許可以擦除，但無法連黑灰也一併擦除。如果以沾滿黑灰的手碰觸，應該就會跑進這些凹凸裡面。」

「我說你啊……」

葛城就像在說夢話般，講了一大串內容，我無法理解，忍不住插嘴道。

「就算是這樣，最後一塊拼圖還是拼不上。不，雖然知道拼法，但不知道是否真是這樣。或許是我自己不願相信……」

「葛城！」

我一把抓住葛城肩頭。他這才像是從夢裡醒來般，以緩慢的動作望向我。

我不經意地望向飛鳥井，發現她正以冰冷的眼神看著我們。

「葛城……你如果有什麼想法的話，就告訴我吧。就算你自己一個人苦思，我們也什麼都不知道啊。」

「他在想些什麼，我大致知道。」

這時，飛鳥井若無其事的說道。我轉身面向她。她嘴角泛起無力的笑意。

「〈爪〉得到一個很適合的舞臺，再也無法壓抑本性……就此再度覺醒。」

飛鳥井的話語中浮現的情感，既非恐懼，也非悲傷，更不是憤怒。就只是「了解」。她很徹底的了解〈爪〉是這樣的人。

「你想解開這座宅邸發生了什麼事。為了這個目的，你要了解什麼是必要的。」

葛城緩緩站起身。

他眼中燃起紅豔的烈火。

就像在說「不可饒恕」一樣。

「飛鳥井小姐，妳連這都知道……」

「你打算怎麼做？說說看吧。你打算貫徹自己的生存方式嗎？喏，說好的二十分鐘到了。都這時候了，你還要把我們耍得團團轉嗎？」

飛鳥井那像在鼓動般的態度，令葛城一時喘不過氣來。

「……我打算『放手去做』。只要給我一小時就夠了。我應該已經明白不少事。我無法默不作聲。」

我完全聽不懂他們在說些什麼。他們兩人在遙遠的某處展開對話，已將我遠遠拋在後頭。

我備感寂寞，無法忍受。覺得這是現役偵探和前偵探兩人專屬的親密空間，只有我被摒除在外。

「飛鳥井小姐！」

我忍不住站起身。

「妳的推理能力現在還是一點都沒退步啊！只要妳有心，一定做得到，但妳為什麼表現得如此消極呢？」

我站在飛鳥井身旁，低頭看著她說道。我雙手握拳，鼓足了勁。

「妳其實很清楚吧。妳知道的事應該比我們還要多。妳是我憧憬的對象。只要葛城和妳聯手，〈爪〉根本就不足為懼！可妳為什麼……」

「田所，別再說了。」

葛城的話語尖銳地響起。他站在一旁，伸手按住我肩膀。

「我有我的做法，她有她的做法。」

「這時候還說什麼做法嘛！真搞不懂！」

飛鳥井一直低著頭，不發一語。態度冰冷。

「田所，你要好好見證。我希望你做的，就只有這件事。」

我抓住葛城的肩頭。

「見證……？見證什麼啊？葛城，喂……」

葛城將我揮開，重新面向飛鳥井。

「接下來我要將所有人叫去大廳。然後破壞一切。」

葛城一口氣說完，肩膀緩緩上下起伏。

「飛鳥井小姐，請妳也一同出席。在知道〈爪〉就在這群人當中的此刻，妳是最大的線索。我希望妳能仔細觀察在場每個人的反應。我不想聽妳說什麼已不當偵探這種話。」

「你這個人還真不溫柔呢。」

飛鳥井冷笑道。

「我已失去一切，還逼著我面對過去，明白自己犯的疏失，將我徹底擊倒在地。然後還叫我要站起來戰鬥。你的理由是什麼？」

「為了真相。」

葛城的話語中不帶半點猶豫。他的眼神同樣堅定。

「為了正義。」

「這樣啊。」

飛鳥井就像要拿定主意般，緩緩閉上眼睛。當她再度睜開眼睛時，臉上掛著淺笑。

「你就放手去做吧。只要你不後悔的話，就試著去貫徹你的理念吧。」

葛城浮現驚訝的表情。那表情甚至可以用天真來形容。「……好」，他回答的這句話，看不出半點自信。他心裡似乎開始起了動搖。**事情是如何開始，如何結束，我都得加以見證**。不過，我真的只要見證就行嗎？在這起案件中，我能保護葛城嗎？

飛鳥井站起身，伸手搭在門上。

「既然你想當名偵探，就不需要溫柔。」

2　破壞【離宅邸燒毀還剩4小時30分鐘】

「飛鳥井小姐，妳已經沒事了吧？」

一見我們三人出現在大廳，貴之尷尬的說道。

「對……讓您操心了。」

飛鳥井臉上泛起空虛的笑容。

小出、久我島、貴之、文男，全都在客廳裡。文男蹺著腿坐在沙發上，貴之則是坐在木椅上，身體前傾。久我島全身重重地陷入沙發裡。小出靠在牆邊，雙臂盤胸。

飛鳥井走進大廳時，站起身迎接她的，就只有貴之一人。因為找不到逃生的密道，眾人都意志消沉。

我和飛鳥井比鄰坐向沙發。飛鳥井倚向沙發扶手，一臉慵懶的表情。

葛城走向單人椅。他挑的位置正好可以看清楚每個人的臉。

要開始了。

我有這樣的預感。

「懸吊天花板……本以為終於找到最後的希望，結果卻是失望收場。」

文男說道。現場籠罩著沉重的沉默。

由於過度集中在與飛鳥井的爭辯，尤其是與〈爪〉的存在有關的疑點上，使我們沒注意到自己目前所處的狀況。一想到烈焰，便因為遊走全身的恐懼而直冒冷汗。

「我們會就這樣……？」

久我島怯懦的說道。他這句話，如果是在我精力充沛的時候，還可以一笑置之，但隨著現在愈來愈沒自信，他說的一字一句都在我心底響起。

「大叔，別這麼輕易放棄。」小出以粗魯的口吻說道。「只要能找到隱藏通道，就會有辦法的。」

「就是因為找不到……」文男以焦躁的聲音說道。「所以才傷腦筋啊。」

在場眾人的氣氛無比沉重。但唯獨葛城搖了搖頭，以響亮的聲音說道：

「當然了，我也很擔心隱藏通道的事。因為那是解救我們性命的唯一密道。但現在我有件事非得告訴各位不可。因為現在不光是外頭的大火正燒向我們……還有一個可怕的人物，正準備從內部來破壞我們的關係。」

「你是指我女兒喪命的事嗎？」貴之蹙起眉頭。「這件事，飛鳥井小姐不是說過了嗎？她說那是意外致死。」

「是我弄錯了。抱歉。」

飛鳥井這句話吸引了所有人的注意。她側坐在沙發上，縮著身子，一臉倦容。看得出來她已筋疲力竭，但之前和我們兩人一起時，她看起來還留有一些力氣。

「他們兩人發現新的事證——而我自己也因為從天花板發現的物品，而不得不做出翼小姐是遭殺害的結論。」

「啊，飛鳥井小姐。」

久我島霍然起身，嘴巴像金魚一樣一張一合。如果不是意外致死的話——這樣的不安讓他感到慌亂嗎？

「這到底是……」

「接下來交給他來說明。」

久我島突然大叫起來。

「我想聽妳親口說！」

久我島的大喊，透露出他對飛鳥井的依賴感，以及對葛城的不信任感，兩者正好呈反比。他在山中獲飛鳥井所救，對她特別信賴。而文男和貴之也一樣，對堅持主張翼是遭人殺害的葛城，應該也頗有微詞。由於葛城揭開懸吊天花板的祕密，他們對身為偵探的葛城或許很讚賞，但對於他的為人就不知道是怎麼想了。看來，現場的力量平衡很可能會因為一些小事而往飛鳥井那邊傾斜。

「喂，你別自己在那裡亂說好不好。」

這時介入戰局的，是小出。她離開原本倚靠的牆壁，朝坐在沙發上的飛鳥井走近，輕輕的伸手搭在她肩上。用和她的口吻很不搭的溫柔聲音說道：

「就聽聽看他怎麼說嘛。飛鳥井小姐會變得這麼無精打采，應該是有什麼原因吧。她之所以說交由那個小夥子來說明，也是這個原因吧？妳說是不是？」

「對……」

飛鳥井望著小出，微微點頭。

「剛才飛鳥井小姐和小夥子之間，應該已經分享過資訊了吧？如果是這樣，聽誰說都一樣。逼著一個這麼意志消沉的女人向大家說明，未免也太不長眼了。」

可能是被小出的語氣所震懾，久我島垂頭喪氣地退下，回沙發上坐下。顯得無比頹喪。財田貴之和文男似乎也沒異議。

葛城說出他剛才與飛鳥井討論的內容。提到翼小姐遭殺害的真正命案現場，可以看作是懸吊天花板的「上方」。不能因為屍體被搬動就認為是意外致死。那個隱藏書架上擺著甘崎美登里的畫。持有那幅畫的人，是昔日的一位連續殺人魔……。

「這話是什麼意思？」久我島聲音發顫。

「意思是那個殺人魔〈爪〉就在我們當中嗎？」

財田貴之表情扭曲。文男頻頻抖腳，表現出他的焦躁，小出則是隨口吹了聲口哨回應。久我島就像軟腳般，整個癱坐在沙發上。感覺眾人都大受打擊。

一旦開始起疑，就沒完沒了。每個人看起來都像騙子。葛城的鼻翼微微抽動，但我不知道他是感應到誰的反應有異。

「那傢伙……殺了我妹妹？」

文男的臉因憤怒而扭曲。

「應該是這樣沒錯。」葛城以沉痛的聲音回應。

「可是，如果是這樣的話……」小出像在嘲笑似的說道。「最有嫌疑的人，應該是你們財田家的人吧。」

「妳說什麼——」文男站起身。他呼吸急促，狠狠地瞪視小出。

「我說的沒錯啊。那幅畫原本就在這座宅邸裡吧？如果是這樣，你們這幾位屋子的住戶最可疑。」

「妳這個臭婆娘……」

「兩位請冷靜。」

我趕緊插話道。小出聳了聳肩，轉身背對文男，文男則是暗啐一聲，重重地坐向沙發。

「想急著做出結論的心情我懂。」葛城冷靜的說道。「不過，要找出殺人犯，首先得經歷一個重要階段。」

葛城再次閉上眼，慢慢做了個深呼吸，接著像拿定主意般，朗聲說道：

「重視『和諧』的飛鳥井小姐，想必之後一定會想，我接下來做的事太過火了，根本沒必要揭發一切，加以破壞。」

他的聲音冷若寒冰。

就像是在宣告「為達目的，不擇手段」一樣，這聲音讓人聯想到這樣的毫不留情和嚴苛。文男與久我島身子一震。小出則是露出不懷好意的冷笑。

「我也不是個不明事理的孩子。我知道應該自制。田所也告戒過我『現在不是說這個的時候』。飛鳥井小姐也說『有比解謎更重要的事』，她的意見也對我的內心帶來很大的影響。因此，不管有多麼令我感到在意的事，我原本也一直都是以和大家合力度過眼前難關，視為最大的課題。」

然而——他接著道。

「如果殺害翼小姐的凶手就在現場的話，這個目的就得先收回了。從現在開始，我要揭發你們所說的許多謊言。這是為了查出最後的謊言所不可或缺的步驟。逐一清除謊言後，留下的將會是最後的謊言。也就是殺人犯所說的謊言。」

「你從剛才起就一直說什麼謊言、謊言的，你到底在說些什麼啊？」

文男粗聲粗氣的站起身，毫不掩飾的展現敵意，朝葛城逼近。

「文男先生，別衝動。」

「田所同學，你少多嘴。我現在是在跟這傢伙說話。」

「葛城看穿謊言的能力異於常人。」

我再也看不下去，急忙向他解釋。

「我覺得他應該是解釋得不夠清楚……」
「啥！看穿謊言？有意思。那你就試試吧！那我說了什麼謊，你說來聽啊！」
「你不是這個家的住戶對吧？」葛城說。「你甚至算不上是財田家的人。你就只是一名詐欺犯。」
文男嘴巴張得老大，一臉茫然。
「……你這話可真有意思。」
貴之站起身。他先將一頭白髮往後撥，接著以挑釁的表情面對葛城。
「我們是財田雄山的家人，貨真價實。我是他兒子貴之，這位是他孫子文男。而喪命的翼，是他的孫女。要我拿戶口名簿來嗎？」
「沒這個必要。因為財田先生的兒子和孫子的名字，可能真的就是貴之、文男、翼。文件並不能充當任何證明。財田雄山臥床不起，有意識障礙，你看準這個機會假裝成他的家人，潛入這個家中。」
「你根本在胡說！」
貴之大聲吼道。那是在向人恫嚇的高分貝音量。
「你的意思是，我們是和他毫不相干的外人！既然你講得這麼煞有其事，那你拿出證據來啊！證據！」

「可以啊。」

葛城極為冷靜的回答，伸舌潤了潤嘴脣。他完全不為所動，反倒是貴之難掩內心的動搖。他眼神游移。

「我就從簡單易懂的地方開始說吧。令我在意的其中一件事，是慣用手。田所，你知道貴之先生慣用哪隻手嗎？」

「……應該是左手吧。家裡不是有園藝剪嗎。那是一把寫著『貴之用』的剪刀。因為葛城用起來不順手，所以那是左撇子用的剪刀。」

葛城搖頭。

「你太執著於證據，而欠缺觀察。你說的沒錯，『財田貴之』是左撇子。但眼前的貴之先生不是。

你來迎接我們時，是用右手開門。接著，你在裝湯時，是右手拿湯勺，左手端碗。照這樣來看，原本財田貴之是左撇子沒錯，但我們眼前的『貴之先生』卻是右撇子。」

貴之就此沉默。

葛城並沒就此停下。他平時舉止保守，可是一旦展開推理便口若懸河。改變之大，令人吃驚。

「當然了，如果只有這樣，不過也只是小小猜疑罷了。但接著令我感到不對勁的，是文男先生。因為雄山先生的日記裡有一段重要的描述。」

「是我發現的對吧。」

小出嬉皮笑臉的說道。

「對，這點要謝謝妳。」

葛城別有含意的說道。

「那本日記描寫了文男先生小時候的模樣。當中提到，文男先生國二那年夏天，在走廊的柱子上刻下自己的身高。文男先生從小個子就高，所以雄山先生也印象深刻。

而那柱子上的刻痕，是小出小姐發現的。聽說是位在小出小姐得抬頭看的高度。但小出小姐雖是女性，卻身材高眺，應該有一百七十公分高吧。國中時代的文男先生，就已經長到她得抬頭仰望的高度了，然而……」

我望向文男。他比我還矮，身高不到一百六十。

「當然了，我不敢說完全沒這個可能，不過，身高縮水十公分，這也只能說太不自然了。」

文男發出「唔」的一聲低吟。

「最後是翼小姐。」

葛城一時瞇起了眼睛。

「翼小姐是個怎樣的人呢？她本人和文男先生說過，『暑假會來這裡』『是個高中生』。」

「她說她和我們同年。」

我補上這句，葛城點頭。

「但翼小姐房裡的課本卻完全矛盾。因為高三的課本從第一頁到最後一頁，她全都看過。上頭寫滿字的課本，不合翼小姐的個性，點出這樣的問題點很合情合理，不過，此外還要有個更重大的事實。她已經看完高三的課本，這表示翼小姐已經不是高中生了。」

「也許她念的是進度超前的學校。」

「在高二的暑假前就已經看完高三的所有內容？這樣的升學學校也太驚人了吧。啊，對了，我們第一次和她交談時，她還曾經說過一句『田所同學，你念的是升學學校！』。從那句話聽來，她念的不是升學學校。」

「我知道。」

文男不耐煩地伸手一揮。

「啊，可惡！太大意了！沒注意到那個地方。」

「喂，文男——」

貴之站起身，一把抓住文男的肩膀。文男直視貴之雙眼。

「爸，再抵抗下去，還有什麼用？我們花了三個禮拜的時間，連一件財寶都沒找到，不是嗎！我們找到的，頂多就只有懸吊天花板上的書架！而且連翼都送了命！死在某個殺人犯之手。這樣還會有更大的災難嗎？我受夠了，放棄吧。我們誤判了抽手的時機。」

文男曉以大義，貴之就此跌坐在椅子上。

「應該是因為我們來訪，你們慌了吧。外面的人進到屋內，你們是冒牌貨的事就有可能穿幫。尤其是『真正』的照片，絕不能讓外人瞧見。」

財田雄山先生的房內，與工作用的書桌相接的那面牆壁上貼了許多貼紙，白色的壁紙有日曬的痕跡。那正是雄山先生貼家人照片留下的痕跡。你們急著將它全部撕下，貼上替代品，想加以掩飾。相簿裡之所以只有雄山先生的獨照，也是因為其他照片被你們藏起來了吧。」

「竟然有這種事……」

我大吃一驚。

「貴之先生之所以一開始吩咐『別擅自上三樓』，也是這個緣故嗎？」

葛城點頭。

「文男先生當時帶我們去洗手間，順便帶我們參觀宅邸，也是這個用意。貴之先生趁那個機會上三樓，急忙將照片藏好。文男先生上樓時，應該是剛收拾完畢。照片應該就放在貴之先生或文男先生上鎖的房內吧。」

當我看到臥病在床的雄山時，以為是因為他們不想讓家人以外的人看到他這副模樣，貴之才會以那麼強硬的口吻拒絕我們進入，而且那裡還有保險箱，這也是原因之一。但原來他們另有想法。最後我還是偷看到了，當時文男之所以很溫柔的原諒了我，是因為他的偽裝工作進行得很順利。只有那時候他才肯妥協。

「當然了，雖然你告訴大家『不准擅自進入』，但不知道什麼時候會被人闖入。為了以防萬一，還是藏起了照片。」

「真是服了你！」

文男一臉沒轍的樣子，雙手一攤，抬頭仰天。

「抱歉，這麼晚才自我介紹。我姓門脇。而這位『貴之先生』，其實是坂崎大叔。」

「我不只和財田雄山非親非故，和文男也沒血緣關係。」

貴之——坂崎嘆了口氣。

「翼小姐姓什麼？」

「這純屬偶然，財田雄山的孫女就叫『翼』。而那孩子的本名叫『天利翼』。」

「天利翼。」葛城低語道。「名字完全一樣。難怪我叫她『翼小姐』時，反應很自然。這樣就通了。」

聽到他這句話，有件事突然從我腦中閃過。那是葛城與飛鳥井之前展開的一段對話。

那是發現翼屍體的早上，葛城與飛鳥井說的話。

「原來是這麼回事啊。」

我不禁喃喃自語道。眾人視線往我身上匯聚。

「不……發現翼小姐屍體的早上，飛鳥井小姐問葛城『是誰死了』。葛城回答說『是那個女孩』。我當時只覺得他的說話口吻真冷淡。你當時就已經知道死的人不是『財田翼』對吧？所以才刻意不講名字。這樣看來，你當時是想確認，你所發現的事，飛鳥井小姐是否也已察覺。」

「就說吧？你這位搭檔真的很惹人厭吧？」

飛鳥井面露苦笑。

這感覺真不舒服。現役偵探和前偵探——他們把我晾在一旁，自己走得老遠。

「兩人都叫翼，因為有這個上天的安排，這次的詐欺案才會安排翼演這個角色。這樣她也才能輕鬆的說謊。」

「文男」——不，門脇接著說道。

「突然被人用其他名字稱呼，一般人都不太習慣。這次的對象是個失去意識的老爺爺，需要欺騙的對象就只有偶爾來訪的客人。作為翼第一次的工作，我認為這樣的條件還不壞，所以才帶她來。……雖然一再跟她說，這項工作我和坂崎大叔兩人就能搞定，妳不用跟來，但她還是堅持要跟，不肯聽勸。之前也拒絕過她很多次，所以想說這次應該還好……」

「這麼說來，翼小姐和文男先生、貴之先生的關係是……」

久我島戰戰兢兢的開口後，突然「啊」的叫了一聲。

「抱歉。是門脇先生和……坂崎先生對吧。」

「如果你們沒異議的話，為了避免混亂，還是繼續叫你們『貴之先生』『文男先生』吧。」

大家接受飛鳥井的提議。而門脇、坂崎兩人也覺得這樣沒關係，接受了建議。

「我們三人都是無依無靠的人，彼此聚在一起，暫時當彼此是一家人……就這樣。」

文男的口吻滿是自嘲的味道。

「我和貴之大叔兩人擠在一間便宜的租屋處生活。幹一些像黃牛的工作，外加一些小詐欺案，勉強能糊口。」

「這時候，那孩子出現了。」

貴之很冷靜的說。

「她是住在租屋處二樓的一個女孩，和母親同住。父親死於車禍，母親獨力撫養她。她是個天真無邪的孩子。不管什麼時候都全力享受眼前的事物，只要看到那孩子，就覺得每個季節都很可愛。而某天，她母親臥病不起，我到她們的住處探望時，她對我說……」

——這孩子拜託你照顧……。

「那句話聽了真是可悲。她並不是將養育那孩子的責任託付給我。而是眼前的她就只能依靠我這種不正經的人，實在可悲。但正因為這樣，我絕不能辜負她的信賴。我心想，我非改變不可。」

貴之緩緩搖了搖頭。

「因此……那天我收留了滿七歲的翼。我對她母親說『孩子的事就包在我身上吧，妳今天什麼也別想，好好休息吧』。她虛弱的向我行禮致謝，回自己房間，就這樣沒再醒來。」

貴之就此沉默。

「之後」，文男接話道。「我們兩人和她就此展開奇妙的同住生活。沒正經工作的我們，原本也不認為自己有辦法養這孩子，但還是就這麼一路挺過來了。」

「不惜騙人也要照顧別人的孩子，還真是我行我素啊。」

小出以不客氣的口吻說道。

「對，沒錯，妳要這樣說我，我無話可說。」文男自嘲地笑了起來。

「從那之後已過了十年。我們透過某個詐欺的工作而得知四件事，一，財田雄山住在這座山中的宅邸、二，他臥病在床，處於失去意識的狀態、三，家中只有和他沒什麼深厚關係的居服員、四，他與自己的孩子財田貴之以及媳婦關係惡劣，彼此互不往來。」

「關係惡劣……？這是為什麼？」

葛城問。我腦中馬上想起雄山的日記。

「雄山的家人也受夠了他的脾氣。他精神好的時候，好像脾氣很糟，個性陰晴不定。有時會豪邁的大笑，有時一點小事惹他不高興就大發雷霆。生起氣來，根本無法應付。不是大吼大叫，就是動粗。好像很難搞。而造成這種局面的最主要契機，是雄山向正牌的『貴之』逼問他非法政治獻金一事。」

「雄山的日記中也提到這件事。」小出說。「雄山真正關心的，反而是他兒子犯罪的心理狀態。不是以父親的身分來擔心他，也不是向他說教。」

「所以『貴之』對他的耐性已全部磨光，八年前帶著妻兒離開家。改搬到妻子的故鄉福岡，『貴之』總公司的運作也全都遷往福岡。」

葛城瞇起眼睛。

「對兒子的這項做法，雄山先生怎麼說？」

「兒子離開後，他好像意志消沉。」文男回答道。「我們人就是這麼任性。自從喪失精力，臥病在床後，他的肌力、體力、生活自理能力，都日漸衰退。去年五月，雄山的妻子因老邁而逝世後，他的生活起居更加得仰賴他人打理。去年十二月，他的身體因為寒冷而更加虛弱，最後終於失去意識，臥床不起。當時的居服員和個案管理師與他住福岡的家人聯絡，但他們拒絕與他有任何瓜葛。甚至還說『我和我爸已經斷絕父子關係了』，將電話設為黑名單。」

於是就換我們登場了——文男說。

「我們假裝成是財田貴之一家人，潛入這座宅邸。當時在雄山家的人，全都沒見過貴之和文男。由於貴之很不客氣的拒絕個案管理師的聯絡，所以聯繫的角色就交給了『文男』。他以文男的身分與對方聯絡，並出示偽造的身分證，對方還很感激他呢。文男說了一句『我老爸雖然在電話裡那樣說，但後來他覺得如果家人都沒人來看顧他的話，未免也太薄情了』，就此搞定。當時我們沒有雄山家的鑰匙，確實引來懷疑，但是向對方說明，是之前斷絕關係時把鑰匙扔了，他就主動讓我們進屋裡了。」

「之前屋裡的居服員，我們百般加以挑剔，讓他自己請辭，換了新人。為了不穿幫，我們做好綿密的安排。雄山真正的家人連電話都拒接，而且人在遠方，不必擔心會露餡。」

文男和貴之平淡地說出他們的計畫，但內容實在可怕。他們一再的展開仔細的事前調查，謹慎而大膽的推動計畫。第一眼見到文男，覺得他是個充滿自信的男人，而貴之則和他相反，是個謹慎、猜疑心重的男人。想必兩人的個性巧妙起了互補作用。

「我們潛入這裡的目的，是要找出財田雄山的隱藏財寶。」

經他這麼一說才想到，自從我們來到宅邸後，他們一直很糾結在找尋隱藏通道這件事情上。當然了，一來也是他們推測，可能有通往外地的密道，但更重要的是，在大火包圍的情況下，找尋財寶的時限步步逼近，他們自己也很慌。

「本以為只要展開調查，總會找到一兩個提示，然而……什麼也沒有！」

「不過，你不是已經發現懸吊天花板的機關嗎？」

葛城詢問後，貴之和文男承認。我已事先聽過此事，所以並不驚訝，但第一次得知此事的久我島和小出則是不滿之情全寫在臉上。「既然知道，就應該早點說啊。」

「抱歉。不過，我知道沒有隱藏通道，而且萬一找不到財寶，到時候我們打算把那些珍貴藏書偷出去賣。」

「所以對翼小姐也下了封口令。」

我說了這句話，文男聞言，發出一聲低吼。

「對，沒錯。我們還強迫翼那樣做，整整浪費了三週的時間……最後失去了翼！一點都不划算啊。」

文男自暴自棄的倒向沙發上。

貴之眼神陰暗，心情沉重的開口道：

「翼她……知道我們做的是怎樣的『工作』後，主動說她想幫忙。我不想汙染她。我和文男一再拒絕她的請求。但有一次我們計畫要假扮成大樓清潔員潛入，撬開保險箱時，她自己跑來跟著我們行動。差點害我們全部落網。」

「如果當時落網的話，或許會是另一條生路。」葛城說道。「這麼一來，就有人會發現你們的罪行。你們也就不會到這裡來了。也不會以這種方式失去她。」

「那是你們偵探的說法吧。你說的終究只是一些好聽話。」

貴之粗聲粗氣的說道。

「那麼，如果我們向你求助，你會解救我們嗎？」

葛城為之語塞。他睜大眼睛，向後退卻，似乎不知如何是好。一副完全沒料到的神情。**正義明明是站在我們這邊，但為什麼他們要責怪我？**

「現在……」我平靜地開口說道。「不是討論這個的時候。」

「看吧。」

那嘲笑似的聲音，聽了真不舒服。

「明明就做不到嘛。」

「確實是做不到。沒這個能耐，當然做不到。但也沒義務受你批評。」

貴之聽我這樣說，頓時漲紅了臉。我得為葛城挺身而出才行。

「偵探能做的事有限。」

飛鳥井慵懶的插話道。貴之停止動作。

「要解決案件，就得不斷地面對這種事。因為你還什麼都不懂，所以才會這麼強硬。果然還是不夠成熟。」

她臉上浮現的笑意，充滿自虐，看起來像是在損葛城，但其實看得出來，她自己傷得更重。

「不過，為了這樣的不成熟而火冒三丈，很沒大人樣哦。」

「這……」

貴之為之語塞，文男靜靜伸手搭在他肩上。

我們又能做什麼呢？我說不出話來，靜靜注視著貴之和文男。面對詢問，說不出明確的回答，我對此感到很不甘心，而飛鳥井講了幾句話，就化解了對方的提問，這也令我感到惱火。

文男承接貴之的想法。

「我們只能自己想辦法。我們覺得，與其避免翼更進一步介入，還不如在我們的控制下管好翼。所以就像剛才說的，我們決定讓翼也一起潛入這個家中同樣有人名叫『翼』的家庭。你猜當時她怎麼說？」

文男就像不勝感慨般，聲音顫抖。

「她說，這就像家庭旅遊一樣，我第一次的家庭旅遊！」

他瞪視著四周，吐出粗野的氣息說道。

「我不會就這麼白白死去。既然殺害翼的凶手就在這當中，我一定要他得到報應。」

在場的眾人皆因為文男的恫嚇而鴉雀無聲。

打破沉默的人是久我島。

「哈哈，哈哈！」

他就像故障的發條人偶般，放聲大笑，輪流指著貴之和文男。

「看你們盡說好聽話，但你們終究還是罪犯吧？不管再怎麼解釋，終究一樣是手段卑劣的詐欺犯！」

文男和貴之兩人靜靜閉著眼，接受他的指責。

「不管你要怎麼說，我都無法反駁。」

「既然這樣，也就能了解翼小姐為什麼會被殺害了。」

「什麼……？」

他們的氣氛起了改變。文男兩鬢青筋暴起。

「是起內鬨！你們其實已經找到財田雄山的隱藏財產。或者是你們在爭奪懸吊天花板上的珍貴藏書。為了分配而同伴起內鬨。你騙她走上懸吊天花板，然後殘忍地殺害了她，對吧？」

「你這傢伙……！」

貴之猛然站起身。直直的大步朝久我島走去，久我島一邊向後退卻，一邊以強硬的口吻說道「怎樣？見苗頭不對，就想訴諸暴力，這也太教人傻眼了吧」。眼前的情況眼看一觸即發。「別衝動」，我正惴惴不安的準備介入勸阻時，葛城發出一聲怒吼。

「久我島先生，你這樣太假了！你可以把自己的事擺一旁，一味的責怪貴之先生他們嗎！」

貴之和久我島的動作就此停住。正要站起身的文男，微微離開沙發的臀部，再次坐了回去。

我們之中，耐性已達到極限，最不能忍受的人，是一直在聽別人說謊，只有他一個人發現這是謊言的葛城。他就此「大爆發」，他說的話，現在成了能與他們對抗的武器。

「……這話是什麼意思？」

文男以沉穩的聲音問。

「久我島先生一直都在扯謊。比起幹詐欺勾當的你們，他是更惡劣的罪犯。」

「我一直靜靜的聽你說……」

怕。

久我島氣沖沖的說道，展現出前所未見的態度。我第一次感受到這個男人的可怕。

「而你竟然主動向我找碴……」

「久我島先生，你太太根本沒下山去採買。這就是你最大的謊言。」

久我島就此停住動作。

「你殺了你太太。將她的屍體藏在自己家中的地板下對吧？」

*

「你、你到底在胡說些什麼啊……」

久我島面如白蠟。他脣色盡失，眼神游移。此刻他表現出很沒自信，惴惴不安的態度，與我們剛見面的時候一樣。

「你說我殺了栗子？怎麼可能！」

「你太太預定要外出，這應該是真的吧。不過，她就此一去不回，在昨天上午遭殺害。你在處理屍體時，剛好飛鳥井小姐來訪。」

我望向飛鳥井的側臉。

「不……不會吧？這麼說來，當時你太太已經……太可怕了……」

她臉色蒼白，因恐懼而全身顫抖。

「你當時想必很焦急吧。要怎麼為太太不在家的事圓謊。幸好她在月曆上寫下預定出外採買的事，你就此扯謊說你太太外出。

可是，屍體該怎麼處理好呢？你先掀起地爐邊的榻榻米，把屍體藏進地板下，出門迎接飛鳥井小姐。就在這時，你遭遇了某個突發狀況。」

「山中大火是嗎……」

我低語道，葛城重重點頭。

「遇上山中大火時，你大為驚慌，但因為你已事先將屍體藏在地板下，所以你選擇和飛鳥井小姐一起去避難。畢竟那只是徒步五分鐘的路程。於是你來到了財田家。」

聽到這裡，久我島搖頭大聲喊道：

「可是，你有證據嗎？證據在哪兒？我殺了自己妻子？竟然說出這麼駭人聽聞的話來……」

「你曾經讓我和田所進你家，真是失策啊。」

葛城豪邁的露出微笑，這份自信令久我島怯縮。

「你或許自認藏得很好，但其實現場遺留了很多殺人的痕跡。」

打從剛才聽葛城說出結論時，我就隱隱覺得是這樣，果然是之前去久我島家的時候。但不管我再怎麼回想，也想不出個所以然來。葛城到底從那間老舊的民宅裡看出了什麼？

「我當時已事先從來到財田家的飛鳥井小姐那裡聽說『夫人下山到鎮上去了』。所以發現矛盾的證據後，我就對久我島先生愈來愈不信任。」

「葛城，你最早是在哪裡覺得不對勁？」

「是看到三面鏡的梳妝臺時。當時梳妝臺上還放著沒拆封的化妝水瓶和口紅。但化妝水空瓶和用完的口紅，卻扔在垃圾桶裡。與昨天和前天的報紙廣告一起扔。」

「這有哪裡不對？」

「丟在昨天和前天的廣告紙底下，表示化妝水和口紅是在扔掉的前一天用完。他太太前一天早上化妝，將用完的化妝水瓶和口紅扔掉。接著將前一天的報紙廣告扔掉。隔天早上，又扔掉報紙廣告。如果以這順序丟棄，就成了我們所看到的垃圾桶狀態。

照這樣來看，山中大火發生那天早上，也就是她到鎮上採買的那天，她要用的化妝水和口紅早用完了。因為新品還沒拆封。可如果是這樣，便成了她沒化妝就到鎮上去。明明下山到鎮上去，卻完全不在意別人的眼光，就女人來說，實在很不自然。」

「啊。」

原來是這麼回事。從久我島的表情可以看出，他依舊保有從容。

「我太太也有她懶散的一面，所以這種事不足為奇。而且，她的手提包裡有隨身攜帶的口紅……」

「你說的沒錯。」

聽葛城這麼說，久我島為之瞠目。

「我接下來打開壁櫥確認後，發現她的手提包就擺在那裡。一個使用多年，皮革感覺觸感滑順的包包。就像你說的，包包裡有化妝包，各種簡單的化妝用品也一應俱全。還有口紅。感覺這樣就能解釋口紅的事了。她拿出手提包，使用裡頭的化妝用品。為什麼新品不拆封，而刻意打開手提包，拿出化妝包，又將它收好，重新放回壁櫥裡，這點我沒搞懂，你可以說明吧？

不過，如果是這樣，又會以別的形式出現新的問題。她可是連裝有補妝用道具的手提包都不拿，直接這樣出門呢。」

嗯——我低聲沉吟。

「我打開鞋櫃。發現裡頭有一雙常穿的女性運動鞋。很難相信她連鞋子也沒穿就外出。」

「鞋櫃裡的是舊鞋。她最近新買了一雙運動鞋。所以她穿的是新鞋。」

「穿著新運動鞋走這種山路下山是嗎？鞋子磨腳很難受吧。也沒開車，還刻意穿全新的運動鞋，你太太的行徑還真不合理，令人驚訝呢。」

久我島的拳頭發顫。

「葛城，他說謊的事，我已經明白了，但你又是怎麼知道殺人的事呢？」
「最早讓我起疑的是紙門。」
「紙門？」
我偏著頭感到不解。
「你是說和室的紙門對吧？感覺沒有什麼可疑之處啊……啊，不對。有一個地方有破洞修補的痕跡。」
「你還記得，我就放心了。就像田所說的，那個房間的紙門有修補過的痕跡。在開了一個大洞的地方，上面貼上一層紙。」
「那是上禮拜我在改變室內裝飾時弄破的。因為最近走路常站不穩……」
葛城的鼻翼抽動。
「一個禮拜前！久我島先生，你一直在撒這種一戳就破的謊言呢。」
「什麼？」
「如果都過一禮拜了，漿糊應該早乾了吧。我伸手摸的時候，那紙還是溼的呢。」
「喂喂喂！」
小出開心地笑了。
「葛城同學，你還挺有一手的嘛。走進第一次見面的人家中，就觀察到這麼多細節？你這小子還真不能小看呢。」

葛城就只是聳聳肩，對小出說的話沒答腔。

文男撫摸著下巴說道：

「你是這麼想的對吧？屋裡曾發生過會弄破紙門的事——也就是發生打鬥？」

「這樣想的話，就跳太遠了。如果只是紙門破了，有可能是當天早上發生了偶發事故。此外還有電話線一事。」

「不是說了嗎，就像我當時說的，是因為打雷，電話線短路燒斷了……」

「斷的切面很平整，也是燒斷的嗎？」

我猛然驚覺。當時葛城不是用手指撫摸電話線的切面嗎？他那時候就已發現這可能是被切斷。

「也就是說……是先以刀子切斷電話線，再點火燒切面附近？是久我島先生說要去查看電話的情況，走上二樓的那時候動的手腳嗎？」

「只能這麼想了。雖然時間很短暫，但他動作非常快。他拿起電話線，可以說他是在檢查，多的是藉口。但只有現場的燒焦味是瞞不過的。」

原來是這麼回事，我恍然大悟。

葛城和飛鳥井之前站在電話線前，說著奇怪的話。葛城說『被整了』。飛鳥井則是說『不管怎樣』『這下就沒辦法與外界取得聯繫了』。當時我以為那句話的思是『被打雷給整了』，但現在想到這是他對久我島切斷電話線所做出的反應，便明白是什麼意思了。而那句『不管怎樣』也是，電話線燒斷除了打雷以外，還有另外一個可能，如果沒想到這點，就不會說出這句話來。

也就是說，只要歸納當時他們兩人的對話，就會得到一個結論——「被久我島先生『整了』，不論是因為打雷而燒壞，還是他幹的好事，『不管怎樣』，這下都沒辦法與外界取得聯繫了」。

當我發現他們對話的含意時，頓時感到背脊一陣涼意。

飛鳥井也在這時就發現久我島的惡意。很有可能她在看到久我島家中的情況時，便已發現他殺害了自己的妻子。

飛鳥井剛才因得知久我島妻子喪命的事而感到害怕。就像後來才知道這件事一樣。她根本就是撒了個漫天大謊。她為什麼要這麼做？

葛城雖然發現真相，但面對眼前的緊急事態，他一直忍著不說。那麼，飛鳥井呢？她明明已發現久我島的行動，為什麼又刻意放著不管呢？是因為看他個性怯懦，而研判他不會進一步犯案嗎？還是說，為了提議讓大家通力合作，而故意讓他逍遙法外？

或者是——她在意某人的目光？這時，我發現小出一直緊盯著飛鳥井瞧。嘴角揚起不懷好意的淺笑。不知為何，飛鳥井一直很在意她的目光。飛鳥井想隱瞞什麼？

久我島的聲音顫抖。

「這也太奇怪了吧？為什麼我得在這種緊急時刻讓電話無法撥通？這時候用電話呼救才合乎情理吧？」

「因為要是呼救成功，你可就傷腦筋了吧？」

葛城微帶冷笑的說道。

「發生山中大火時，久我島先生已經做好決定，要讓犯罪證據消失在這場大火中。如果救援提早到來，你的陰謀成功的可能性會降低。」

「可、可是，如果他自己也死了，不就沒意義了嗎？」

我如此詢問，葛城回答道：

「就某個層面來說，他或許很樂觀的看待這件事。既然還有電，就能料到警方和消防員會展開搜索。也能期待直升機前來救援。他以這樣的預測和自身的安全做了一番評估後，決定切斷電話線。」

「如果電話一直處於能接通的狀態，很可能有人會將他犯罪的事通報警方……」

我想通緣由，脫口說出這句話後，馬上又發現另一件奇怪的事。

「等等……喂，葛城。這樣不是矛盾嗎？」

葛城面露和善的笑容，催我繼續往下說。看來，我提出的反駁，是「正確的反駁」。我拿出自信，說出我的想法。

「若是照葛城剛才的推理，久我島先生這兩個意圖互相矛盾。不用說也知道，他的第一個目的是想藉由火災來隱瞞犯罪。但另一方面，葛城剛才又說久我島先生認為災情不會太嚴重。這根本就兩相矛盾。如果他不認為山中大火的災情會擴大，就不會相信自己的住家會捲入這場大火中。」

我發現有點不對勁。剛才一直死命辯駁的久我島，現在一句話也沒說。為什麼？如果是他，應該可以回一句「說的沒錯！」，緊緊抓住這個反駁的說法不放才對啊。

我斜眼瞄向久我島。只見他嘴巴一張一合，一臉茫然。我頓時曉悟。他之所以無言以對，是因為這是找出真相的正確反駁。

因為他發現葛城已掌握真相。

「說得很對，田所！」

葛城愉快的說道。

「有個方法能消除這個矛盾。他一方面抱持樂觀的想法，認為山中大火不會過度蔓延，他應該會獲救，一方面又狡猾的希望自己的家能燒毀。為了這個目的，只要將一場火災隱藏在山中大火中就行了！」

「咦？」

「久我島先生想到這個點子，應該是他抵達宅邸後，提議說要回家拿東西的時候吧。他決定回到自己家中，朝屋裡縱火。」

「有這種事！」

這樣我就明白久我島抵達宅邸後，突然說想回家拿東西的用意了。那時候的久我島毫無原則可言，而且很性急。

「膽小的你，被捲入山中大火的風波時，應該是感到恐懼。你一時忘了栗子女士屍體的事。因為你滿腦子想的都是如何保命。接著眼前出現這位可靠的女性——飛鳥井小姐，你跟著她走，找到避難處，就此放下心中的大石。啊，太好了。這下子有救了。在此同時，你轉為利用眼前的狀況，想到進一步保護自己的方法。」

「好一個狡詐又聰明的男人。」

文男不屑的說道。

「就算是罵人，我也不想對這個男人用『聰明』這兩個字。這個男人比臭水溝裡的老鼠還要邪惡。」

貴之也跟著補刀。雖然覺得他們的言詞過於激烈，但久我島也回損一句「你們自己不也是詐欺師嗎。我們算是一丘之貉」，但他的語氣柔弱無力。看起來形容憔悴。

「你那時候主張說要回家時，應該萬萬沒想到我們會跟去吧。所以你有必要瞞著不讓我們發現，暗中縱火。」

「可是葛城，我們離開他家時，不是什麼事也沒有嗎？如果說縱火的話……」

「沒錯。如果他自己一個人去的話，只要灑油後點上火就行了。但有我們盯著，他沒辦法這麼做。所以他決定安裝一個定時裝置。」

「定時裝置？」

葛城操作手機，讓眾人看一張照片。

「這是我在久我島先生的房間拍的。大家都離開他家後，我自己一個人在屋內窺望，這是二樓的房間，我猜是久我島先生的寢室，我在那裡發現了這個東西。」

照片中央是一根點燃的蠟燭。蠟燭四周垂掛著像白布的東西。白布和蠟燭相當接近，要是蠟燭燃燒變短，火焰就有可能會延燒到白布上。

憑這遠鏡頭拍攝的一張照片就可明白狀況。白布是用白色床單撕成條狀，從房內的這一頭連往那一頭，垂落在地板上。床單的一角用圖釘之類的東西固定在牆上。腳下的榻榻米有汙漬，許多棉被、衣服、報紙等都扔在上頭，上頭被某種液體淋溼。

「如果蠟燭持續燃燒，燭火就會延燒到白布上。室內瀰漫著汽油的氣味。他事先將車用汽油灑在房內，讓白布吸滿汽油。這麼一來，火勢就會從白布延燒到地板、牆壁、衣服、報紙上。我已事先熄滅蠟燭。你做的一切全白費了。」

「你……你饒了我吧！」

久我島放聲哀號。一屁股跌坐椅子上，頹喪無力地搔著頭。

「那麼，你這是承認嘍。」

久我島低著頭，一副筋疲力竭的模樣，開始斷斷續續的說道：

「……原本只是無關緊要的夫妻吵架。」他就像在找藉口似的說道。「我太太是在我最艱苦的時候，留在我身邊支持我的唯一親人。但有時候還是無法忍受。」久我島的語氣中透著焦躁。「她為了日常生活中的一些小事指責我時，一副覺得很受不了的口吻，就像把我當孩子看似的。那口吻根本就是瞧不起本大爺！」

他第一次使用「本大爺」這個第一人稱。

「她也有很多事讓我受不了……但我一直都忍了下來。因為那是唯一留下她的方法。那傢伙嘲笑我時的嘖舌聲，還有刻意拉長語尾的口吻，也讓我覺得很不舒服，但我全忍了。」

他赤裸裸展現的暴力性，再度令我感到恐懼。

「接著在爭吵之後發生命案對吧。」

他一時露出訝異的表情。就像完全忘了自己做過的事一樣，露出孩童般的表情。

「不知從什麼時候起……」

他的眼神無法聚焦，就像在重新體驗當時的場面般。

「原本緊抓著我的妻子，就此失去重量。我雙手仍感到痠麻，睜開眼睛一看，我太太人就在那兒。就在我面前。她的脖子彎曲，彎成不合人體構造的角度，然後頭撞到梳妝臺的邊角，邊角沾了血，就這麼……」

久我島說的話愈來愈支離破碎。他摀著嘴，發出嗚咽聲，就像眼前仍看得到屍體的幻影般，顯得很慌亂。全身簌簌發抖。

這是很平凡無奇的案件。夫妻吵架，最後一方把另一方撞飛，對方擊中頭部，就此喪命。沒有明確殺意的犯罪。可說是最普遍，最沒意思的結果之一——不，那是因為與翼淒慘的死狀相比，才會有這種感覺。

久我島突然抬起頭。他眼中暗藏瘋狂之色。

不妙。

我感覺心臟就像被人一把掐住似的。

「還不能……還不能放棄。只要殺了你們，就沒人知道真相了！」

他從口袋裡掏出水果刀，朝葛城衝去。

我發出啊的一聲驚呼。

但身體一時動彈不得。

我明明知道會這樣。知道葛城一旦失控，那些被戳破謊言的人有可能會挺身相抗。知道我們被丟進有可能發生這種事的異常事態中。

腦袋應該很明白這一切，但身體卻跟不上。

我害怕接受那可怕的結果，就此閉上眼睛，這時，傳來啪嚓一聲悶響。

發出男人的呻吟聲。

我喉嚨變得乾渴，雙手顫抖。我什麼事都做不了。該行動時，卻連一步也走不了。我完全腿軟。什麼忙也幫不上……。

「好痛、好痛！」

是久我島的聲音。

我睜開眼時，眼前看到的景象，和我心中的想像完全不同。

久我島一屁股跌坐地上，手臂被扭住。他似乎剛才被摔了出去，重重地撞向腰部。而此時壓制住久我島手臂的人，是小出。

葛城完好無缺。但他的表情不顯一絲驚訝。就像早料到眼前的結果似的，對這種老早就安排好的和平結果，顯得氣定神閒。

「真受不了。不過才殺了一個人，就以為自己多厲害。這種傢伙最卑劣了。」

這句話詭異的在我麻痺的腦中響起。這個女人在說什麼？

「小出小姐，謝謝妳。」

「用不著道謝啦。」

小出嘴角輕揚，就此鬆開久我島的手臂。他因強忍疼痛而表情扭曲，感覺已完全失去戰意。

「不過話說回來，在重要時候嚇得發抖，實在很難堪呢。」

小出輕拍我肩膀。她這種說法聽了教人生氣，但我現在還在發抖，無法出言反駁。

「小出小姐，我要謝謝妳，不過，那把刀子可以交給我嗎？」

「哦，你這個人可真謹慎。」

她從懷中取出水果刀。不知道什麼時候收起來的。

「由妳保管，我不放心。」

「我倒是認為由我保管才最安全呢。」

「這個嘛……就得看妳的態度而定了。」

小出感覺不像在說謊。現場似乎就只有她一個人覺得眼前的發展很有趣，並樂在其中。

「你打算連我也一併告發對吧。」

「對。既然要做，就要做得徹底。這是我的想法。」

「那你就說吧。現在是對答案的時間，偵探先生。」

小出舔著嘴脣說道。

「說來聽聽吧。」

「……各位，接下來我要說的，有點屬於個人的想像。」

「如果是想像的話，那就是正確答案了。」

葛城因小出這句話而蹙眉，同時臉上流露充滿自信的表情說道：

「妳不是什麼登山客。妳是奉命從財田雄山家偷出某個東西的竊賊。」

＊

「哎呀，在名偵探面前，真的是什麼事都瞞不過啊！」

小出顯得很愉快，笑到雙肩顫動。

「第一次見面時，我就已經知道妳不是登山客。」

「我記得那時候葛城你主要說了兩件事……一是她穿的鞋子，不適合登山客穿，二是她的走路方式以及休息方式，並不適合登山，對吧？」

「不過另一方面，她鞋帶綁法很牢靠。那是不容易鬆脫的綁法，登山客也會採用。於是我決定試著帶點個人想像來思考。她並不是登山客。不過，她需要可以輕便行動的裝備……」

「感覺還有點摸不著邊際呢。」

飛鳥井這句話，葛城也坦然承認。

「沒錯。接下來我注意到的是，她在山路上很排斥別人從後面跟她說話。她最討厭別人做出意外之舉。她似乎曾潛入翼小姐他們的房間裡調查，當時她也不忘對自己的房間上鎖。最早注意到安全問題的人也是她。」

「可是，光憑這樣就說她是竊賊，未免也太……」

文男指出問題點。他說的一點都沒錯。看穿謊言的葛城所做的推理，太過拘泥於細微的觀察，他指出小出是竊賊，這樣的推論過於跳躍。

「當然了，我並不是光憑這樣就做出她是竊賊的結論。不過，我從小出小姐的話語中查探她的目的時，找出了答案。」

「目的……？」

「葛城同學。」飛鳥井插話道。「我還不明白你的結論。可以照你發現的順序說來聽嗎？」

「好。」

葛城清咳幾聲。

「首先，我試著思索她爬這座山的目的。雖然她的穿著不適合登山客，但我不想說裝備不齊全的人不能登山。也許她第一次登山，所以不懂這個道理。在那個時間點下，不能排除這個可能性。」

「接著發生山中大火。我和你們想要下山，就此在燃起大火的芒草原前再次相遇。」

「是的。小出小姐明白下山無望後，說她要『往上走』，就此自己一個人往山上走。當時我試著向她套話，問了一句『這座山上是不是有什麼？』。但她回答道『應該好歹有一戶人家吧。因為有這麼寬敞的車道通過這裡』，很難抓住她的狐狸尾巴。不過，我認為她上山的目的，應該和我們一樣都是鎖定財田家，當時我決定抱持這個假設，暗中觀察她的行動。」

「真可怕。」小出聳著肩笑道。

「接著，從小出小姐的一句話當中清楚透露出她的目的。」

「我當時說了什麼嗎？」

「在聽了貴之先生，也就是『財田貴之』的自我介紹後，妳瞪大眼睛低聲說了一句話。

——咦，你說你是……。

那是教人很在意的一句話。雖然只是低語，但是對初次見面的人，直接稱呼對方『你』，這種說話方式也別有含意。於是我試著想像那句話後面沒說完的部分。

你說你是貴之……？」

小出莞爾一笑。

「什麼？」我提出反問。「後面就接這樣？」

「沒錯。她在說出『你說你是……』這句話之前，貴之先生剛好想到他忘了在我們面前介紹自己。他報上姓名時，小出小姐做出的反應就是『你說你是……』。

雖然貴之是社長，但他的照片應該不會四處流傳。然而，小出小姐說的那句話，聽起來就像無法相信眼前的男人就是『貴之』。」

「也、也就是說……」久我島一臉驚訝的說道。「小出小姐曾見過真正的『財田貴之』嘍？」

「這個結論只對了一半。至少就當時她的認知來說的話。」

「葛城，你從剛才起到底在說什麼，我完全聽不懂。」

我的腦袋愈來愈混亂。感覺久我島下的結論說的很對啊……。但小出在一旁吹了聲口哨，從中可以明白，葛城完全說中了。

「你聽好了。在這種非常時刻，如果很確定家中有一位冒牌的財田貴之，應該馬上告發才對。至少在發現翼小姐的屍體時該這麼做。不過，小出小姐的個性是否會覺得有義務這麼做，這我就不清楚了……」

「喂，你這樣講也太過分了吧。」

她帶著笑意說道。感覺嘴巴上雖然這麼說，但她似乎不太在意。

「你們話中的含意……」文男搔著頭。「我從剛才起就聽得一頭霧水。到底是怎麼回事啊？現在似乎已經知道我們的真實身分了，那麼，還沒搞清楚的是什麼呢？」

「你聽好了。假設有個人物知道在公司裡工作的財田貴之先生，並且見過他的長相。這時候他就能明確的判斷出這位貴之先生是『冒牌貨』。因為此人是財田貴之在一般民眾認定是財田貴之的狀態下與他見過面。」

「啊！」

我叫出聲來。

「原來是這麼回事！小出小姐在不確定那個男人是否真的就是財田貴之的情況下，見過真正的貴之先生對吧！」

「沒錯！」

葛城朝我一笑。

「也就是說，小出小姐造訪這座宅邸時，就只是處在『知道有兩個男人自稱是財田貴之』的狀態下！簡單來說，她接受前來行竊的委託時，見過貴之先生。不過，想要斷定當時出現的是正牌的貴之先生，眼前這位是冒牌貨，她手中握有的資料還不夠。

正因為這樣，她無法開口明說。如果眼前這個男人是正牌，之前見面的男人才是冒牌貨的話，對她來說，揭發這件事無疑是自找麻煩。因為要是被反問先前她是在怎樣的狀況下與那名男子見面，她就馬上出局了。」

「哦……」

「在場的全是避難者，『真正』的親人只有雄山先生。由於雄山先生是知名作家，她曾在作者近照中看過他的長相，所以能加以確認。而『文男』先生與『翼』小姐既然都默認『貴之』先生的存在，當然也就不會站在小出小姐這邊。

這麼一來，小出小姐的立場，就本質來說，與偵探沒兩樣。她必須查明這兩個男人之中誰才是正牌。之所以擅自潛入房間查看，也是這個原因。之後她看到雄山先生房間牆上沒貼照片，以及翼小姐的課本連高三的部分也全都寫過，就此做出幾乎與我一致的結論。認定眼前的財田一家人是冒牌貨。」

不過——葛城接著道。

「那是在已經發生殺人案，而且飛鳥井小姐提出『現在以一致團結共度危機為優先』的意見，大家也都贊同之後的事。在那個階段要是開口，會讓自己落入孤立的處境。無法冒然揭發。所以妳暫時擺出配合的態度。」

「說起來，這種感覺也不壞。因為我手中可是握有鬼牌呢。」

小出一臉得意的聳著肩，莞爾一笑。

「妳發現他是冒牌貨時，要是能告訴我一聲就好了——這種埋怨的話，我在這裡就不說了。」

「是是是。」

面對葛城的責怪，小出揮著手含混過去。

「小出小姐應該是在三樓的房間搜尋時，才確定財田貴之先生、文男先生、翼小姐是冒牌貨。在那之前，她也曾搬出非法政治獻金疑雲一事，來撼動貴之先生，多方向他挑釁。」

「說得好。我原本就隱約覺得他們是冒牌貨，而在課本、身高之類的矛盾一一浮現後，我就更加確定了。不過話說回來，我就是接受正牌的財田貴之委託，才來到這座宅邸。」

「妳在接受委託時，沒確認對方身分嗎？」

「哈。會委託我們工作的人，哪會乖乖讓你確認啊。」

小出出言嘲笑我。

「不過我自己倒是調查過他的身分。最後得知貴之不是什麼不法分子，我姑且就放心了。不過，在這裡無法與外界取得聯絡。無法確認資訊，也無法馬上就確定宅邸裡的『貴之』是冒牌貨。」

話說回來——文男插話道。

「妳剛才提到的……那項委託，到底是什麼？」

「哈哈，這還用說嗎？」

小出從沙發上坐起身，改成前傾的坐姿後，目光炯炯的說道。

「當然是來盜取財田雄山尚未發表的原稿。」

「……果然。」

飛鳥井低語道。

「時價八千萬日圓的一疊紙，實在無法想像，本以為只要能潛入宅內，就可輕鬆弄到手。破壞保險箱對我來說只是小菜一碟。不過，因為被捲入山中大火，所以我才佯裝成避難者，改變路線。」

小出長嘆一聲，似乎就此鬆了口氣。

「可是……為什麼是在這個時機前來竊取未發表的原稿呢？」

「天曉得？不過問竊取的理由，是我們這一行的規矩。不過，大致也猜得出來。貴之……我這裡指的當然是真正的『貴之先生』，他對雄山的作品所衍生的龐大財富和名譽也很感興趣。他應該是想偷走雄山的原稿，日後以遺族的身分發表吧。」

「不」，文男搖頭。「雄山已立好遺囑，不准孩子繼承著作權。」

「真的假的？詐欺師的情報網可真可怕。這麼一來，就算偷到手，著作權一樣無法歸『貴之先生』所有。這樣我就不明白他叫我偷的動機了。不過，如果他們一直都互不往來的話，也許『貴之先生』不知道遺囑的內容吧。」

小出若無其事的說道。可能她真的對委託人的動機不感興趣吧。

「家父……不，現在已經不需要演戲了。雄山沒告訴任何人原稿放在哪裡，就這樣倒下。他藏的地點，以及如何取得，都不知道。」

「雄山好像仍是在稿紙上寫稿。我也調查過房間，最先探討的問題就是這點。看是紙張、磁片，還是USB隨身碟。如果不知道要找的是什麼，就沒辦法尋找。

當然了，原稿可能是紙張格式，但我懷疑有可能已掃描成電子檔保存，而隨著創作時期的不同，也會衍生出記錄媒體的問題。因為以前也有克莉絲蒂的例子，所以也可能是用以前完成的原稿當作最後作品，遺留了下來。至於早在他倒下之前，就已經完成原稿的可能性，也不是沒有。」

文男語帶嘲諷的說道：

「哦，竊賊也會看克莉絲蒂的書啊。」

「我小時候很喜歡。現在就不太看了。就算看推理小說，也只看前半部分。因為我不喜歡歹徒被捕的故事。」

妳的嗜好可真彆扭——文男苦笑道。

「我想說的是，如果不仔細觀察，就無法找到未發表的原稿。不過，再怎麼看，還是保險箱最可疑。」

「……那似乎是雄山臥病前買的。」貴之說。「它耐火，而且又牢固，大小剛好可以直接放入稿紙，完全不用摺。因為不知道密碼，我們一直都沒辦法打開，不過，若用它來當隱藏原稿的地方，確實很合適。」

小出不知道在高興什麼，發出刺耳的笑聲。

「還真諷刺呢。就算我們全都燒死在這兒，保險箱裡的原稿還是平安無事是吧。真服了他。只有小說得以倖存。當初我真應該金盆洗手，不當竊賊，改當小說家才對。」

小出的玩笑話並不適合這種場合，沒人答腔。

我感到一陣暈眩。

財田貴之、文男、翼，是冒牌貨，他們其實是鎖定財田雄山隱藏財寶的一群詐欺犯。

看起來最懦弱膽小的久我島敏行，其實殺害了妻子，想隱匿此事。

小出這名竊賊，是受真正的財田貴之委託，企圖竊取財田雄山未發表的原稿……。

而最令人吃驚的是，雖然是我為推理起的頭，但葛城默默的在腦中建構出這樣的推理，而且一直忍著沒說。飛鳥井和葛城兩人交談的背後含意，我一無所悉。落後他們一大截。不，或許落好幾大截。

我覺得葛城有點可怕，同時也覺得自己很沒用。

「不過，我們一直討論這種事好嗎？的確，與一開始遇見你們相比，是覺得明白了許多事沒錯，可是……」

貴之如此說道，文男急忙打開收音機。

文男轉向新聞頻道，剛好在播放山中大火的新聞。

『……N縣M山的森林火災仍在延燒中……已越過山腰處的河流，朝山頂延燒，火勢正燒向山頂附近的住家……』

「不會吧。」

文男一臉錯愕的說道。

「新聞說的應該是久我島先生家吧。火勢也老早就越過河流了。接下來延燒速度會很快。中間完全沒遮蔽物。會沿著樹木一路延燒過來。」

貴之額頭冒汗。

「那麼……那麼，我們所剩的時間還有多少？」

久我島講話都破音了，飛鳥井回答道：

「頂多還剩幾個小時吧。」

「你們不覺得已經聞到燒焦味了嗎？」

小出如此說道。我深吸一口氣，確實如她所說。我感覺到自己體溫驟降。

「媽的。」文男咒罵道。「要不是你講這麼久的廢話……」

我移步向前。

「這不是廢話。從中明白了很多事。」

「那麼，隱藏通道怎麼辦！要怎麼避難？」

他以強硬的口吻說道。我感覺到自己喉嚨發出「唔」的一聲。

「好了好了，我從中明白了許多事，這樣很有意義。」

小出以響亮的聲音幫我說話，將眾人的注意力轉往她身上。

「好了，大家各自看看自己的德行吧。」

小出站起身，以誇張的動作張開雙臂，睥睨在座眾人。

「現在我們被這個小鬼給剝得精光，原本隱藏的祕密也全都被揭露了。雖然很不高興，但還是非承認不可。」小出接著說道。「我們已沒多少時間可以蹉跎了。得在短時間內掌握真相，找出隱藏通道才行。所以有件事我想早點弄清楚。」

「是嗎。」這時文男站起身。「原來是這麼回事。」
小出瞪視著大廳裡的眾人說道。
「「搶走我獵物的人是你對吧？」」
小出指著文男，文男指著小出說道。
「……啊？」小出嘴巴張得老大。
「……咦？」文男發出憨傻的聲音。

3　衝突【離宅邸燒毀還剩3小時37分鐘】

我的腦袋再度短路。

他們到底在說什麼？

「等、等一下。」久我島慌張的說道。「獵物？為什麼會談到這件事？你們說的獵物……」

「真是個反應遲鈍的大叔。」

小出難掩不耐煩的說道。

「剛才說的事你沒在聽嗎？我是來偷財田雄山未發表的原稿。說到獵物，當然指的就是那個保險箱啊。」

「搶走？」久我島臉色發白。「剛才說到搶走，咦，難道說……」

「沒錯。今天下午，我進雄山的房間時，原本在雄山房間的保險箱突然消失了。」

這當真是爆炸性的發言。葛城也瞪大眼睛，一臉意外的表情。小出一臉認真的觀察每個人，想從眾人驚慌的神情中掌握些什麼。

「連我都很吃驚呢。之前我解開雄山房間的門鎖時，心想這下省了不少工夫，還暗自竊喜，但現在保險箱已不在桌子底下了。就只在地毯上留下保險箱擺放過的痕跡，以及拖行的痕跡。」

「確切的時間是什麼時候？」

葛城犀利的問道。

「下午兩點。就是我去三樓的房間調查時。喏，我不是將我從翼的房間找到的平面圖交給你嗎。」

「那時候是吧……」

「請等一下。」我說。「昨天白天我和文男先生進雄山先生房間時，保險箱還在那裡。最後看到保險箱的人是誰？」

「應該是我吧。」貴之趨身向前。「今天早上六點，為了替雄山測生命跡象數值而進房間的時候。當時保險箱還在。」

「也就是說，從早上六點到下午兩點這段時間，有人偷走保險箱……？」

「不，有個問題更重要……」

貴之向小出投以銳利的目光。

「既然妳已經發現這件事，為什麼不說！」

貴之的指責合情合理。但小出卻只是冷笑。

「喂喂喂，你沒忘了剛才文男的反應吧。你們不也一樣發現保險箱被偷走了嗎。」

貴之完全不顯一絲慌亂。

「……剛才我到天花板上面去。」文男搖頭。「那裡有那幅畫……飛鳥井小姐不是顯得神情有異嗎？所以我心想，如果到雄山的房間去，可能會有什麼線索，就此跑到他的房間去，結果……」

「原來如此。這麼說來，是不久前才發生的事了。應該是在葛城開始講那一長串話之前，將近一個小時前的事吧。問我為什麼發現失竊卻默不作聲的原因是嗎？這還用說嗎？當然是因為人在這裡的飛鳥井小姐提議過『因為翼小姐的死是意外致死，所以我們當中沒有殺人犯。大家團結一致，通力合作吧』。這種時候如果說『又發生了一起案件』，只會引來無謂的混亂吧。因為這可能是和殺人案無關的另一起事件。而且下午在宅邸內四處探索，相當忙碌，發現鏡子機關時，這些小鬼們的動作又快得嚇人，光要跟上步調就已經竭盡全力了。」

騙人。就算我不是葛城，也聽得出來。

如果是這樣，在發現翼遺留的平面圖時，只要順便談到保險箱的事就行了。之所以沒這麼說，是因為她一直在苦思保險箱平空消失的背後意義。有人搬走了它。那個人的目和我一樣嗎？財田家的人發現我的真實身分，而將它藏了起來嗎？也許是眼前出現一位冒牌的貴之，讓人感覺到這是某種陷阱，所以才變得更加謹慎。這樣的看法，會太過站在小出的立場來思考嗎？

「……就算姑且先接受妳的解釋好了。」

文男一臉痛苦的說道。

「為什麼就不能認為是妳偷走的呢？那原本就是妳想要的獵物，不是嗎？」

小出很刻意的長嘆一聲。

「那什麼態度啊。」

「我只是在想，我竟然完全被瞧扁了。我說你啊，如果是我偷的，你認為我會選擇將保險箱整個拿走的這種方法嗎？」

「應該不會吧。」

說這句話的，是飛鳥井。「不愧是飛鳥井小姐，真明理。」小出這句玩笑話，完全被默視。

「偷竊的理想形態，是下手的對象完全沒意識到自己被偷了。就像剛才小出小姐自己所撂下的豪語一樣，既然她自稱是竊賊，應該擁有破解保險箱的技術才對。將保險箱整個偷走的手法，實在不太高明。打開保險箱，取出裡頭的東西，再將保險箱放回原位。只要事先這麼做，不知道如何打開保險箱的文男先生他們就會連已經遭竊也沒發現，就此前往避難。」

「就是這麼回事。竟然連這種事也沒想到，你真的是詐欺犯嗎？」

文男苦著一張臉。貴之問道：

「……不過，若真是這樣，妳昨晚不能趁機將它偷到手嗎？」

「哦。當時我正準備離開二樓房間，剛好田所這小子走出房間。接著翼也從三樓走下來。因為有很多人進出，所以我先觀察情況。而到了今天，所有人又都開始到戶外或一樓工作去了。我認為這才是最佳時機。」

「真的就只是這樣？」文男以嚴峻的口吻說道。「妳昨晚之所以沒有時間下手，該不會是因為妳殺了翼吧？」

小出吹了聲口哨。「原來也能這麼想啊。」她臉上露出輕浮的冷笑。

「不過話說回來，到底是誰偷走了保險箱呢。因為剛才文男的反應是真的。那模樣就像深信保險箱是我偷的一樣。」

我的視線望向葛城，他微微點頭。當時文男的反應不像有假。小出也一樣。

小出接著說：

「我調查過房間後，確定『貴之』『文男』『翼』是冒牌貨。所以我認為搬走保險箱的是文男和貴之的其中一人。因為聽田所描述，那是個體積不小的保險箱。」

「我估算至少也有五十多公斤重吧。」

實際看過保險箱的我說道，文男和貴之也同意我的說法。

「會刻意大費周章的將那麼重的東西拖去藏起來，也只有你們這兩位冒牌貨會這麼做了。推測是將保險箱運往自己上鎖的房間，想盡辦法要取出裡頭的東西吧。而能將搬走的保險箱藏起來的，就只有能對自己房間上鎖的人。符合這個條件的，有文男、貴之、久我島、飛鳥井小姐這四人。」

「翼也算一位吧。」貴之提出反駁後，表情扭曲的補上一句「不對，她今天早上已經死了。」

小出露出訝異的表情。

「不，我展開調查的時候，翼的房間沒上鎖。」

「這樣啊。還真難得。翼的房間只有一把鑰匙，所以她總是隨身攜帶。因為她是個年輕女孩，應該會對門窗特別小心才對。」

「是嗎？這麼說來，今天她門沒鎖，只是湊巧嘍。算了，不管怎樣，翼都不會是嫌犯。剛才提到的這四人當中，想謀取雄山財產的文男和貴之有行竊的動機。我想，他們雖然被捲入火災的風波中，但應該是為了取出保險箱裡的東西，而將它搬往自己房間，想辦法要打開它。」

「以小出小姐這麼高超的技術，解開門鎖應該也只是小事一樁吧？」

聽葛城這麼問，小出略顯得意的說道：

「沒錯，我正準備動手時，傳來飛鳥井小姐走上樓的腳步聲。所以我才延後下手。之後一直沒機會與葛城和田所這二人組分開行動，就這樣錯失良機。」

「等等。」

貴之厲聲喊道。

「這都是妳片面的說詞吧。我和文男也不知道保險箱為什麼會消失啊。」

「這才是你自己的片面之詞吧。首先，你信得過你的夥伴嗎？」

「咦……？」

貴之望向文男，那眼神就像被什麼附身似的。

宛如他從未想這個問題般。此刻他用這種眼神望向文男，就像在訴說——眼前這個男人最可疑。

文男全身顫抖。

「喂！開什麼玩笑啊！你竟然相信這種女人說的話，連我都懷疑啊？」

「不……抱歉。」

此時貴之的道歉，只能看作是單純反射性的反應。

現場鴉雀無聲。

但感覺得出水面下許多疑問來回交錯。再度疑心生暗鬼……。這起竊案的犯人不就在眾人之中嗎？

久我島臉色蒼白的站起身說道：

「呃……也就是說，我們之中，除了連續殺人魔〈爪〉之外，還有一個至今仍未現身的竊盜犯是嗎？」

沒錯。就像久我島說的。我雖然感到體內發熱，卻抑制不住雞皮疙瘩直冒。

「有沒有可能是外面的人犯案？」

我問，葛城用力搖頭，回了一句「不可能」，否定我的推論。

「保險箱被偷，是今天早上六點到下午兩點這段時間。我們發現翼小姐的屍體，聚在大廳裡交談，之後分成屋外與屋內兩組人馬進行作業。」

葛城清咳幾聲。

「我們就依照順序加以確認吧。從六點確認保險箱還在開始，到十一點開始作業為止的這五小時的時間。這段時間我們都聚在大廳裡。當然了，後來一會兒前往翼小姐的命案現場，一會兒前往確認還沒起床下樓的人是否安好，不時會有進出。」

「沒錯。」貴之點頭。「我醒來後，五點半起床，但六點文男下樓後，這裡都有兩個人以上在場。發現翼的屍體時，大廳裡沒人，但我們全都在走廊上，所以要是有人下樓的話就會發現。一樓的窗戶全都是固定的，只能從玄關進出。」

「啊……」久我島叫了一聲。「我們阻斷了竊盜逃走的路線。」

「也就是說，從六點到十一點這段時間，在場的人都沒有機會犯案。接下來是開始作業之後。我們分成兩組，一組在屋外挖掘黃土裸露地帶，一組在宅邸內找尋隱藏通道，就此展開作業。至少在戶外開始作業後，我們都會確認人員的進出。」

「可是，沒看到我們以外的人啊。」久我島說。

「我也是。」文男。

「我也是，葛城。」

「嗯。也就是說，在那個時間之後，不可能從這裡逃離。如果是從大門逃走，那就非得越過環繞宅邸的防火帶不可，但沒有留下任何人踩踏或碰觸的痕跡。這如同是在山中大火形成的包圍網下，另一個包圍網。」

「而且……」文男說。「我當時因為翼的死，完全提不起勁。就這樣坐在玄關前的階梯上。整個堵住大門的去路。」

他沒什麼自信的說道。

「除了我以外，沒人可以證明這點，所以你們要是不相信的話就算了。」

久我島接話道：「雖然我不是一直在場，但有一段時間，我也和他一起坐著休息。」

「要抱著沉重的保險箱逃離這裡，且完全沒在地上留下痕跡，應該辦不到吧。地上甚至沒留下拖行的痕跡或是平板車的車輪痕跡，太奇怪了。」

貴之也一臉認真的認同這項說法。

「也就是說……」葛城做了個總結。「在外頭作業時，以及宅邸內的小組在屋內展開調查時，誰都有可能犯案。」

「等一下。我們都相互確認彼此在場……」

久我島回了這句話，但葛城反問他一句「不過，你敢保證對方連一分鐘都沒離開過你的視線嗎？」，他便沉默不語。

「這麼說來，果然是開始作業後，才有犯案的機會。我們當中的某人……」

「我們之中有一位至今仍隱瞞真實身分的殺人犯，以及一位竊盜犯是嗎？」

久我島說完後，就像失控般，開始笑了起來。這個男人的情緒未免也太不穩定了。

「我說，眼下這種情況也太有意思了吧。」

「什麼？」

「你試著想想看嘛。我殺了自己的老婆。這雙手早已染滿鮮血。」

「你直接不演了是吧。」

文男搖著頭，似乎很受不了他。

「沒想到會完全被人揭穿。這麼一來，我和〈爪〉……這七人當中，就有兩個人是殺人凶手。而且還有兩個詐欺犯，外加一個竊賊。還有一個身分不明的小偷。當然了，也可能有人的身分是竊賊兼殺人犯。」

小出眼尾猛然上挑，發出沉聲低吼。

之後，久我島全身散發出暴力的氣息說道：

「各位，你們聽聽看我的建議吧。不妨將這個偵探……不，是將這幾個當自己是偵探的小鬼……」

殺掉吧。

光這句話，我就感受到宛如挨了一記耳光般的強烈衝擊。他的口吻中暗藏了他真想這麼做的念頭，以及一個慣用暴力者的凶殘，這重重將我擊垮。

我感覺到血氣從我臉上抽離。沒錯。情勢確實就像他說的一樣。

此刻在場的七人當中，已確定有四人是罪犯。目前情勢是四對三。而且我方是兩名高中生和一名女性。處於絕對弱勢。

為什麼沒顧及這樣的危險呢？

我悄悄靠向葛城。不行，真有事情發生時，我要成為他的護盾。這次我一定要展現給他看。

這時，一陣刀光閃動。

「咦？」

久我島再度發出一聲慘叫。

他被拖倒在地，小出跨坐在他身上，刀子抵向久我島的喉嚨。

「嚇——」

他嘴脣發白，扭動著身軀。

「喂喂喂，別亂動哦。我不想刺你，但你這樣會不小心被刺傷哦。自己過來挨刀子，是在想什麼啊。」

「嚇、嚇……」

「真沒用。不過才殺了個人，就以為自己很了不起是嗎？你膽子還是一樣小。你這種貨色，竟然也敢命令本大爺。」

她再次將久我島的頭重重砸向地面後，站起身。

一股酸臭味撲鼻而來。是尿味。仔細一看，久我島的胯下溼了一片，而且不斷擴散開來。

「啊～真髒。別把受災時唯一一件衣服弄髒啊。啊，對哦。你曾經回家拿替換的衣服。那你現在馬上去換吧。你衣服很臭，快點拿去外面燒掉吧。現在最不缺火了。等到大火燒到宅邸旁，就能輕鬆的拿去燒了。」

小出的口吻愈來愈激動。她雙眼散發炯炯精光，呼吸顯得急促。看得出此時她怒不可抑。是因為「獵物」就在她面前被搶走，令她火冒三丈嗎？

「你剛才是在呼喚〈爪〉對吧。呼喚那個專挑年輕女子下手，已殺害六個人，這次還殺了翼的連續殺人魔。而且想拉他和你站在同一陣線。別笑死人了。你是殺了人之後變大膽了是嗎？連續殺人魔的犯案，可是經過有計畫的徹底思考，一再和人鬥智，就像在走鋼索一樣，一點都不簡單。我說，你的殺妻案又是怎樣？因為一時發火，把人撞飛，就這樣害她一頭撞死是嗎？」

哈！小出不屑地嘲笑著。

「那種殺人方式，連殺意都沒有！既沒計畫性，也沒智慧，就只是很低俗的犯罪。你再怎樣都當不成連續殺人魔。你要是真的想求救，就不該像剛才那樣表現出要對方跟隨你的態度，而是要跪下來舔對方鞋子，卑微的乞求。」

這口吻是在讚美〈爪〉嗎？正當葛城和飛鳥井身上散發出反彈的氣息時，小出接著道：

「話說回來，〈爪〉這名稱根本也是在搞笑。一個搞笑的傢伙。做什麼指甲彩繪，根本是瞧不起人。七名被害者都是專挑弱女子下手，以為這樣可以成為什麼像樣的人物嗎？少噁心了你。話說回來，如果我們之中有個殺過七個人的傢伙在，等到我們獲救的時候，就算那傢伙被留在這裡等死，也沒什麼好抱怨的吧？這位大叔同樣也不是什麼好東西，會危害女人的傢伙，看了就有氣。喂，你聽到了嗎，殺人魔。你就在我們之中對吧。喂！」

最後，她將怒火指向〈爪〉。我被她嚇出一身冷汗。理應在場的那個殺人魔，不知道是以怎樣的心情聽她演說？

不……。

我甚至覺得她表現得太過誇張。雖然知道她是怒不可抑才這樣說，但感覺像是要表演給誰看。

也有可能她就是〈爪〉。

小出的演說似乎已即將邁入高潮。

「你們全都聽好了。」

她大步走向我們。我不禁畏怯起來，她無預警的張開雙臂摟住我和葛城的肩膀，硬拉著我們坐向飛鳥井身旁。接著她從沙發後面挺出身子，手擱在飛鳥井肩上，整個人靠在我頭上。在累積了兩天份的盛夏汗臭中，傳來女性的甘甜香氣。

「我很欣賞他們三個。要打破眼前的僵局，只有他們三個人能辦到。我們現在可說是生死與共。如果找不出隱藏通道，我們全都會死在這裡。」

「找不找得到，還不知道呢。」

飛鳥井像在鬧彆扭似的說道，小出則像在開玩笑似的回了一句「我說辦得到，就辦得到」，同時一把托起飛鳥井的下巴。飛鳥井將她的手揮開。「真冷淡呢」，小出的聲音顯得滿不在乎。

不過她的眼神無比堅定。我看了不禁打了個寒顫。

「算了。總之，我現在很火大。不知道已經多久沒被人從我面前搶走獵物了。因為心裡煩躁極了，這才忍不住拿這位大叔出氣。」

所以各位聽好了。

「我很喜欣賞他們三個，要是有誰敢動他們一根汗毛，就是我的敵人。只要是敵人，我定殺不饒。」

4 通道【離宅邸燒毀還剩3小時13分鐘】

「不過，小出小姐說的話，可以相信嗎？」

我和葛城、飛鳥井三人離開大廳。因為葛城提議要去確認保險箱的失竊現場。葛城請飛鳥井跟他一起走，她一開始顯得很不情願，但最後還是拗不過他，就此與我們同行。其他人則是在樓下觀察情況，找尋隱藏通道。

「小出小姐說，她絕不會用那種一看就知道已經被偷走的做法，這個說法倒是頗具說服力。如果是這樣，至少可以認定小出小姐不可能是那個竊盜犯。」

「小出小姐仍有可能是〈爪〉對吧。」

「這是當然。」

飛鳥井冷笑道。

來到三樓的雄山房門前，濃濃的傳來東西燒焦的氣味。我感到心頭一陣緊縮。這臭味是……。

我轉頭望向窗外。

「可惡，田所、飛鳥井小姐，你們看外面！」

葛城喊道。我一時還沒搞清楚狀況。

窗外不遠處的樹林已烈火熊熊。火勢已逼近那裡……。在強風的吹拂下，火粉漫天飛舞，隨時都會讓宅邸就此起火。

「什麼鬼防火帶嘛！」

我忍不住大喊。

「根本沒半點用處！」

「危險！」

傳來東西擠壓的聲響。我聽到飛鳥井尖銳的聲音，身體反射性的做出反應，趴向地面。

緊接著下個瞬間，隨著一陣巨大聲響，玻璃碎片往我身上傾注。火粉就此從破裂的窗戶吹了進來，沾向我的衣服。我朝牆壁摩擦，勉強把身上的火苗撲滅。

「看來，已經不能再磨蹭了……」飛鳥井搖頭。

「怎麼會這樣……」

我聲音顫抖。飛鳥井直搖頭。

「現在還沒找出隱藏通道。」

「我們會死在這裡嗎？」

葛城的聲音顫抖。他開始顯現自己軟弱的一面。我微微吸一口氣，用力打向葛城背後。

「好痛！」

他按著背部，惡狠狠地瞪向我。

「這時候要是變得軟弱就完了！現在得趕緊做我們能做的事。快點找出隱藏通道吧，葛城。」

葛城就此緊抿雙脣。看來，他終於拿出鬥志了。

我朝因為剛才的爆風而癱坐在地上的飛鳥井伸出手，對她說：

「妳也一樣，飛鳥井小姐。妳的推理能力與十年前相比毫不遜色。我也希望妳能幫忙。」

飛鳥井面露苦笑。

「……雖然葛城同學也好不到哪裡去，但你同樣也很壞心。為什麼對我抱持這麼高的期待？」

我為之語塞。從這聲音聽得出她內心的脆弱。

「……因為這十年來……妳一直是我憧憬的對象。」

飛鳥井睜大眼睛。她的眼珠微微晃動。接著她低下頭，緩緩搖了搖頭。

「……你太看得起我了。」

但她還是握住我的手。

我們重新調整好後，走進雄山的房間。

「……沒有。」

「對，一點痕跡也沒有。」

葛城和飛鳥井以簡單的幾句話相互確認。

第一次造訪這個房間時，書桌底下有個大保險箱。現在它突然平空消失。地毯上的毛完全塌陷的部位，保留了保險箱以前的存在感。

工作室裡有書架和寫字桌，穿過裡頭的門，另有一張雄山躺在上面的床。寫字桌在門的右手邊，書架則是擺在桌子旁。除此之外便沒有其他家具，也沒死角。我試著往床下窺望，但看不到保險箱。

門口就只有我們走進的那扇門。裡頭有兩扇窗，但全都是小窗，保險箱無法從這裡通過。

「保險箱原本沒固定在地上或牆上吧。」

「看不出這類的痕跡。」

葛城點頭。

「剛才我也說過，那保險箱看起來至少也有五十公斤重。要搬離這裡應該很吃力。」

「要抱著走想必很困難。」

飛鳥井也表示同意。
「這樣的話……有了。」
葛城指著門口下方。有一部分漆面脫落。好像是東西撞到的痕跡。
「左右以同樣的高度留下這個痕跡。這就是使用平板車的證據。犯人在門口使用平板車，必須先將保險箱抱上去才行。先將平板車折好，拿到外面去，然後在走廊上再度打開它。」
「地上有留下平板車的車輪痕跡嗎？」
「好像有。」
葛城蹲下身指出一處白色墨水的痕跡。那直徑不到一公分的小小痕跡，幾乎得定睛細看才會發覺它的存在。
仔細一看，那白色墨水的痕跡以等間隔殘留在地上。
葛城走出房間。過了約三分鐘後返回，手中拎著一個提袋。
「這是平板車輾過墨水留下的痕跡。剛才我去查看倉庫，發現裝修正液的容器由於紙箱被壓垮，裡頭的修正液流了出來。雖然現在已經乾了，但那應該是犯人在取出平板車時壓垮的。雖然沒黏在鞋子上，但應該是輪子在滾動時，或是在倉庫裡拖曳平板車時，車輪沾到了墨水。犯人沒發現墨水的痕跡，就此將保險箱搬往了目的地。地面累積的塵埃上，留下一直線的腳印，一路通往平板車原本所在的位置，所以犯人是為了拿平板車而走進倉庫內，沒注意自己腳下。」

「也就是說，只要順著這痕跡追查下去……」

「就會知道保險箱的所在處。這工作太簡單了，連小學生也辦得到。」

「犯人也太粗心大意了。」

也許是這名竊盜犯太焦急了。

「我們上。」葛城正準備邁步向前時，突然轉頭對我說「啊，對了」。

「我還發現一個有趣的東西。你先拿著。」

他將手上的小提袋交給了我。這東西平凡無奇。我湊向鼻端，聞到老舊布料的氣味。

葛城追查車輪的痕跡，準備趴在地上爬行。

「別忘了地上有碎玻璃。」飛鳥井出言提醒。

的確，走廊散落一地碎玻璃，手不能抵向地面。我們改採彎腰的姿勢，細看地毯上的痕跡。

「是這裡嗎……」

痕跡來到某個房門前。

是翼的房間。

「保險箱在這裡面嗎？」

「可是，小出小姐不是說她不光調查過雄山先生的房間，也調查過翼小姐的房間嗎？」

「總之，不先進去看看，不會知道。」飛鳥井很直接的說道。「走吧。」

在她的一聲令下，我們一同走進翼的房間。

＊

然而——

「保險箱到底在哪兒啊？」

我已找了十分鐘，忍不住放聲大喊。

翼的房間有附床幔的床、桌子、書架、衣櫥、櫥櫃。一個塞滿奇特物品的房間，但沒有能用來藏保險箱的空間。我們連床幔上方都檢查過了，但就是找不到保險箱的影子！

這不可能。一個五十公斤重的物體，竟然就這麼平空消失！

「因為有平板車搬運來的痕跡，所以保險箱肯定是搬到這個房間裡。如果是這樣，只能看作是保險箱在這個房間裡消失了……」

「葛城，你在開玩笑吧？」我絞盡腦汁思索。「既然不能直接就這樣把保險箱藏起來……那就改變它的形狀不就好了嗎？例如將它分解，或是融化。」

「在沒有任何道具的情況下，不可能變出這樣的把戲。保險箱是直接被搬進這裡，然後藏了起來。」

「搬進這個房間的前提不容置疑嗎？例如犯人刻意留下假的痕跡，實際是藏在其他地方，沒讓人發現。」

「白色墨水的痕跡是個很細微的痕跡。如果對方刻意要安排假線索，應該會用更簡單的方式安排較顯眼的東西。」

「如果是為了讓偵探去發現的假線索，愈不容易被發現的痕跡，偵探反而愈會相信。因為這滿足了偵探的觀察欲。」

「那麼，就假設這是假線索好了。這麼一來，表示犯人想偽裝成是將保險箱運往這裡。這種情況下，犯人實際將保險箱運往他處時，就得自己動手搬，而不能使用平板車。得刻意讓自己做這種吃重的工作。為了偽裝而如此大費周章，有什麼意義嗎？」

葛城整個人重重地躺向翼的床上。

「啊～可惡，真搞不懂！」

我極力苦思。

「搬運保險箱到這裡來……如果這是確切的事，接下來會怎麼做？直接就藏在這個房間裡。雖然我們是這麼想，但應該還有其他可能吧？」

「例如呢？」

那是無心的回答。似乎不太抱持期待。我有點光火。

「……再次從這房間裡搬走。」

「沒這個可能。」飛鳥井否定這個推論。

「只有雄山先生的房間到翼小姐房間這段路上有車輪的痕跡。當犯人搬出時，可以推測沒使用平板車。如果是這樣，犯人就是抱著金庫運走。和剛才的道理一樣。那麼大費周章根本沒意義。或者也能想作是徒手搬運的距離很短，但如果是這樣，應該早就找到了才對。」

這時葛城跳了起來。

「沒錯、沒錯！」

他一臉興奮，在房間裡趴了下來。

「田所，你果然很棒！你總是在黑暗中指示正確的道路！」

「這話怎麼說？」

他沒理會我說的話，就只是一再反覆說著「沒有、果然沒有」。也許是面對這種緊急情況，他的腦袋開始不正常了。

「田所，你這個人向來反應遲鈍，所以你一定以為我是因為面對死亡的恐懼而精神受創，才變得不太正常對吧？」

「我才沒這麼想呢。」

「騙人——我不用看你的表情也知道。你放心吧。我這是因為知道我們有救了，才會這麼激動！」

有救了？這次我真的覺得他不太正常。

「田所，還記得之前貴之先生提到測量生命跡象數值的事吧？」

「咦？呃……他說他六點時來到雄山先生的房間，後來離開。當時保險箱還在這兒。」

「不光只有這樣吧？」

「是嗎？」

「他說『因為翼還沒起來，所以我去叫她，但她房門鎖著』。」

「那又怎樣？」

「接著下午兩點時，小出小姐前來，當時房門是什麼狀態？」

「……門沒鎖吧？小出小姐自己也這樣說過。」

「那我問你，門鎖是什麼時候打開的，誰打開的？」

「咦？」

我感覺就像腦袋遭到雷擊。

的確沒錯。發現翼的屍體後，我們基本上都是一起行動。早上六點貴之去查看情況時，翼已經死了。

「這麼說來……小出小姐的行動值得懷疑。」我說。「她是個竊賊。應該具有開鎖的技術。是她自己打開了鎖。」

「這也是一個有可能的答案。不過，如果是這樣，她會自己主動告訴我們她潛入翼小姐房間的事嗎？她始終都擺出『善意的資訊提供者』的態度。而且她說當時門沒鎖，我從她這句話中沒感覺到她說謊。」

葛城如此斷言，這事只有他能確定，已達到違規的程度了。如果能監視小出潛入時的行動，或許就能確定這件事。

我提出以下的假設。

「那麼，這會不會是〈爪〉幹的呢？他先殺了翼小姐，再搶走她的鑰匙，打開房間。」

「不過田所，不管是是〈爪〉或是其他人幹的，都無法在翼小姐遭殺害後，使用鑰匙打開她的房間。」

「為什麼？」

「因為她的房間鑰匙被懸吊天花板壓壞，無法使用。」

「啊！」

經他這麼一說，確實如此。翼戴著附有鑰匙的項鍊。鑰匙前端被壓壞，無法使用，就擺在屍體旁。想必連要插進鑰匙孔裡都有困難。

「那把鑰匙在翼小姐遭殺害時，就已經損壞了，這樣看不會有錯。也就是說，鑰匙無法使用。凶手是用其他方法開門。」

身處被烈火包圍的緊急情況下，眼前這個男人卻還能冷靜的展開穩健的推理，感覺就像是活在另一個世界的人。

他從房間的這一頭走到另一頭，雙腳併攏，邊走邊數「一、二、三……」。

他蹲向地板，閉著眼睛，像要想出什麼似的，開始用指尖在地毯上畫了起來。過了一會兒，他就像想通了似的，點點頭，跑向書架，開始碰觸它的側面和頂板。

「平板車的痕跡在房門前停下。這表示對方只推著車來到走廊上。也就是說，他搬運保險箱的距離相當短。就像飛鳥井小姐說的。」

我和飛鳥井一臉困惑的看著他解說。葛城低語一聲「應該會有才對……」，手繞向擺滿相本和型錄的的書架最底下那層的深處，接著他嘴角輕揚。

那是他解謎時天真無邪的面容。

當葛城的手從層架深處抽出時，書架開始往旁邊滑動。

書架背後出現一處昏暗的空間。

「在這關鍵時刻，終於讓我們找到了。」

他以手機的手電筒照向那處空間下方。一道很長的鐵梯一路往下延伸，就像要通往地獄般。

我終於明白葛城這句話的含意了。

這正是我們一直在尋找的隱藏通道。

5 往外逃【離宅邸燒毀還剩2小時29分鐘】

「這樣終於能逃離這裡了。」

當葛城說這句話時，我一時還沒能理解。

牆壁上出現通道開口。我往下窺望，只見那又深又黑的洞穴一路往下延伸。

「似乎一路通往地下。爬下去的話，或許能走進洞窟，一路走到那個人孔蓋所在的地方吧。」

「這樣……大家就都能……獲救了嗎？」

飛鳥井癱坐在地上，鬆了口氣。

「葛、葛城，這到底是……」

「偷走保險箱的犯人，就是利用這條隱藏通道。好了，先去叫大家過來吧。要離開這裡了。」

「我知道了。我去帶大家過來。」

葛城不發一語，點了點頭。

「等一下。」

飛鳥井像在央求似的說道。我轉頭一看，見她仍是一臉茫然。

「你剛才說大家……對吧？也就是說，連〈爪〉也一起嗎？」
我吞了口唾沫。
沒錯，〈爪〉也在這當中。大家一起逃離，同時也表示要讓〈爪〉就此逍遙法外。因為我心思全放在火災的危機上，因而沒注意到這件事。
「……飛鳥井小姐，我已經知道誰是〈爪〉了。」
「咦？」
我驚訝地望向葛城。只見他面無表情的俯視著飛鳥井。
「等出去外面後，我一定會將〈爪〉交給警方。我向妳保證。所以請妳暫時先忍住。」
飛鳥井臉色慘白。她嘴唇發顫，以拒人於千里之外的口吻說道：
「你……你所想的事，我才沒那麼想呢！」
「是嗎。」
葛城的鼻翼沒動。表示這不是謊言。
「因為，要是犯下殺人的行徑，那就本末倒置了……」
我不懂飛鳥井這句話的含意。她的雙眼沒有聚焦。
我背對留在房內的葛城和飛鳥井，獨自衝下樓梯。飛鳥井低著頭，看不出她臉上的表情。

一樓大廳裡，留在那裡的成員們大吼大叫，現場瀰漫著殺伐的氣氛。

大火延燒至大門上，文男和貴之破壞那扇門，想用鞋子踩熄地毯上的火苗。小出正準備將水之類的物資搬往樓上房間，她大吼大叫的使喚久我島。他們四人都用毛巾摀住口鼻。

大廳裡已經黑煙瀰漫。眼睛感到刺痛。

「各位！」我朗聲大叫。四人一同轉頭望向我。

「田所同學，你也快點摀住口鼻！」

文男說道，小出向我拋來一條乾淨的毛巾。

「先用水沾溼。如果不先這麼做，喉嚨會燒壞的。」

「喏，水在這兒。拿去用。」

小出大聲喊道，朝我拋來寶特瓶。

「謝謝。不過，現在不是這麼做的時候。葛城找到隱藏通道了。大家請快點上三樓。」

看得出這四人都因為驚訝而瞪大眼珠。接著傳來一聲口哨聲。雖然看不見口鼻，但應該是小出發出的吧。

「挺厲害的嘛，偵探。」

「也、也就是說，這下大家都都能獲救嘍？」

「是的。」我回應久我島。「三樓翼小姐的房間，有個鐵梯一路通往地下。可以推測那裡並非只有洞穴的長度，而是有相當長的距離可以通往山腳，葛城請我傳話，要大家準備充足的水和物資。」

「可是，那個通道的出口安全嗎？」

「這……」

我為之語塞。一開始看到人孔蓋時，覺得好像是一處四周草木不生的開闊空間，但我也不是記得很清楚。

「好，既然都走到這一步了，就一起出生入死吧。我跟你走。」

「等等。」

文男擋住去路。

「雖然昨天還很安全，但從那之後已經過了超過二十四小時。情況一分一秒都在改變。要是進入通道後，被燒死在裡頭，那可是最慘的結果啊。」

「不然要繼續關在地下室裡，等著大火一步步逼近，活活燒死嗎？」

小出粗聲粗氣的說道。

「你的意思是要我們一顆心七上八下的等待最後奇蹟發生嗎？我可不要！就算是走到人生最後一刻，我也要拚上自己的性命。」

「哈！一個瘋癲的竊賊說的胡言亂語，誰要聽啊。」

「你連自己心中的迷惘都瞞不過了，還當什麼詐欺犯。拿出一點男子氣概來好不好。」

小出和文男就這樣瞪視著彼此。

「你們在幹什麼啊！」

我放聲大叫。換作是平時，我一定展現不出這樣的勇氣。詐欺犯和竊賊，我都害怕極了。這些力量強大，不知道在想些什麼的大人，我一直都很怕和他們對抗。但我們非得活下去不可。得度過眼前的難關存活下去。

「現在不是爭吵的時候！那條通路是我們發現的最後希望。是能獲救的最後生路。如果有人不跟就算了。但請不要扯我們後腿！」

我一口氣說完這一大串話。說完後，感覺血氣從我臉上抽離。

我竟然講出這種話來。

有人不跟就算了？為什麼我會說出這麼無情的話。雖然有人有嫌疑，雖然殺人犯就在這群人之中，但面對在緊急事態下互相幫助的他們，我怎麼能說出這種話呢？

「我說……」

我的聲音在顫抖。因為我還沒決定好該說什麼才好。

「老爺子要怎麼搬出去？你有什麼想法嗎？」

「如果是梯子的話，要使用擔架有困難。」文男說。「要用背的方式，綁在身上運出去，只有這個辦法了。」
「這樣的話，就由我來背吧。」貴之說。「我們當中就屬我體格最高大。」
「不錯嘛。愈來愈有男子氣概了。」
「不過，翼的屍體……」
「只能放棄了。」
「至少帶走一部分也好吧。」貴之神色凝重的說道。「……不，還是算了。就算我這麼說，她也不會高興的。」
「既然下定決心，那就走吧。」
我對眼前的發展感到不知所措。我喚了一聲「呃……」，小出對我說「你在發什麼呆啊。你剛才罵得很過癮吧，不過現在要走嘍」，朝我肩膀用力一拍。好痛。飲水之類的物資也都裝進了背包裡，文男遞給了我。
「大人們你一言我一語的，你一定覺得很難看吧。」
文男向我伸出手，想和我握手。我感覺整個人輕飄飄的，向他回應道：
「……我現在清醒了。」
「喂，對眾人當頭棒喝的人，怎麼可以發呆呢。」
小出在背後推著我，我就此走上樓梯。或許能因為那條隱藏通道而獲救——我此刻其實還沒有多大把握。但看到他們的神情後，我覺得有股希望從體內湧出。

他們明明是罪犯。這裡明明是個滿是罪犯的宅邸。這令我覺得很不可思議。

不過，那個人確實就在他們之中。

我突然感到背脊發寒。

「那我要上嘍。」

文男身上綁著像背帶般的救生索，率先打頭陣。

我們審慎的選出打頭陣的人。

貴之要背著雄山行動。不能再讓他耗費更多體力。

話雖如此，文男他們認為讓飛鳥井、小出、葛城、我這樣的女性和未成年人打頭陣，也不應該。

至於久我島，則是打從一開始就沒擺進考慮的人選中。他一看到隱藏通道，便哭了起來，接著則是整個人癱坐在地毯上，一副大大鬆了口氣的模樣。他未免也太早鬆懈了。

經過一番討論後，決定由文男打頭陣。

他的工作，就是先下去查看這隱藏通道是否能用。我們以繩索綁在翼房間裡的屋柱上，當作現成的救生索，由我和葛城拉住繩索。有狀況時，貴之也會出手幫忙，但基本上，他目前以保留體力優先。

第二個重要的工作，是調查底下有沒有氧氣。

「現在處在大火中，而且又是一條狹窄的隱藏通道。很有可能氧氣稀少。」葛城說。「空氣中的含氧量約百分之二十。光是吸入含氧量比這個數值低的空氣，人體就會出現異常。」

「這樣的話，要怎麼做呢？」

「有個很危險的方法……」

葛城取出一個用鐵絲做成的神祕物體。折成像手杖外形的鐵絲底下，有個金屬製的盤子，上面立著蠟燭。

「火是我從窗外弄來的。」

「這是礦坑裡用來檢測氧氣的做法對吧。」文男點頭。

「拿著蠟燭就這樣下去，也很危險。有可能燭火會燒到衣服上。不過，我用鐵絲做了加工，可以掛在梯子上慢慢往下爬。」

「嗯。我會盡力試試。」

「當你覺得有生命危險時，請拉兩下繩索。」

「感覺到有危險時，有辦法連拉兩次繩索嗎？」

文男笑著這樣說道，看他的表情覺得他還很從容。那輕鬆的態度，不像是即將身赴險境的人，這讓我們感到放心。

「等你爬到最底下，大致確認過現狀後，就拉三下繩索。這是表示『安全』的訊號。我們確認後，就會依序爬下去，你看這樣如何？」

「包在我身上。」

他臉上露出下定決心的神情，就此往下爬向隱藏通道的黑暗中。

送出文男後，我們之間沒半句交談。所有人都無比緊張。屏息等候情勢的發展。

我感覺到自己的額頭冒汗。火焰燃燒的響聲、濃密的黑煙、焦臭味，都愈來愈重，讓人一秒都待不下去。我能活著離開這裡嗎？

我望向身旁的葛城。他的眼神略顯空洞。

「喂，葛城。」

「什麼事？」

「這種緊張感和沉默真教人受不了。如果可以，我希望你告訴我偷走保險箱的人是誰。還有你找到通道的原因。」

「在這個時候？」

「聽聽你的聲音，比較能轉移注意。」

那好吧——葛城如此低語道，就此開始說明。除了我們兩人，其他人都沉默不語，所以大家似乎都專注的聽葛城說話。大家都站著，貴之原本就陰沉的臉，表情更顯凝重，小出的表情也顯露疲態。久我島跪在地上，悄聲祈禱，飛鳥井則是低著頭站在角落。眾人都滿臉黑灰。只有雄山依舊持續平順的呼吸。

「剛才我在思考翼小姐房間鑰匙的問題。在早上六點時，房門是鎖著的，而下午兩點則是開著的。鑰匙無法使用，而且也不太可能是用解鎖的方式闖入。到底為什麼門鎖會打開呢？

答案很簡單。是從房內打開的。

如果是這樣就奇怪了。翼小姐死後，沒人進入她的房間。裡頭也沒有可隱藏的空間。如果是這樣，犯人是從哪兒冒出的呢？」

「那裡與隱藏通道相通……」

我心裡暗自誇讚葛城，如此說道。

「沒錯。從雄山先生房裡偷走保險箱的犯人，就是使用隱藏通道潛入這座宅邸。也就是說，這位竊盜犯來自外面。

潛入翼小姐房間裡的犯人要來到走廊上時，是從她房內解開門鎖。而從雄山先生的房間搬出保險箱後，又抱著保險箱從隱藏通道逃出宅邸。從他忘了鎖門，現場遺留線索就看得出來，他當時相當慌張。」

「可是，要抱著保險箱爬下梯子，不可能辦到。」

「所以他是直接往下扔。那是很堅固的保險箱，而且裡頭的東西如果是紙張的話，就不必擔心會因為往下扔而毀損。而當時發出的聲響……」

「是像打雷般的巨響！」

小出叫出聲來。上午九點，我們調查完翼的屍體後聽到的轟然巨響。當時以為又打雷了。似乎是因為被捲入這種異常的情況中，對聲響的反應變得遲鈍。

葛城注意到小出也在聽，表情轉為嚴肅。

「我走在懸吊天花板上面的隱藏房間時，總覺得不對勁。以平面圖來看，隱藏房間的縱深與懸吊天花板的房間橫寬應該是一致的。但隱藏房間的縱深卻短了一公尺多。也就是說，這樣可以推測出，有個平面圖上所沒有的隱藏空間。而隱藏房間的正上方，正好就是三樓翼小姐的房間。」

「……你是什麼時候測量的？」

「田所，你以為我是無意義的在宅邸內亂走嗎？我是以步幅測量。我把每一步調整為五十公分。」

「我以前當偵探時，也沒這樣做過。」

聽飛鳥井這樣說，葛城連看也沒看她一眼，就只是聳了聳肩。

「一聽到隱藏通道，我們的注意力全都擺在一樓，不過……這正是錯誤的根源。」

「不，應該是誰也沒想到竟然會一路通往三樓。」

貴之附和道。

「可是……到底是誰利用這個通道來偷竊呢？」

久我島問，葛城點點頭，清咳幾聲。
「話說，犯人知道隱藏通道的存在，甚至熟知有這處場所。另外，他踩著毫不猶豫的步伐，取出倉庫裡的平板車。遺留在地板塵埃上的腳印，從門口筆直地連往平板車所在處。可見這名竊盜犯是熟悉這座宅邸內部的人物。」
葛城隔了一會兒後接著道。
「最後的關鍵是動機。為什麼犯人想偷保險箱呢……」
「這不是明擺的事嗎，葛城。犯人的目的，是雄山先生尚未發表的原稿。」
「想要雄山原稿的人應該不少。但知道原稿放在保險箱裡的人卻不多。我們很幸運，剛好知道有個人有最強烈的動機想偷走那尚未發表的原稿。也就是——雇用小出小姐的人。」
「喂，難道——」
小出踏步向前，雙目圓睜。
「恐怕就像小出小姐妳所想的。正是財田貴之先生。換句話說，偷走保險箱的，是『正牌』的貴之先生！」
似乎連冒牌的貴之也嚇了一跳。為了加以區別，對真正的貴之先生，以「正牌的貴之先生」加以稱呼，眾人都對此表示同意。雖然有點累贅，但這也是沒辦法的事。
「不過葛城，正牌的貴之先生不是已經委託小出小姐來竊取了嗎？為什麼還要自己專程……？」

「全都是因為這場山中大火。」葛城接著道。「一開始他是委託小出小姐前來竊取原稿。因為他認為這樣就行了。但一直都沒接獲竊取成功的報告，就這樣一直等到發生山中大火的當天——也就是昨天。他應該是從新聞上面得知火災的事。財田貴之先生很焦急，但小出小姐又沒跟他聯絡，他無技可施。因為就連手機也收到不到訊號，陷入無法聯繫的情況中。」

飛鳥井不發一語，一直望著葛城。就像在品鑑他似的。

「不得已，貴之先生只好自己潛入宅邸內，拿走原稿。從那聲轟然巨響來看，如果他是上午七點左右潛入，那麼，他是在看過新聞後才從家裡出發的這項說法就說得通了。一開始他應該也試著要輸入保險箱密碼，或是為了搬運那五十多公斤重的保險箱，吃足了苦頭，耽擱了不少時間吧。」

「喂，等一下。就算被捲入這場山中大火，也不會連保險箱裡的東西也一併燒毀吧？貴之先生不是也說嗎，那是具有耐火性的保險箱。而且遺囑裡特別提到真正的財田貴之先生，說不會將著作權轉給他繼承，這樣他就算偷走原稿也沒意義吧……啊～真複雜！」

「田所，你發現了一個重點。」

葛城莞爾一笑。

「保險箱會在大火中保存下來，但人會被燒死。這就是正牌的貴之先生親自出馬的原因。」

人會被燒死？這種理所當然的事幹嘛說？而且還是在自己有可能就快被燒死的時候說。我漸感怒火中燒。

「你這到底是什麼意思啊，葛城。」

我的口吻變得尖銳。

「也就是說，正牌的貴之先生認為，要是雄山先生死了，事情就會變得棘手。如果雄山先生是被燒死，只有原稿遺留下來，那就一定會發表原稿。一位死得這麼有震撼性的大作家留下的遺稿，一定會大肆宣傳的被出版社拿走。」

「這對他來說，才是真正的噩夢對吧？」

飛鳥井這句低語，滲進我腦中。我朝膝蓋用力一拍。

「其實正好相反——是這樣沒錯吧，葛城？正牌的貴之先生不是想要那份原稿。而是不能讓出版社發表。」

「沒錯！」

真開心。葛城就像是見證了一位腦袋不好的學生有了大幅成長一樣，露出愉悅的笑容。這更令我感到開心。

「接下來是我的推測，雄山先生的原稿大概是傾向私小說吧。上頭寫的應該是正牌的貴之先生無法忍受被公開的個人私事。」

飛鳥井在一旁聽得直點頭。一副心領神會的模樣。

我說出自己想到的一件事。

「小出小姐曾當面提出非法政治獻金疑雲的事。當時貴之先生一副若無其事的態度，所以我們也一度懷疑那項疑雲可能不是真的。不過現在看來，那不過是冒牌貨所做出的反應罷了。正牌的貴之先生還是有可能做出非法的行徑。」

「聽說雄山先生曾針對自己的最後一部作品說過『以反派角色的第一人稱視點，和一路追查的偵探冠城浩太郎的視點相互組合，想同時滿足惡漢小說與偵探小說的樂趣』。這位惡漢的原型就是他兒子，這個推論你覺得怎樣？」

「確實很像財田雄山會有的想法。他的日記裡也曾提到自己與當作小說原型的女性引發的糾紛。他的個性真的很糟糕。」

小出很不悅的暗啐一聲。

「……對，沒錯。」

葛城百般不願的同意小出說的話。雖說因為推理的結果，不得不相信是這樣，但對我們來說，他曾是我們極度憧憬的作家。不管是以怎樣的形式，被人說得這麼不堪，心情當然不好受。推理指引出的方向，深深傷了葛城的心。

而查出這起竊盜案的來龍去脈後，葛城再度沉默不語。

時。

很漫長的沉默。文男爬下梯子到現在，還不到五分鐘。感覺彷彿已等了好幾個小時。

葛城臉色蒼白。與剛才提出令人瞠目的推理時相比，簡直就像換了個人似的。在大自然的猛威前，任憑你是偵探、助手、罪犯，全都一樣。

我朝緊握繩索的手使勁。

硬被我帶來這座宅邸，不知道葛城心裡怎麼想？想到是我把他捲入鬼門關，就覺得內心隱隱作疼。但我們有救了。我和葛城一定會活著離開這裡。一定能和葛城一起平安回家。

繩索被扯動。

一次——。

二次——。

緊張感傳向我和葛城的身體。要是就這樣停下來，這計畫就失敗了。非得將文男拉上來才行。葛城眼中重現光芒，感覺得出他下半身牢牢的站穩地面。

拜託，再扯一次。

快扯啊。

三次——！

我全身的緊繃就此鬆開。葛城似乎也和我一樣。

「那我們下去吧。」

小出說。

我和葛城率先下去。從三樓到地下，是長達十多公尺的鐵梯。爬了三分鐘都爬不完的梯子，終於抵達了底下的地面。

「雄山和貴之，就由我們一起撐住他們吧。」

來到地下的文男和我們兩人意見一致，一同幫忙支撐爬下梯子的貴之和雄山。接著飛鳥井、久我島、小出也依序爬下來。

「再來就剩走地下通道了。」

「感覺是岩石構成，照這樣來看，似乎就像我所推測的，是利用天然洞窟打造而成。」葛城說。「從公車站牌到宅邸，如果超過五公里遠，那麼，這裡離人孔蓋的位置大約四公里遠。因為是利用原本就有的洞窟，才能打造出這麼長的通道。希望沒有岔路。」

「天花板比想像中來得高。」文男說。「以我的身高，似乎不用彎著腰走。」

貴之手持蠟燭走在前頭。原本由貴之抱著的雄山，改由眾人合力分擔，現在是由文男背負。

「喂，大家看那個……」

小出摀著嘴說道。

有名男子倒臥在通道的半途。一副筋疲力竭的模樣，嘴脣乾裂。就像已經沒力氣做任何事似的，閉著眼睛，橫躺在地上。

是位沒見過的男子，但他身旁擺著保險箱，所以知道他的身分。財田貴之。

眼前這名男子，正是從保險箱中……不，是將未發表的原稿連同保險箱一起偷走的犯人。

他應該是拖著這五十公斤重的保險箱，想走完這條隱藏通道，最後因太熱而筋疲力竭吧。

不，雖然呼吸很急促，但他還有氣。似乎還沒死。

小出轉過頭來，小小聲的說了一句「原來如此」。她似乎明白我剛才那雜亂無章的說明了。

「這傢伙也要帶著走嗎？」

「總不能見死不救吧。」

聽葛城這麼說，小出暗啐一聲。

「自己來委託我，卻又出手搶我的獵物，要我同情這種傢伙，我死也不要。就算是我的委託人，妨礙我的工作一樣教我火冒三丈。不過，發現這條通道的人是你，我聽從你的決定。」

「那麼，我們就幫幫他吧。」

「你可真善良。我看了都快哭了呢。」

她如此說道，轉開寶特瓶的瓶蓋，以瓶裡的水潑向男子臉上。男子嗆水，咳了起來。雖說他處在脫水狀態，但這樣對待他也太過分了吧。只要少量的水，就能害人溺死耶。

「喏，水來了。恢復一些了吧？」

「咳！咳！」

貴之咳了一會兒後，緩緩睜開他空洞的雙眼。

「咦……？有人……？」

「噢~你可醒啦，竊盜犯。走得動嗎？」

「妳是……？」

貴之朝小出打量了半晌，接著臉色轉為蒼白，一臉錯愕的睜大眼睛喚道

「啊……！」。

「為、為什麼妳會在這裡？」

「我也來到了宅邸。您不必擔心。好了，站起來吧。現在當務之急是逃離這裡。」

「等、等一下。」

男子緊緊抱住小出的腳。

「如、如果是妳，應該可以打開這個保險箱吧？拜託妳了，幫我打開它吧。這裡頭的東西要是被公開的話，會造成我很大的困擾。之前我對妳開出的金額，我提高成十倍！請現在馬上幫我打開它。拜託了……！」

都這種情況了，這個男人還在說這種話？我感到一陣暈眩。

這時小出有了動作。

她揚腳踢向趴在地上向她懇求的那名男子右臉。

「我說你啊，你出手妨礙我的工作，還要我替你擦屁股善後，天底下有這個道理嗎？」

「什……什麼？」

「老實告訴你吧，將保險箱整個搬走，是最差勁的做法。原先我有十幾個從這個保險箱裡偷出原稿的計畫，現在全被你搞砸了。就算是委託人也一樣，敢妨礙我工作的人，我一概不輕饒。」

小出揪住貴之的衣襟，拉他站起來。

「喂，快點站起來自己走。你老爸也在那兒。我要讓你們父子都活著離開這裡。」

她望著貴之的眼睛，如此說道。

「之後是你們父子間的事。」

嚇壞了的貴之，就此被小出帶著走。

……這樣子好嗎？

文男和冒牌貴之看傻了眼，跟在小出身後離開。被留在後頭的，只剩我、葛城、飛鳥井、久我島，還有那個保險箱。

「……最後還是無緣看到裡頭的東西是嗎。」

我嘀咕道。

「要是沒發現這條隱藏通道的話，原稿就不會被人發現了。也許會完全照著貴之先生的劇本走呢。」

葛城很冷淡的說道。

「你對原稿的內容一點都不好奇嗎？」

飛鳥井如此問道，葛城略感不捨的望著保險箱，接著就像斬斷眷戀般，轉頭移開視線。

「就擱在那裡吧。不管怎樣，那也不是我想看的內容。」

葛城以冰冷的聲音說道。在這次的事件中，我們的內心一再受到重創，原本很喜歡的作家，形象徹底改變，這對葛城來說，是永難抹滅的嚴重打擊。現在我才想到。之前我們來到宅邸沒多久，就到雄山的書房裡參觀，當時他眼中閃耀著光輝，那天真無邪的模樣，現在再也看不到了。

「真的就這樣？」

飛鳥井突然停下腳步，向葛城詢問。「就這樣吧。」葛城不耐煩的說道。「你以後可別後悔哦。」飛鳥井再次向他確認道。為什麼她一直纏著這個內心受創的男人問這個問題？我正想開口說話時，濃煙跑進氣管，令我狂咳不止。好熱。「快以沾水的手帕摀住嘴，先別說話」，傳來葛城的厲聲指示。我咳個不停，都咳出淚來了。葛城拉著我的手，我們走在那無比漫長的地下通道上。

＊

【離宅邸燒毀還剩7分鐘】

感覺就像身體受熱氣烘烤。光是呼吸，喉嚨就快燒了起來。煙滲進眼裡。淚水直流，怎麼也停不下來。但這些都只是生理上的反應。

不過，這時我想起甘崎美登里。

在這生死關頭，得將全副心思都集中在眼前的這個局面下，我腦中想到的，卻依舊是她。

真是可笑。

就連隨時都掛著天真笑容的她，一定也沒想到我會被捲入這樣的事態中。

——就像光流妳改變了我一樣，原來我也改變了妳。

——我們正慢慢的改變中。不過我們還是能永遠在一起嗎？能永遠都不變嗎？

失去她之後，她強迫我仍要保有以前的自我，我討厭這樣的她。就像我已無法再回到認識她之前的我一樣，現在我已無法再回到失去她之前的我。她太看得起我的可塑性了，她對我的改變有多大，她完全沒半點自覺，我討厭這樣的她，但我就是忘不了她。

能永遠都不變？

不可能的。我在心裡低語。**不可能的，美登里**。

因為我們有那麼多的時間重疊，但現在卻只有我自己一個人在過時間。沒有美登里在的時間一直不斷的累積。

就算不想改變，也還是會逐漸改變。為了時間已停滯的她，不能只有我停步不前。我就像人潮在背後推著我走一樣，一路走到這裡。也經歷過幾段戀情，將它們拋在腦後。儘管不是出於我個人的想法，我還是一路走來了。變成了現在的我，與當初和美登里在一起的時候相比，實在算不上完全沒變。

儘管如此。

「看到了！是出口！」

聽見男人吼叫的聲音。是文男的聲音。但不管是怎樣的聲音，都感覺到力氣從體內湧出。

「可惡啊！」

回答得很有朝氣的，是葛城。和年輕時的我很像，天真無邪的偵探小弟。

「又是梯子。又要大量消耗體力了。」

「我記得蓋子的地方，好像是採人孔蓋的設計。」那是田所的聲音。「總之，我去確認一下，看能不能打開它。」

田所開始往上爬，過了幾分鐘後，感覺從上面吹來一陣風。

吹進的空氣夾雜著灰塵，高處的樹木仍在燃燒，亮著紅光。不過……

「來到外面了！來到外面了！各位……！」

從地洞上方傳來田所的吶喊。他此刻的行為，不太像他的個性。他的激動感染了每個人，我們個個也都精神振奮。

——人是會變的。

活在世上的人們，不斷的生活在眼前的每一刻，不斷的被現在改造。無法一直保有那天的自我。昔日與甘崎美登里一起共度的那個我，已經不在了。我無法實現她的願望。

儘管如此。

儘管如此。我還是隨時都能了結過去。

「來，動作快！」

已爬出梯子外的我，朝地洞伸出手。

他想抓住我的手，但遲疑了一會兒，最後還是以右手握住。幾乎同一時間，他的左腳抬起。

就在這時。

力量從我手中洩去。

他右手一滑，就此失去平衡。發出「啊」的一聲慘叫。就此整個人往後倒，消失在地洞的黑暗中。

在深邃的地洞底端。

一個柔軟的東西。

發出碎裂的聲響。

遙遠的樹林後方，可以望見烈火熊熊的落日館。我看到高塔崩塌。落日館正逐漸崩毀。我抬頭仰望那烈焰鮮紅的森林後方遼闊的夜空，發現自己臉頰溼透。哦，原來是下雨啊。我心想。

是美登里喪命的那天早上下的冰冷冬雨。

是那天的雨，讓我知道寧靜的夜晚再也不會降臨。

從那天起，一直沒停過的雨。

「妳在幹什麼！」

小出整個人壓在我身上。我被推倒在地。她跨坐在我身上，我無法動彈。我們身上都沾滿了汗水和泥巴，噁心極了。

「妳……妳！為什麼不抓緊他的手！就差一點點了。就差那麼一點點，我們所有人就都能獲救啊！」

她情緒激動，緊緊揪住我的衣襟。唉，就是這樣我才討厭。她這個人太情緒化了。

「妳之前不也曾經高談闊論嗎？」

癱坐在地上的葛城，以壓抑情感的聲音說道。我因害怕而全身顫抖。唉，真的很討厭。我就只有懂得克制情感這方面比小出來得強，但現在我連這個強項都快失去了。

「妳說過，如果我們之中有殺人犯的話……而且還是殺過七個人的凶惡嫌犯，就算被留在大火中等死也是理所當然的吧？」

語氣中夾帶著憤怒。沒錯吧？你無法原諒我對吧？如果是以前的我，一定也會這樣。

「……剛才她只是照妳說的話去做而已。」

葛城以嚴厲的口吻說道。

我凝視著那宛如被煙火照亮般虛幻、漂亮的滿天星光。

再見了，甘崎美登里，再見了，我過去的十年。

「竟然有這種事……」

「對。」

葛城的聲音無比沉著，聽了教人有點生氣。

接著他說出兩個正確的答案。

「〈爪〉的真實身分是久我島敏行，另外……」

他在接著說第二句話時，聲音微微顫抖。

「飛鳥井小姐早就知道這件事了。」

傳出地鳴般的隆隆聲響。
我知道落日館已徹底燒毀。

第三部　天生偵探

所謂的「第三皮膚」，與好人壞人無關，是所有男女都擁有，很基本的童真。堆沙堡、怕黑，這都是最基本的童真。

——約翰・賓漢姆（John Bingham）《第三皮膚》

＊〈爪〉

身體有個部分因為最骯髒，所以也最漂亮，知道是哪個部位嗎？

骯髒就是美麗。美麗就是骯髒。其實我想講的，不是多複雜的事。也就是說，人們最常把它弄得漂漂亮亮的地方，表示它最容易髒。

答案是手。如果拿它當謎語的話，一定很容易回答。

小時候我總覺得很不可思議。手明明一天洗好幾遍，但身體卻只有在沖澡或泡澡時才會洗。臉也一樣，不能說洗就洗，不分場合。手卻是一天洗好幾次。上完廁所後。用餐前。感冒大流行時，人們會一再的吩咐你漱口、洗手，所以洗手的次數愈來愈多。甚至因為太常碰水，冬天時關節還凍出裂痕。

我發現這是世界的真理。最常洗的手，其實是最容易髒、最容易受傷的部位。

所以漂亮的手簡直是奇蹟。

自從發現「真理」後，我深受手所吸引。路上行人的手、孩子的手、成人的手，我開始持續觀察。成人的手，尤其是老人的手，皮膚上滿是皺紋，一點都不美。小孩子的手，膚質柔軟是不錯，但那種尚未長成，充滿稚氣的手，無法滿足我的欲望。母親的手因為常做家事，有很多裂痕，而且皮膚粗糙，一點魅力也沒有。

能滿足我欲望的，是女人的手。小學時代，到學校來實習的年輕老師的手。像白魚般的手，就連關節的形狀也很美。連指甲也剪得很整齊，形成極為誘惑人的曲線。這是極具藝術性的工作。我扯謊說想幫老師的忙，朝老師拿在手中的講義伸出手，碰觸老師的手。全身為之一震。那天晚上，我回想著那幾乎會吸附在我皮膚上的冰涼玉手帶來的觸感，就此第一次夢遺。

但她的手很快就弄髒了。

她與學生們一起遊玩時，造成擦傷。右手指甲貼了好大一塊OK繃。

我失望極了。這同時也加深了我心中的真理。

美麗的手是奇蹟。因為美麗的手很快就會失去。手就是這麼纖細。

所以我不想錯過這些奇蹟。我想將那美麗的瞬間切下，永遠加以疼愛。我第一個殺死的女人，是附近一家彩券行的店員。她遞出彩券的手，深深烙印在我眼中。當時是歲末，那又是處理許多紙張的工作，要是不小心劃傷手指那可萬萬不行，於是我馬上殺了她。

殺了她，切下她的手掌時，我心想，這樣我就得到永遠的美了。但切下來之後我馬上發現，屍體很快就會腐爛，無法永遠保存。這不是美。所以我決定追求那瞬間的美。我鍾愛手的美，為它進行指甲彩繪，獨自欣賞。那瞬間正是高潮。接下來只會逐漸腐爛，變成醜陋的手。這種東西我不需要。

我陸續犯案，沉迷於這項遊戲。我改變殺人手法，在地圖上標示場所，想畫出特定的圖形。但這應該是一大敗筆。我犯下第五個案件時，終於被揪住尾巴，就此阻止我犯下第六起案件。接著警方找上了我，我害怕極了。我心想，只要讓他們以為凶手另有其人就行了，於是我殺了當時在網路上認識的一名男子，以他當我的替身。

那是我第一次犯下與手無關的殺人案。一名三十多歲的男性繭居族。他當然沒有漂亮的手。甚至平時也不會做護手保養。當我發現他手指上還留有擦大便沾到的髒汙時，我發出哀號，恨透那些逼我這樣殺人的傢伙。

我之前將凶器和犯案計畫書留作紀念。只要把這些東西全部放在我那位替身家中，這些笨警察就會誤以為是他幹的。不過，要全部拋下這一切，實在很捨不得。我的一切努力，全成為那種男人的功績，實在百般不願。**那全部是我一個人做的。是我將漂亮的手裝飾得很美**。我連要這樣大聲說都做不到。無法誇耀自己的功績，實在很討厭，但被奪走自由，我更討厭。

因此，我手邊只留下我最後殺死的那名女高中生所畫的畫。當時我只是想要一個可以用來留下訊息的容器，而隨手拿走那幅畫。但這幅畫了一位英雄持劍的畫相當吸引我。我從以前就很喜歡電玩遊戲。我親手殺死的女人所畫的畫，也激起我的感傷情懷。每次我要壓抑殺人的衝動時，就會拿出這幅畫來尋求慰藉。我捨不得讓它出現摺痕，總是都完好地夾在畫板裡。

那名女高中生真可憐。因為她只是被那傢伙牽連，而遭受池魚之殃。

——那傢伙。沒錯。姓飛鳥井的那名女高中生。

當出現這麼一位明白我心思的人物時，我內心大為慌亂。在針對我犯下的案件討論的網路留言板上，有消息指出，有人目睹那位出現在命案現場的女高中生偵探。飛鳥井曾在大阪的某家飯店被捲入一起案件風波，並當著住宿房客面前展現她的推理能力。所以才會被人認出。

妳又了解我什麼？那女人只是個絆腳石。總是搶在我前面壞我的好事。

所以我讓她知道我的厲害。

但她還是不死心！

就連我知道那名充當我替身的男人被認定是自殺時，我還是不敢放心。因為我認為那個女人不會就這樣死心。從那之後，有好一陣子我晚上都睡不安穩，始終膽顫心驚。害怕得不得了。為了壓抑心中的衝動，我吃足了苦頭。被迫過著安分守己的日子。和一般人一樣上班工作，和一般人一樣結婚，住在山中的小屋子裡。

——都是因為她，我才會……。

我害怕被警方盯上，這十年來，一直低調度日。

然而，睽違十年，我再度殺了人，感覺重拾本性。

我殺了自己的妻子。當我俯視她的屍體時，以前的感覺略微甦醒。被我撞飛的妻子身軀。那脖子扭斷的屍體，就倒臥在我面前。

這種殺人方式當真無趣。因為一時衝動，用力過猛，而讓她送命。因為夫妻吵架而殺了對方。這和瞞過眾人耳目，完成精心策劃的犯罪時所得到的狂喜根本是截然不同的兩回事。因為殺得很沒意思，我殺人的欲望反而變得更為強烈。

因為犯下索然無味的殺人案，使我渴求不一樣的刺激，而在睽違多年後，試著砍下妻子的手掌。妻子的手保養得很好，這樣的「成品」大致滿足我的欲望。

無事可做後，我又開始靜不下來了。一個人住的家裡，讓人無法保持平靜。我至今仍忘不了十年前的感覺。美甲道具、香包、人造花，這些道具我都事先備好一套在身邊。想到無法滿足的欲望，就備感焦急。

這時，命中註定的門鈴聲響起。

我一時間還猶豫該不該開門，但看到玄關的電燈亮著，我皺起眉頭。恐懼在我全身遊走。警察不可能這麼快就趕來，但我已經被追查了十年。不管他們什麼時候找上門，都不足為奇。我有時候明明很有自信，但像這種時候卻又無比怯懦。

我打開拉門。

是一位穿著套裝，頂著鮑伯頭的女性。我一看到她的長相，頓時全身發顫。眼前確實是我記憶中的面容。我對這雙冷靜的眼瞳也有印象。

「我是××保險公司派來的，敝姓飛鳥井。請問您是久我島先生嗎？」

——不妙。

我感覺到血色從臉上抽離。**事跡敗露了。這個女人一直都沒放棄**。這十年來，她一直在追查我的下落。身體不自主地顫抖。唯獨失去自由這件事，我死也不要。

不過，我馬上便發現我錯了。

飛鳥井的眼神完全沒聚焦。說得更明白一點，感覺她是望著我背後遙遠的某處。給人心不在焉的感覺。

飛鳥井沒看我的臉。

這時，有個東西在我體內燃起熊熊烈火。**我被這傢伙折磨得這麼慘，這十年來都被迫過著不自由的生活，但這傢伙卻忘了我**。想到我的身分沒穿幫，我頓時大膽起來。同時很想讓她明白這點。想和她玩玩。

我的視線落向飛鳥井的手。

她的手還不錯。尤其第二關節的形狀很美。指甲雖然剪得略嫌短了點，但剪得很整齊。

覺得不能殺了她，真是可惜。

1 〈爪〉的真實身分【離宅邸燒毀還剩3分鐘】

眼前看到的光景，令我為之茫然。

抬頭一看，只見落日館黑煙直冒，被紅豔的烈焰團團包圍。可能是引發爆炸，火焰竄升。落日館就此燒毀崩塌。一切即將結束。風輕撫著我滲汗的額頭。

人孔蓋附近是一整片黝黑的地面。從附近的灌木傳來樹木的爆裂聲。火還在悶燒。這裡也還不算安全。

「久我島先生是〈爪〉？」

文男詫異的說道。

他背後的森林仍烈焰熊熊。我有種好不容易脫離大火包圍的安心感。但這裡還是很危險。不能再繼續磨蹭下去了。

儘管如此，我們還是想聽。想聽葛城親口說個明白。

小出離開飛鳥井身邊，站起身與葛城對峙。貴之、文男、我、正牌的貴之，圍在他們兩人身旁，財田雄山由文男背在背後，仍睡到打呼。

飛鳥井緩緩站起身，拂去肩上的沙子。

「我剛才不是說了嗎。久我島先生就是〈爪〉。」

葛城回答的口吻有點馬虎，流露出一絲不耐煩。

「我們快點離開這裡吧。反正他也沒救了。從那樣的高處掉落，應該是摔死了吧。」

而且他也沒有救的價值。

他似乎會接著說出這樣的話來。

他的樣子有點古怪。我不懂到底是什麼讓他變成這樣。

我望向飛鳥井。她就像在地上燒成了灰一般，整個人坐在地上，看不出她在想些什麼。但我隱隱覺得，葛城說的那句話，能解開這兩人神祕的態度。

——飛鳥井小姐早就知道這件事了。

早就知道？我腦中大為混亂。既然她早就知道，為什麼不說？她一直不說出這件事，背後有什麼用意？想逮捕〈爪〉的這個想法，我、葛城，還有她，應該都是一樣才對啊。

「請、請問……」正牌的貴之開口道。「我不知道你們說的〈爪〉是什麼，不過，等一切都安定下來再討論吧？用不著在這種地方談吧……」

他說的對。我確實也很在意這件事，但最好還是換個地方再向葛城問個清楚。正牌的貴之不知道事情的原委，所以才沒感情用事。

頭頂上燃燒的樹木，落向不遠處的地面。

「這裡還很危險！」我大喊道。「我們快點下山，到安全的地方去……快點！」

花了約三十分鐘的時間下山後，終於抵達山腳。燃燒殆盡的森林仍在悶燒，但我們姑且已來到安全的地方。鬆了口氣。

太陽已經下山。轉頭望向身後，可以望見遙遠的樹林後方，落日館正籠罩在紅火之中。前方遠處可以看到像是警方和消防隊組成的搜索隊發出的亮光。我們並肩而立，面向那道亮光。

「我們……」小出突然以洩了氣般的聲音說道。「就此分道揚鑣吧。我不和搜索隊會合，我會自行消失。因為我的身分要是曝光可就麻煩了。貴之和文男應該也和我一樣吧？」

「對……」貴之指向文男背在身後的雄山說道。「把他擱下後，我們也會自動消失。」

「這怎麼行。」我搖頭。「你們三位一定也很累吧？這時候應該接受警方保護才對。」

「這怎麼行。因為這就是我的生存方式。受警察照顧不適合我。」

生存方式。這句話刺中我心。這是葛城在談到偵探時用過的詞語。

「所以嘍，偵探，這可能是我們最後一次交談了。你就告訴我吧。你為什麼認定久我島大叔就是〈爪〉？」

小出就像硬擠出似的，重重嘆了一口氣。

「……最好能讓我接受。如果不能接受，我沒辦法離開。」

小出這句率真的話語，深深打動了我。

「沒錯。如果沒說清楚，我也不能接受。你說他殺了翼小姐，這個推論如果我聽了不能接受，那我也沒辦法繼續往前走。」

見小出朝附近的樹墩坐下，其他人也開始各自找位子坐。貴之倚向樹根，文男將雄山搬往可以擋風的樹叢一帶，讓他躺下，守在他旁邊聆聽。而正牌的貴之似乎搞不清楚眼前的情況，一頭霧水的靠向一旁的樹木。我坐在飛鳥井身旁。

這樣啊——葛城低語道。

「現在有解開謎題的理由是吧。」

他又說出神祕兮兮的話來，不過，當他閉上眼睛後，旋即轉為柔和的神情。啊～。我發出一聲嘆息。那是名偵探的表情。平時的感覺又回來了。

儘管如此，他的神情看起來比平時嚴峻，是我自己想多了嗎？

「我之所以明白〈爪〉的真實身分，是因為他留下的一幅畫。」

飛鳥井對葛城的這句話做出反應。

「他從美登里那裡奪走的畫。」她以空洞的眼神仰望夜空。「她想改變。為了實現夢想，她畫小說插畫。而〈爪〉奪走她的畫，留在自己身邊。」

「我知道〈爪〉殺害甘崎小姐時，奪走了那幅畫。關於這點，〈爪〉寫給飛鳥井小姐的那句『得從頭來過了』的訊息，就夾在甘崎小姐的文件夾——對摺的文件夾內，從這點也看得出來。在甘崎小姐遭殺害的那天，突然下起雨來。凶手為了避免自己用水性筆寫的訊息因雨水而模糊，這才從甘崎小姐的物品中奪走透明資料夾，將自己寫的訊息放進裡面。」

飛鳥井在一旁聆聽，並沒特別露出痛苦的表情。

「這時，原本放在文件夾裡的圖畫，就這樣連同透明資料夾被取出，與訊息交換，落人凶手手中。而經過十年後，那幅畫再度出現我們面前。就在畫框裡，擺在懸吊天花板房間的隱藏書架上。」

「連同翼小姐的屍體在內，那傢伙又重現自己的犯案現場。真的是個很孩子氣的男人。」

飛鳥井不屑的說道。文男露出悲傷的神情。可能是想起翼的死吧。

葛城沒回應飛鳥井的話，接著往下說。

「那幅畫是畫在A3大小的圖畫紙上，而畫框則是從財田家一樓的書房拿來的。上面畫的是一名奇幻風格的戰士。」

他接著說道。

「我們當初推測，這幅畫可能原本就放在財田家。但後來發現這是從屋裡找來畫框，特地帶往懸吊天花板的房間，而且畫框上沾有黑灰痕跡，從這裡想到有可能是凶手在火災發生後才將畫裝進畫框裡。這麼一來，這就不太可能是原先就裝設好的。因為這是特地在緊急情況下才這麼做。我當時心想，對於凶手從外面帶畫進來的可能性，也應該展開檢討。」

「等等。」我插話道。「〈爪〉遇見飛鳥井小姐是偶然對吧？飛鳥井小姐只是因為他太太的保險合約，而湊巧前來拜訪。為什麼他能事先準備好那幅畫呢？」

「也許他都隨身帶著那幅畫。這雖然不太可能，但就算假設財田家的人是凶手，也還是會有同樣的疑問。貴之先生和文男先生到宅邸來的時候，應該也沒料到會遇見飛鳥井小姐。所以我決定從凶手把畫帶進宅邸的方法來鎖定對象。」

「帶進宅邸的方法……為什麼這樣就能知道凶手是誰？」

「當然會知道。因為那幅畫上面沒有任何摺痕。」

「那又怎樣？」我正要這樣回答時，突然明白他這句話的含意。「啊……！」

「田所同學，怎麼了？」文男問。「摺痕有什麼重要的？」

「……當初發現那幅畫時，葛城曾拿起這幅畫透過亮光細看。他說，如果是水彩畫的話，會有暈開的地方，所以可以判斷這是不是原畫。結果確認它是原畫。」

葛城接話道：

「作畫的甘崎小姐本人，應該不會去摺這幅畫。因為這是她很珍惜的作品。從她隨身帶著那個大小與她的畫相符的文件夾，也可以明白這點。而凶手將那幅畫連同透明資料夾整個拿出。接著是今天，這幅畫再次出現在人們面前。那幅畫上面連一道摺痕都沒有。

也就是說，凶手是個會妥善保管這幅畫，沒在上面留過折痕，而且還能帶進宅邸裡的人物。」

「而昨天……」我對葛城的慧眼獨具深感驚訝。「我們因為被捲入山中大火，匆匆跑來避難。什麼也沒帶，就只有身上穿的這套衣服。在這個條件下，有一大半的人都沒有嫌疑了。」

「原來如此……」小出讚嘆道。

貴之張大嘴巴，久久不能合上。就像在說——原來是這麼簡單的一回事啊。

葛城伸舌潤了潤脣。

「就先從可以刪去的人開始說吧。

一開始是我和田所。我們也沒帶什麼裝備，就這樣從附近的K書集訓處前來。背包裡只有飲用水、地圖、手機電池。背包的大小根本放不了A3的圖畫用紙。

接著是飛鳥井小姐。她是來洽公，只帶著工作用的包包。因為會放文件，所以如果是A4大小，應該放得進去，但如果是圖畫用紙，就一定得對摺才放得進去。

再來是小出小姐。妳就只背著一個小背包登山。甚至讓人覺得，以一位登山客來說，這樣的裝備略顯不足。當然了，這樣的背包放不了圖畫紙。

此外，正牌的財田貴之先生也加進來吧。」

「我嗎？」

正牌的貴之嚇了一跳。

「貴之先生沒有機會下手。從上午九點的聲響來看，他顯然是今天一早潛入宅邸，當時翼小姐已經遭殺害。而且他倒在保險箱附近時，身邊一概沒有背包、袋子，或是其他行囊。應該是什麼也沒帶，直接就這樣闖入吧。」

「對。」

貴之雖然感到慌亂，還是如實回答。他感到困惑。似乎萬萬沒想到自己也會被當作嫌疑人。

「我車子就停在這附近，行李也全都在車上。」

葛城點頭。

「在這個階段，財田雄山先生也先摒除在外吧。從畫框上沾有黑灰來看，裝設那幅畫是在火災發生之後的事。臥病在床的他，不可能動手裝設那幅畫。」

「不」，我試著檢驗這個假設。「如果是十年前這幅畫就擺在那裡，黑灰是後來才……不，黑灰也跑進玻璃內側是吧。不管怎樣，似乎都不可能。」

葛城偏著頭，就像在對我說「這樣你滿意了嗎」。

「再來就剩冒牌的文男先生、貴之先生，以及久我島先生。文男先生和貴之先生兩人在山中大火發生前，就已經在這座宅邸裡，所以不愁找不到地方藏這幅畫。他們事前也沒料到飛鳥井小姐會來訪，因此他們兩人如果是凶手，就表示他們一直都寸步不離的帶著這幅畫。

而久我島先生曾回過家中一趟，帶著塞滿替換衣服和貴重物品的波士頓包。其實以時間點來看，他最吻合。遇見飛鳥井小姐後，他回過自己家中一趟。用的也是大尺寸的包包，能將畫裝進裡面。將畫裝在透明資料夾裡，放進包包的中央，裡頭再塞進衣服。透明資料夾十分堅硬，不可能造成圖畫的折損。」

「你是如何從這三人當中鎖定最後一人？」

我身子前傾，向他問道。

焦臭味飄向鼻端。由於山頂位於上風處，所以氣味才會飄往此處。火粉也許會飄向山腳。我不自主的感到心急。

「最後，我要檢討凶手在裝設這幅畫時的情況。」

不過，葛城一旦開始展開推理，就一定會採取穩健的步調。

「就像我剛才說的，畫框上留有黑灰的痕跡。畫框是用四個螺絲來固定兩片玻璃，把畫夾進兩片玻璃中間。而在畫框左下角，夾了塑膠手套的碎片。凶手為了不讓畫歪斜，手指伸進畫框中間轉動螺絲。這時，手套被夾在玻璃中間，就此破裂。手套內側附有黑灰，外側則是很乾淨。也就是說，凶手沾有黑灰的左手戴上塑膠手套。所以可以知道，手套內側留有黑灰。這是其中一點。」

還有一點——葛城接著道。

「是那四個螺絲。螺絲很小，不好處理。偏偏又不能用螺絲起子或鑷子來作業。因此，凶手無法戴上手套，只能空著手轉動螺絲。螺絲很小，凶手應該是相信這樣不會留下指紋吧。不過，螺絲上沒留下任何黑灰，這完全突顯出凶手的身分。」

我大感困惑。葛城在說些什麼啊？

「螺絲上沒留下黑灰，是因為凶手的右手很乾淨。」

「咦？」

「等一下，偵探！」小出大聲喊道。「這不太對吧？凶手的左手或許留下了黑灰的痕跡，但為什麼你做出的結論，是他右手很乾淨呢？」

葛城並未直接回答她的提問。

「我一直到最後，都無法排除文男先生和貴之先生的手偶然沾到黑灰的可能性。

他們昨天確實沒離開家，但與渾身黑灰的我接觸時，難保黑灰不會跑到他們手上。也可能在我不知道的時候，跑到外面去觀察情況。這些可能性我都無法完全排除。不過，不管是什麼時候，都不會只有單手沾上黑灰。這麼湊巧的狀態，只想得到一種。」

「你說的是久我島先生嗎？」

貴之露出不安的眼神問道。應該是跟不上葛城說的話，感到不安吧。

「你說湊巧的狀態，到底指的是什麼？」

接著葛城終於回答小出的疑問。

「凶手就是在這座山中，只有右手握拳的人。」

「咦？」

「要是包包掛在肩上，手握肩帶，就會變成剛才我說的狀態。手背會髒，但握拳的手掌會受到保護。無意識垂放的左手則是會很自然地沾上黑灰。」

我忍不住發出一聲「啊……」。

「我們之中，帶著包包的人就只有飛鳥井小姐和久我島先生兩人。而飛鳥井小姐因為包包大小的緣故，已從嫌疑人名單中摒除。」

因此，〈爪〉就是久我島敏行。

葛城盤腿坐在地上，挺直腰桿。

此刻他是名副其實的名偵探。

但為什麼他的表情顯得這麼柔弱、悲戚呢？

2 飛鳥井光流 【離宅邸燒毀還剩1小時12分】

「那傢伙竟然是凶手。」

小出抬手貼向額頭，嘴脣發白。因為葛城解開凶手的真實身分後，她也大受打擊。

「怎麼看都不像。我以為他是個唯唯諾諾，完全無法靠自己做決定的男人。他似乎總在看人臉色，不知道在害怕什麼。因一時衝動，把妻子撞飛而誤殺，這種犯案手法，也和連續殺人犯的做法完全相反，他甚至還因為過於害怕而尿褲子呢。」

「那個男人……」飛鳥井慵懶的插話道。「外表看起來是那副德行，但內心的自我意識卻無比膨脹，跋扈橫行。有一顆優越感與暴力衝動夾雜的醜陋內心。他的戰戰兢兢或許也是他原本的個性，所以他的畏怯有一部分是真的，但說到底，他的內心一直在找機會害人。」

她的說話口吻，就像要吐出滿腹的怨恨。

「我……」文男開口道。「我還記得今天在戶外作業時，他一臉難過的樣子對我說『在我艱苦的時候，她是留在我身邊支持我的唯一親人』。我也還記得他眼角泛淚的模樣。我不覺得那是假的。他……」

「那也是真正的他。」飛鳥井點頭。「你後來知道他殺了自己妻子，一定心裡大受衝擊吧。沒錯。他在你面前說的話，也是他的真心話。因為他無法為自己犯的錯負責。所以才會為自己做的事流淚。」

她以硬擠出來的聲音接著說道。

「他就像是個孩子。〈爪〉的惡行也是。為了在人前展示自己有多厲害，想要人們注意他。愈是引發風波，愈覺得自己受到人們的認同，喜不自勝。因為展現暴力能獲得關注，所以他的自我意識應該會得到滿足。而正因為他的本質還是個孩子，所以對未知的事不懂得如何處理。打從心底感到畏怯，想要逃離。」

我想起第一次見到久我島時，只覺得他一直顯得惴惴不安。他甚至還望著飛鳥井問「我該怎麼辦才好」。當時飛鳥井一副很冷淡的表情，就像在說「為什麼問我」。一個面對未知的事物，無法自我判斷的孩子。難道當時他心中正一步步的在擬定殺害翼的計畫？

好可怕。

「請等一下。」

貴之站起身，不客氣的說道。

「葛城同學，你錯了。久我島先生不是凶手。」

「為什麼這樣說？」

「這是你自己提出的說法，你說凶手之所以刻意破壞鋼索的螺絲，是因為在無法使用電力系統的情況下，凶手為了留下血痕，必須讓天花板落下。沒錯吧？」

「沒錯。我現在還是秉持這個結論沒變。」

「如果是這樣就太奇怪了。我和久我島先生從半夜十二點二十分到一點十五分這段時間，一直都在大廳裡聊天。那是從大廳電燈開始不亮的時間，一直到大廳的燈突然亮起的時間為止。也就是說，因為處在那種孤立的狀況，所以並未調查正確的時間，但在停電這段時間，久我島先生的不在場證明成立。」

啊——我不自主的叫出聲來。我怎麼忘了呢！

「你的意思該不會是在懷疑那個不在場證明吧？也就是說，你在懷疑我？」

「你提出的不在場證明，應該是做偽證吧。只要有利可圖的話。畢竟你是詐欺犯嘛。」

小出帶著冷笑說道，但貴之則是雙眼緊盯著葛城，視線不曾移開。

「啊，不——」

儘管遭受反駁，但葛城依舊處之泰然。

「我沒懷疑那個不在場證明。久我島先生的不在場證明很完美。」

葛城站起身。拂去沾在屁股上的泥土，準備往前邁步。

「好了，大家離開這裡吧。我已經證明久我島先生就是〈爪〉。小出小姐，這樣妳也能接受了吧？我們就此別過了。快點避難去吧……」

我感到怒氣直衝腦門。

「喂，葛城！」

我站起身，朝他走近，一把揪住他衣襟。

「你從剛才開始，就不知道在說些什麼！說你已經證明了？說傻話也要有個分寸吧！你的推理根本就虎頭蛇尾。久我島先生的不在場證明還沒推翻耶！」

「他的不在場證明無法推翻。因為很完美。」

葛城不想看我的眼睛。

「葛城，你是想逃避什麼？」

「我逃避？」

葛城抬起臉。他的眼神閃爍。我為之震懾。他是會露出這種神情的人嗎？

「我才沒逃避呢。我不一樣。」

「不一樣？和什麼不一樣？」

「他應該是指我吧？」

這時，飛鳥井以溫柔的口吻說道。葛城沒直接回應她的話，以悲傷的神情面向貴之。

「為什麼你會發現不在場證明的事？」

「你說這話可真奇怪。你打算完全不提不在場證明，就要結束你的推論嗎？」

「葛城同學，你這樣不行哦。」飛鳥井語帶嘲諷的說道。「如果貴之先生沒說的話，我也會說的。身為偵探，你也不想逃避吧？放心吧。反正也無路可退了。」

「我不想再進一步解謎了。因為沒有解謎的必要。」

「你就說吧。你現在不說的話，他們將永遠抱著這個解不開的謎。」

「飛鳥井小姐。」

我感覺到危險，就此打斷他們的話。

「妳為什麼突然說這些話？請不要這樣纏著葛城。這樣他沒辦法接著往下說。」

「田所同學，很抱歉，請你先別插嘴。這是我和他之間的事。」

她堅毅的口吻，令我卻步。

「飛鳥井小姐，不管別人叫我說什麼，我都不想再繼續說下去了。」

「為什麼？」

「我之所以解開久我島先生是凶手這件事，是因為小出小姐那番話，我聽了能接受。因為她說『如果不能接受，我沒辦法離開』，這句話打動了我。就是這樣，我才有理由解開剛才的謎團。」

「既然這樣，你現在不也同樣有理由解開謎團嗎？大家都很想知道啊。」

「我不要！」

葛城持續很頑固的抗拒，那態度簡直跟小孩子沒兩樣。

「喂，葛城——」

連我說的話也傳不進他耳裡。

「不管對我說什麼，我都不接受。我並不想原諒妳的行為。所以我沒理由要解謎。」

「不管怎樣的犯人，也都被賦予申辯的機會，但你唯獨不給我這樣的機會是嗎？你可真冷漠。」

「因為妳是偵探。偵探是一種生存方式，而且必須是真相的僕人。不是嗎？但妳卻逃離偵探的身分。光是這樣就已經很難原諒了，但妳甚至還做出……做出……」他搖著頭。「這是對真相的一種背叛。我不想聽任何解釋。因為……」

葛城接著說道。聲中滿含悲痛。

「我不想接受。」

「因為你覺得自己要是接受了，恐怕會為之動搖是嗎？」

飛鳥井猛然把臉湊向葛城說道。

這時，葛城確實已開始目光閃爍。

「……喂，這是在開玩笑吧，葛城。」

我感覺到自己倏然全身冰冷。

我全明白了。經這麼一想，一切線索全部都搭上了。他們在我眼前展開的這場對話的含意。久我島雖是凶手，卻有完美不在場證明的理由。飛鳥井明明已發現久我島殺了妻子，卻又裝不知道的原因。以及葛城對飛鳥井的情緒如此激烈的最大原因。

由於這想法滲進我腦中，我開始全身顫抖。如果能否認的話，我希望她否認。但我有明確的直覺，我已得到真正的答案。

我惴惴不安的說出我的想法。

「讓天花板掉落的，不是久我島先生對吧。」

我不停地顫抖。〈爪〉是久我島，殺害翼的也是他。這點並未動搖。

可是，這件事的背後藏有另一個真相。

「是飛鳥井小姐對吧？」

葛城以驚訝的眼神望向我，接著露出悲痛的神色。

「你……你最後總是能抵達和我一樣的終點。」

「葛城，你……」

「喏，最後還是被說出來了吧，葛城同學。」

倒是當事人反而流露出開朗的表情。

「我不是說了嗎，已經無路可退了。來，繼續解謎吧。」

她臉上掛著淺笑。

「以你偵探的身分。」

＊　第一天　深夜

真是一場噩夢。

我一走進懸吊天花板的房間，馬上便癱坐在地。

為什麼在這種地方……理應在十年前就已斬斷的噩夢，為什麼又……。

深夜時，我因無法入睡而起身，到一樓的餐廳去取礦泉水。久我島和貴之在大廳聊天，但我不想和人說話，所以打算靜靜地返回二樓。

但這時我發現懸吊天花板房間的門敞開著，覺得納悶，就此往內窺望。

結果發現翼的屍體。

她的屍體被壓爛，令人不忍卒睹。以人造花當裝飾，一旁還擺了香包，而且……。雙手還做了指甲彩繪。在離屍體不遠的位置，張開她漂亮的雙手。就像在炫耀她自豪的指甲彩繪般。

不，翼的雙手已經被壓爛。被懸吊天花板壓爛。但眼前的這雙手還是很美。這不是翼的手。難道是切下其他女性的手？光想到這點，就忍不住發抖。是我見過的那個男人，久我島敏行。

之前和葛城一起回他家時，我就隱約察覺出他殺死自己妻子。我沒機會說出這件事，而葛城顯然也已發現，但他保持沉默，所以我原本認為他不想把事情鬧大。除了久我島外，其他人似乎也是詐欺犯和竊賊。要是罪犯們聯合起來，不是罪犯的我、葛城、田所遭到孤立，有可能會就此丟了性命。這樣就太可怕了。

不過，放任那個男人不管的後果，是害翼丟了性命。

都是我害的。地板的冰冷滲進我體內。**因為我的緣故，害死了兩個人**。一開始是美登里，現在是翼。

深沉的絕望將我虜獲，我漸漸被困在怒火中。為什麼能容許這樣的邪惡？為什麼翼非送命不可？我慢慢站起身。就此得到目標的身體，感覺這十年來不曾這麼輕盈過。

〈爪〉不可饒恕。不過，用一般的復仇手段行不通。

我很清楚對方的個性。很孩子氣的犯案計畫。對被害人以及命案現場的裝飾特別執著。想獲得別人目光關注的欲望。我甚至感覺到眼前的屍體在對我說話。**偵探，我就在這裡哦**。**陪我玩嘛**。我感到噁心作嘔。

因此，我絕不能理會他的挑釁。要讓對方期待落空。不讓他的欲望得到滿足，要讓他自己空轉。以這個方式一步一步將他逼入絕境。

我或許會和〈爪〉一起死在這座宅邸裡。但不會白死。我絕不會讓他稱心如意。就算只能讓這宅邸裡的人知道也好，我要揭發那傢伙醜陋的人格。

關於隱藏通道這件事，有點不合現實，我感到半信半疑。所以我才覺得自己可能會命喪此地。但這應該是個可以利用的材料。我要先讓現場氣氛保持和諧，不理會〈爪〉殺人的事。如果主張說這是死於意外，會怎樣呢？〈爪〉應該會感到困惑不解吧。接著他應該會逐漸感到焦躁，而展現出他的本性。

我有三個方針。

一、故意讓眼前翼的屍體看起來像是意外死亡。

二、不對翼的死展開搜查。同樣的，久我島的妻子遭殺害一事，也不主動搜查。

三、不管發生什麼事，唯獨殺死〈爪〉這件事我絕對不做。

殺死他，就是對他最大的關注。我絕不親手殺他。繼續維持這樣，他會死在這場火災中，如果運氣好，他會在法庭上被判死刑。

我已決定自己該怎麼做了。我要將人造花、香包、指甲彩繪上的痕跡全部消除。只要留下它，看起來就不像是死於意外。我要拿走那對手掌，丟到森林裡。

因為天花板沒有血漬，所以我知道〈爪〉是用某個機關殺害翼。懸吊天花板的房間裡或許設有機關。例如天花板上面有一處空間，翼在裡面被隆起的天花板給夾死。總之，我得編出鋼索老化故障，天花板就此掉落的故事才行。如果事先將屍體擺在門前，則殺人案的可能性就更低了。因為這能讓逐一弄斷每一根鋼索的其他說法無法成立。我盡可能擦除血痕，搬移屍體。為了讓人發現屍體，我事先讓血痕附著在門下。我知道不會有警方來這裡搜查，所以也就不去管魯米諾化學發光反應❺的事了。

不巧剛好遇上停電，所以為了讓天花板掉落，我被迫得破壞鋼索。由於多年的老化，有一條鋼絲斷裂，還有鋼索的固定法用的是強度不一的髮夾固定法，這都很幸運的起了作用。只要鬆開螺絲就能讓天花板掉落，能更確實的演出意外死亡這樣的故事。最後我終於完成偽裝的工作。花了好長的時間。

隔天早上，當我聽到葛城和田所的敲門聲時，我覺得很遺憾。因為久我島看見屍體時的反應，我沒能親眼目睹。那天晚上我因為疲勞和激動，而夢見多年前的事，連被我處理掉的手掌也出現在我夢裡。好慘的一天。

如果我的猜測沒錯，久我島發現屍體時，應該會對它真正的含意大感錯愕吧。為什麼翼的屍體會變成這樣？無法理解。到底發生了什麼事？他當時的反應，與他那膽小的態度所產生的反應，或許無法區別。

我向少年田所詢問，得知我的猜測沒錯。

＊

葛城終於下定決心，開始平靜地道出一切。

「……自從發現那幅畫，明白這是〈爪〉的犯行後，這起案件看在我眼裡，顯得很表裡不一。具體來說，除了自我表現欲強烈的〈爪〉之外，感覺這當中還有另一個人的想法在運作。

首先是這幅畫。它就擺在懸吊天花板上的隱藏書架裡，所以凶手應該是想將飛鳥井小姐引來這裡。如果是這樣，凶手勢必得替飛鳥井小姐引路。雖然可以說凶手早看準翼小姐持有的平面圖早晚都會被發現，但天花板的事一直是解不開的謎。」

「為什麼？」

「我曾經說明過〈爪〉是如何操作懸吊天花板。田所，你還記得嗎？」

「呃……先升起天花板，殺死翼小姐。接著讓天花板傾斜，使翼小姐的屍體掉落。將屍體搬往適當的位置。接著讓天花板掉落，在天花板留下血痕。為了偽裝成犯

❺魯米諾是通用的發光化學試劑，與適當的氧化劑混合時會發出藍光。法醫學上使用魯米諾來檢驗犯罪現場的血跡。

案現場。」

「說到重點了。」

「咦？」

「為什麼有必要讓人誤以為是犯案現場？」

我一時沒搞懂葛城提問的用意。

「沒錯。我在解開天花板的謎團之前，一直對自己的想法很有自信。還說凶手是為了偽裝犯案現場，才搬移屍體。但當我知道甘崎小姐的畫擺在天花板上面時，我的推理便瓦解了。如果偽裝犯案現場，會無法引導飛鳥井小姐發現甘崎小姐那幅畫。這裡出現矛盾。為什麼一邊要展現出引人走向天花板上方的意圖，一邊又想偽裝成是犯案現場呢？」

我試著想像這個步驟後，發出一聲驚呼。

「沒錯，田所。最後一個步驟完全不需要。讓屍體掉落有其必要。如果不讓人發現屍體，飛鳥井就不會感到恐懼，這會成為普通的失蹤案，不會帶來太大的衝擊。事先將屍體擺在看得到的地方，到這裡還合情合理。不過，根本沒必要再次讓天花板掉落。如果天花板沒留下血痕，這反而會成為給『偵探』的提示——屍體是在哪裡被壓爛的？只要讓人有這個疑問，反而很快就會發現天花板上的玄機。」

「而且讓天花板掉落，是在停電的時候——不惜花費好大一番工夫解開螺絲，讓天花板掉落。」

「沒錯。費了這麼大工夫，與自己想讓人看到那幅畫的目的愈離愈遠，這麼做一點意義也沒有。倒不如說，這是毀了先前精采演出的行為。」

「葛城，所以你才做出這樣的結論是嗎？動手殺害的人，與讓天花板掉落的人，是不同的人。」

葛城頷首。

讓天花板掉落是為了讓它看起來像意外事故。既然是意外事故，它的最終狀態就只能是因為鋼索的固定器具鬆脫而造成天花板掉落。

我和翼道別，是晚上十一點三十分，所以在短短五十分鐘內，久我島就犯下這一連串的罪行。他的匆忙不難想像。而在停電那段時間，飛鳥井才剛發現屍體。她同樣也在那停電的五十五分鐘裡，忙著消除痕跡，切斷鋼索。不知道什麼時候才會復電，一味的等候並不合理。

「不過，還不光這樣。〈爪〉睽違十年再度犯案，想讓飛鳥井小姐發現他的存在。當然了，十年前飛鳥井小姐將他逼入絕境，從他手中奪走許多事物，他當然對飛鳥井小姐充滿恨意。如果是這樣，他不可能會將翼小姐的屍體處理成一開始我們發現的那副模樣。」

「這話怎麼說？」

「他會對翼小姐的手進行指甲彩繪，裝飾花朵，增添香包的氣味。以當初殺害甘崎小姐時的手法當範本，留下訊息，這樣也可以。總之，凶手應該會對飛鳥井小姐傳達訊號。告訴她『我就在這裡哦』。因為要是沒能讓飛鳥井小姐發現是他所為，就沒意義了。」

經他這麼一說，確實沒錯。

一開始發現翼的屍體時，的確慘不忍睹。一概沒有任何裝飾。反過來說，正因為這樣，飛鳥井提出的「意外致死」說，才會勉強說得通。

我突然停頓。

我現在在想什麼？

「原來是這麼回事……」

飛鳥井臉上仍掛著淺笑。那淺笑令我看得不寒而慄。

「飛鳥井小姐破解指甲彩繪，把花清走，藉由灑除臭劑來消除香包的氣味。然後讓天花板掉落，留下血痕。切斷鋼索後，刻意讓切面不平整，留下讓人看了會以為是意外的痕跡。也就是說……」

「她將〈爪〉殺害翼小姐的痕跡全部抹除。讓翼小姐的死像是一般的意外死亡。」

消防車的警笛聲從遠處接近中。火災發生至今，已過了很長的時間。警笛聲無比響亮。我腦袋為之茫然。

「那對手掌是從哪兒來的？既然是用懸吊天花板殺害翼小姐，她的手應該也被壓爛了。無法進行指甲彩繪。」

我如此詢問，葛城神色自若的應道「那是久我島的太太。他應該是事先就切下她的手掌吧。我們和他一起回家拿東西時，他帶走他妻子的手掌。飛鳥井小姐應該是從那雙手的出處而發現凶手的身分」。飛鳥井並未加以否認。

「久我島先生為什麼要用自己妻子的手掌？他不知道自己這麼做，會讓自己的罪行穿幫嗎？」

面對貴之的詢問，葛城點頭。

「這就是他的過度自信。他太有自信，以為自己殺死妻子的事，我和飛鳥井小姐都看不出來。所以才會採取這麼大膽的行動。他心想，就算將手掌丟到飛鳥井小姐面前，她應該也不會發現背後代表的意義吧。」

「原來如此……」

「正因為久我島先生是這麼想，所以飛鳥井小姐一直到最後都假裝不知道他殺害自己妻子的事。而我揭發他殺妻的事情時，飛鳥井小姐裝出很害怕的樣子，但那也是騙人的。如果她已看出久我島先生殺了自己的妻子，就會發現是他殺了翼小姐，這成了一項旁證。這不符合飛鳥井小姐的目的。關於她的目的，我之後再說明吧。」

葛城的喉嚨動了一下。

「……移除屍體身上的裝飾，能做到這點的只有飛鳥井小姐。還記得我之前揭發眾人的真面目吧。詐欺犯和竊賊。之所以質問這些事，是為了表示你們與〈爪〉犯下的案件沒有任何瓜葛。

能將〈爪〉的巧思移除的人，就只有明白他那巧思背後含意的人。也就是一看就知道指甲彩繪、花朵裝飾、增添香氣，是〈爪〉在傳達訊息的人。」

「這樣的邏輯太牽強附會了。」

飛鳥井開口說道，葛城搖了搖頭。

「但這也不是真相。正因為妳早就知道他有這樣的巧思，才會畫蛇添足。就算是第一次目睹〈爪〉犯案的人，也可能會看出指甲彩繪和花朵這類的異樣痕跡。只要明白那是他的巧思，就能加以移除。」

「你說畫蛇添足，指的是什麼？」

小出咄咄逼人的問道。

「不管是怎樣的人，都無法將不存在的未知事物移除。」

小出偏著頭，納悶不解。她就像是要表示自己放棄般，聳了聳肩。也沒提出反問，就只是靜靜等葛城接著往下說。

「飛鳥井小姐。妳對翼小姐的屍體灑除臭劑。這確實是用來消除香包氣味的手段。」

可是——葛城接著說。

「我試著嗅那個香包後，發現有個怪異之處。那香包聞不到半點氣味。」

「咦？」

此時飛鳥井是真的很驚訝。

葛城在倉庫裡發現的提袋，就是犯案時使用的香包。那個袋子就只傳出老舊布料的氣味。

「因為已存放了十年，應該是在不知不覺間，香氣都流失了吧。所以就算使用，也不會留下香氣。但妳卻還灑上除臭劑。」

我不禁發出驚呼。

「會這麼做的，**只有具備這方面知識的人，儘管案發當天是處在聞不到香氣的情況下，但還是知道〈爪〉在犯案時會使用香包。**」

我想起昨天來宅邸時的情景。飛鳥井因流汗而感冒，身體發冷，不斷打噴嚏。她嚴重鼻塞。所以才會聞不出氣味。

「原來我在這種地方出包了。」

飛鳥井自嘲的笑道。

我想起當初發現屍體時，久我島那害怕不已的模樣。

他是真的很害怕。因為目睹屍體的大幅改變，無法理解，嚇得全身發抖。

現在就能理解他為何害怕了。

我不懂飛鳥井在想些什麼。她說自己十年前就不當偵探了，我不懂她是因為什麼想法而做出這樣的決定。

「也就是說，飛鳥井小姐昨晚深夜在懸吊天花板的房間發現翼小姐的屍體。接著她決定展開偽裝的工作。這時她已知道〈爪〉的真實身分。」

那個時候就知道了。換句話說，她登上懸吊天花板，看到那幅畫時，就已感覺到〈爪〉的存在。

那時候的飛鳥井像隻小狗一樣簌簌發抖，緊咬著嘴脣，嘴角都咬出血來。本以為她是因為強烈的情感——十年前那個殺人魔再度復活，與這樣的恐懼對抗，但根本不是這樣。其實是因為自己的好友最珍惜的畫，竟然被用在這種事情上，就此湧現的憤怒，以及不管是以何種形式呈現，事隔多年後，得以再看到這幅畫，一償心中宿願的感動。她強忍心中湧現的各種情感，自己要是將情緒反應表現在臉上，就正中久我島下懷，於是她極力忍耐。

「為什麼……」

貴之的拳頭在顫抖。他怒不可抑。這也是理所當然。雖然是在翼遭殺害後才這麼做，但是讓懸吊天花板掉落的人是飛鳥井。貴之最疼愛的人，屍體如此遭人玩弄。

「為什麼……妳要這麼做……」

「我對翼小姐真的很抱歉。」

飛鳥井直挺挺地站著，低頭向貴之道歉。

「不過，為了打倒他，我必須這麼做。」

「打倒？」貴之橫眉豎目問道。「什麼意思？」

「我依序說明吧。」

飛鳥井再度坐下。貴之原本彷彿隨時都會站起身朝她撲過來，但可能是見飛鳥井態度冷靜，他也跟著轉為平靜，再度坐下。

「……久我島這個人的本質，就是個小孩。看到有人對他犯的案子有反應，他比什麼都開心。這次的犯案也是，是他為了看我害怕而刻意安排。你猜，在他這樣的男人眼中，最糟的情況是怎樣？」
貴之催她接著往下說。
「就是遭到漠視。」
貴之瞪大眼睛。
「……可是，久我島先生已經死了。他是怎麼想的，我們無從確認。」
「久我島先生留下了許多線索。」
葛城如此回應，貴之發出一聲沉吟。
「如果照時間先後順序來整理飛鳥井小姐和久我島先生的行動，應該就會明白。」
葛城接手展開說明。經由客觀的第三者觀點來重新加以說明，應該會比較好懂。
飛鳥井所說的真相，教人腦袋跟不上她的速度。
「首先，飛鳥井小姐將〈爪〉的犯案痕跡全部抹除。久我島先生看了之後，心生慌亂。他想必會先懷疑是不是哪裡搞錯了。但這是不可能的事。就算天花板因意外而掉落，那人造花和手掌也不會碰巧消失。久我島先生當然會開始懷疑飛鳥井小姐。因為知道內情的就只有他們兩人。」
這是陷阱。久我島暫時做出這樣的結論。
「不過，結束大致的命案現場驗證後，飛鳥井小姐卻道出了令人難以置信的結論——翼小姐的死純屬意外。」

——可是！

——那種死法……那種死法不應該是意外事故啊！

我接受了葛城的說法，嘆了口氣。久我島像在嚎叫般說出那句話。他那是真的感到慌亂。他所做的一切都被人偽裝過了，他在那一刻展現出真正的反應。

當時我本以為真正的凶手附和飛鳥井的意外事故說法會有好處。因為這樣能掩飾凶手殺人的事實。久我島採取的行動正好相反，不過他有他的理由。**為什麼看到那一幕，還能說這是意外事故呢。明明是我殺的。妳應該也知道才對啊。**

「接著久我島雖然百般不願，卻還是不得不認同這個說法，因為有可能是『飛鳥井小姐已全都忘了』。所以才會這麼冷漠地接受翼小姐的死，沒對他採取行動。

這時，飛鳥井小姐開口說出原因，以此拒絕我進行解謎。」

啊——我摀著嘴。

沒錯，當時她開始說出自己的過去！在久我島面前說出她自己和〈爪〉的關係。

「這時，久我島先生已將她忘記過去的可能性刪除。他確定飛鳥井小姐知道他的存在，才刻意這麼做。但看不出飛鳥井小姐的意圖。他可能就此陷入恐慌。他的恐慌顯現於外，想起自己的妻子，時而哭泣，時而怕得發抖，面對小出小姐的殺意，他是真的感到害怕，才露出那樣的醜態。」

我想起一件事。

當時前往懸吊天花板的的成員中，我、飛鳥井、文男先志願前往，久我島之後才想以第四個人的身分加入。當時小出阻止他前去，不過他應該是想親眼目睹飛鳥井看到那幅畫時的反應。如果看到她的反應，或許就能明白她有何意圖。

「久我島先生持續思索。為什麼飛鳥井小姐一直無視於他的存在。這有什麼含意嗎？他無法滿足自己的欲望，一直感到悶悶不樂。」

「可是，這樣的話，那他乾脆表明自己就是凶手，這樣不是乾脆多了嗎？」

「要是這樣表明，而被當作殺人犯當場限制行動怎麼辦？這樣他要怎麼活下去？」

我想起久我島真的很怕這場火災。

「被捲入這場火災那天，他甚至還想利用山中大火來掩蓋他妻子的屍體。當時他應該是認為這場火災沒那麼嚴重。直到今天，他才開始真的對火勢感到恐懼。因為有性命之危而畏怯。表面是個怯懦的成人，內心卻是個連續殺人魔，將這些偽裝全部剝除後，他就只是個小孩。如果被當作殺人犯囚禁，他就失去生路了。他無法理解飛鳥井小姐的行動，但也可以等到獲救後再來解開這些謎團。他應該是做出了這樣的判斷。」

「貴之先生，你問我為什麼要那樣做對吧？」

飛鳥井以充滿威嚴的聲音說道。貴之被她的氣勢震懾，點了點頭。

「我實際的目的有二。一是藉由無視於他的存在，來重創他的內心。漠視會對他的心理造成很大的打擊。

二是誘使他感到慌亂，以防止他繼續犯案。想藉此爭取逃離這裡的時間。要解救大家什麼的，這種聽起來很了不起的話，我並不想說……」

雖然她這麼說，但還是以悲痛的神情接著說道。

「不過，必須有人讓他明白這件事才行。」

飛鳥井很流暢的說出這句話。就像終於說出自己心裡想說的話一樣，她的口吻中帶有這樣的成就感。

「說來也真可憐，原本在他的小世界裡，一切全照著他的想法走。但現在沒人會照他的想法走。這世界不是為他而設。」

飛鳥井這番話，就像是對著葛城說一樣。

「他只是個很希望別人能理他的小孩。就只有身體長大，精神完全沒半點成長的小鬼。在眼前的情況下，我們全副心思都擺在如何活下去，沒閒工夫理會他這樣的小鬼。所以我才讓自己雙手染血。為了讓他的殺人變得沒有意義。同時也為了揭發他的本性。」

「……還是無法原諒妳這種作為。」

貴之的雙拳仍在顫抖。一旁的文男同樣也是一臉沉痛的神情。

「妳為了自己要採取的手段，而傷害了翼。進一步傷害她原本就已殘破不堪的身軀。這種行為怎樣也不可饒恕。質問妳一句『難道妳沒別的方法嗎』，是我的權利。但我現在要問別的問題。」

淚水從他眼眶淌落，他的嘴唇因憤怒而顫抖。

「最後那傢伙墜落時，是怎樣的表情？」

飛鳥井瞪大眼睛。她似乎完全沒料到會是這樣的提問。

「……一開始是期待。」她低語道。「一直到最後，他都抱持著淡淡的期望，想說自己可能會獲救。他以為我無法對他見死不救，充滿傲慢。他流露出緊抓著最後一絲希望的眼神，近乎卑微。我心想，他怎麼會如此膚淺，甚至覺得他有點可憐。這完全顯露出他的本性。

而當他手滑時，他睜大著眼睛，這次是真正徹底的……」

絕望——她說。

「就像我殘酷地背叛他一樣。就像在嚴厲地譴責我一樣。他將自己的惡行拋在一旁，對我投以絕望的眼神。在他死前的那一刻。」
恐怕——她接著道。
「在那漆黑的暗夜底下，他感覺到自己將就此孤獨消失的絕望吧。」
「是嗎。」
文男沉著臉說道。
「謝謝。」貴之以顫抖的聲音說道。「謝謝妳。」
他是基於什麼原因道出這句感謝，應該連他自己也不清楚。這能成為某種救贖嗎？久我島的死，是對他的惡行所做的補償嗎？這種無處宣洩的情感，我們又該如何面對？
小出一臉不屑的望著飛鳥井。那神情就像在說，真不敢相信眼前有這麼一個怪物存在。只有財田雄山仍持續沉睡，財田貴之靠在他身旁，似乎對眼前的情況感到很混亂。
不過……
深深刻印在我心中的，不是久我島的表情。
而是飛鳥井朝他伸手時的表情。
她一臉認真的伸長手。眼神炯炯，表現出擁有目標的人堅定的意志。而當她看到久我島，看到他那微微抱持期待的表情時。看到她剛才斥責說「膚淺」的久我島具有的本性時──。

表情從她臉上消失。

之前發現隱藏通道，葛城告訴她這件事的瞬間，她完全沒想到的一個念頭，在她心中萌生。當時的她並未說謊。她原本完全沒有這樣的念頭。

一直到那件事發生之前。

她的表情和之前在宅邸裡第一次見到她的時候一模一樣。那是失去目標的亡魂之眼。絕對零度的眼瞳。

就在那一刻，她放棄了。放棄了久我島敏行這個人。在看到他表情的瞬間，她明白這個人一點都沒變。明白就算將他交給警方也一樣沒用。她說過，必須有人讓他明白這件事才行。但沒能讓他明白。最後她曉悟，不管是誰，都絕對無法改變他。

所以她才會那麼做吧。

她的嘴唇微動。

──準備好了嗎？

接著。

她鬆開手

……當時我看到了。看到那絕對零度的眼瞳。又再度變回亡靈的她。
看到一個人殺了另一個人的瞬間。
「……我絕對無法接受。」
對於飛鳥井的說明，葛城又說了這句話。
他望向地面搖著頭，一再反覆這個動作，看起來活像個孩子。

終章

雖然懷著各自的傷痛，但他們還是決定踏上歸途。

走下山的我們，被搜索隊的人發現，平安接受護送。小出、冒牌貴之、冒牌文男三人，就像他們說的，消失無蹤。我們兩人說自己是從K書集訓處跑來雄山家拜訪，就此躲在宅邸裡避難。剛好正牌的貴之先生在宅邸裡，所以才能一起避難。飛鳥井則說她是前往財田家進行保險業務調查時被捲入這場火災中。

而就在我們與小出他們道別，被搜索隊人員發現前。

葛城一度消失。飛鳥井也是。我感到一陣心神不寧，四處找他們兩人。走進森林找尋後，終於發現他們兩人。兩人表情凝重，我一時猶豫，不敢介入。我同時感到胸中一緊，心想，那是只屬於他們兩人的世界。一處只容許偵探進入的場所。我當不了偵探，就算想當也當不了。

「……我不能接受。」

緊緊握拳，渾身顫抖的葛城，一直重複同樣的話。

站他對面的飛鳥井攤開雙手，不顯一絲歉疚的說道：

「我們不是就這樣生還了嗎？就維持這樣不是很好嗎？你失控的行為，我一概不會追究，所以這件事就別再提了吧。」

飛鳥井的微笑顯得很成熟。但她的雙眼黯淡無光。可能是這個緣故，對葛城更加火上澆油。

「可是！我不覺得妳這樣的做法正確！明明知道真正的凶手，卻一直默不作聲……」

他極力忍住怒火，緊緊咬牙，幾乎都快聽到磨牙的嘎吱聲了。

「我只是想讓自己能夠接受。」

「名偵探這種身分還真是了不起啊。為了讓自己能夠『接受』，就能把世人玩弄於股掌。唉，你要那麼做也沒關係。因為我自己有一段時間也是像你這樣。」

飛鳥井把臉湊近。

「小出小姐說『如果不能接受，我沒辦法離開』，這句話真是帥氣。這也在最後賜給了你活力對吧。不過，你明明都已經解開這麼多謎題了，卻還堅持不肯接受。這已經不是堅持的問題了。像你這麼頑固，完全不肯讓步，是鬧脾氣的小孩才會這樣吧？」

她曾是令我無比憧憬的偵探。但如今她已沒有半點昔日的影子。

「你到底打算怎樣？『我認輸了。我不是你的對手』。我這樣說總行了吧？」

「我不是要聽妳說這種話！」葛城粗聲粗氣的說道。

「破案不就是在炫耀自己的頭腦有多好嗎？例如『看吧，我全都知道。你們漏看的事物，其背後的意義，就只有我一個人知道』。不過，你要是不這麼做，就無法感到安心對吧。」

飛鳥井語帶同情的說道。

「在那座被大火包圍的宅邸裡，你舉發久我島後的情勢發展，你怎麼看？既然你也已經看出那座宅邸的住戶真實的身分，那你應該知道才對。兩名詐欺犯、一名小偷、你們兩位高中生、一名無法行動的老人，還有我。能信賴的成員全都柔弱無力，而詐欺犯和小偷又不知道會倒向哪一邊。在這種情況下，面對一名以前殺過七個人的三十多歲成年男子——連自己的老婆也算在內的話，一共殺了八個人，你覺得有辦法壓制他嗎？當你知道他是真正的凶手時，應該也知道他是裡頭最身強力壯的男性吧？論逃跑的速度，也是他比較快。要是他冒死抵抗，先將隱藏通道堵死，到時候被大火包圍，命喪火窟的，將會是我們。」

「所以妳的做法才對是嗎？像妳這種掩蓋真相，對解謎視而不見的做法才對是嗎？在山中大火和妳的雙重束縛下，困住他的行動，藉此騰出時間來尋隱藏通道，妳的這種做法才對是嗎？」

「既然你都知道，卻不給我好評，真傷心啊。」

「請妳別開玩笑。」

「我不想再有人無辜喪命。」

她就像能面一樣，面無表情。

「我也是啊……」

葛城第一次顯得退縮。正因為他是名偵探，所以遇到事實就沒轍。

「我、我也不想讓任何人喪命……說到這個，我也沒讓任何人喪命啊……」

葛城像個孩子般說道，這時飛鳥井有了動作。她一把揪住葛城的衣襟，激烈的情緒顯現臉上，狠狠瞪視著葛城。

「你沒發現嗎？」

飛鳥井以無比銳利的口吻說道。

「你這樣也敢自稱是名偵探！」

「怎、怎樣嗎……」

「你不覺得納悶嗎？話說回來，翼小姐在那個時間，為什麼會跑到懸吊天花板的房間去？」

「那、那是久我島引誘她過去……」

「錯！久我島在發生山中大火而前來避難後，他與翼小姐連交談和接觸的機會都沒有！如果是這樣，為什麼翼小姐要讓久我島操作天花板升降呢？這是因為她有某個目的。她為了達成目的，而告訴久我島懸吊天花板的機關，想要利用他。說利用，其實也沒那麼誇張。因為就只是要請他幫忙讓天花板升降。之所以會選中久我島，是因為久我島一直在找機會想殺她，所以常在她面前出現，而且久我島看起來很懦弱，翼小姐以為他很好使喚吧。之所以沒請自己親近的貴之先生或文男先生幫忙，這與翼小姐的個人目的有關。當時他們有各自的目的。」

「既然這樣，拜託田所不是也可以嗎。」

突然點到我的名字，我身子一震。

「他不行。因為他和你走得太近。」

「什麼？」

「都說到這個分上了，你還不懂嗎？」

飛鳥井喊道。

「因為她知道你是財田雄山的忠實讀者。」

「這……」

葛城瞪大眼睛，臉色轉為蒼白。

「怎麼會有這種事……」

「我懂。」

飛鳥井突然以溫柔的口吻說道。

「這是為什麼呢。我們只要一遇到自己的事，就特別遲鈍。」

這是飛鳥井第一次對葛城展現的「共鳴感」。在那一刻，這兩位名偵探確實想法互通。所以葛城最後的抵抗才會就此被卸除。飛鳥井一鬆手，葛城馬上跪坐在地。

「懸吊天花板的房間後面，有財田老先生的隱藏書架，這你也知道的。翼小姐到那個書架去拿取他珍藏的收藏品。關於那項收藏品，貴之先生和文男先生應該不想讓外人看到。所以才沒辦法請他們幫忙。她之所以想準備好這些收藏品，是為了滿足你的心願。為了引來你的關注。」

葛城雙手掩面，開始嗚咽。他就像一隻被拋棄的小狗，全身蜷縮，不住顫抖，想要摀住耳朵。

「別再說了！」

我忍不住大聲喊道。葛城猛然抬起臉。他一臉茫然的望著我，嘴脣在顫抖。

「你從什麼時候開始聽的？」

葛城的聲音無比嚴峻。我對自己突然衝出的舉動感到後悔。

「……從一開始就聽到了。」

「別看我。我沒事，你快點去別的地方。」

他把臉別開，這還是他第一次對我表現出如此強烈的抗拒。

「不，我也有話要跟飛鳥井小姐說。」

另一方面，飛鳥井倒是不顯一絲慌亂。她是早料到我會出現，還是說，她根本沒把我瞧在眼裡？

「妳到底……有什麼目的？妳已成功向久我島復仇。妳的目的已經達成了吧。為什麼還不滿足，要這樣子……」

傷害葛城——這句話我嚥了回去。

「先纏上我的人是他吧？」

「沒錯，田所。」

葛城仍低著頭。

「之前我也說過，偵探是一種生存方式。因為我和她的生存方式不合，才會起衝突。就只是這樣。」

「生存方式，生存方式是吧。」

飛鳥井面向我，莞爾一笑。

「那麼，看到葛城同學被逼入絕境，馬上飛奔而來的田所同學，他這樣也算是一種生存方式嗎？不過，你這位幫不了福爾摩斯的華生，可真有氣勢啊。」

「妳什麼意思……」

「久我島持刀撲過來的時候，你嚇得無法動彈對吧？」

我為之語塞。無法出言否認。當時確實雙腳發軟，無法動彈。

「重要時刻，無法保護葛城同學的你，能給葛城同學什麼？你可曾想過這個問題？」

我為之茫然，呆立原地。

「我……」

我感到一陣暈眩。沒錯，如果在那種時刻無法動彈，那我又是為什麼留在他身邊？

「飛鳥井小姐，妳別再說了！這和田所沒關係吧？妳別再說了……！」

「哦，是嗎？那麼，我改聊葛城同學的事吧。田所同學，我問你個問題。」

她那亡靈般的雙眼望向我。

「你對葛城同學要的是什麼？」

「要的是……什麼……？」

「甘崎說她想畫我。她要的是在最靠近我的地方看我，聽我推理，畫下我的模樣。我自己這樣說，還真有點難為情。不過，她就是抱持這樣的想法才需要我。而我也要需要她。」

那你呢？——她再次問道。

「你對偵探葛城要的是什麼？」

「……事情是如何開始，如何結束，我想要見證這一切。他的推理總會查明一切。」

「如果是這樣，葛城同學這次打算背叛你對他的信賴。他不想說出最後的真相。懷疑我是讓天花板掉落的犯人，說出這件事的人是你，田所同學。還記得嗎？」

我記得。當時葛城保持沉默，不想說出真相。

「不對，我才沒背叛呢。」

「就結果來看，是這樣沒錯吧？你背叛了自己最信賴的助手。我也是。那女孩明明一直都希望我永遠不要改變，但我現在卻變成這副德行。」

飛鳥井俯視著葛城。

「我們還真是一個樣啊。」

「別拿我……和妳相提並論！」

葛城的吶喊在山中空虛地傳開來。飛鳥井沒回嘴，葛城也沒再多說。

「……你問我，我這樣的做法到底對不對。」

飛鳥井略顯自嘲的笑道。

「我可不這麼認為。因為我討厭自己，也討厭你。自從失去她之後，我就很討厭逐漸改變的自己。要是她在我身旁的話，我一定不會這麼做。因為美登里會要求我解謎。現在因為失去了她，就算是這種手段，我也能做得臉不紅氣不喘。」

因為我已經不再是名偵探。

我想起十年前有過一面之緣的甘崎。讓飛鳥井光流持續當名偵探的那位少女。然而，失去的事物不會再回來。這指的不光是甘崎本身。

還有名偵探飛鳥井光流也是。

「雖然指責你的不是，但到頭來，我還是忍不住想點出你沒搞懂的地方。」

飛鳥井轉身背對葛城，朝搜索隊的方向走去。最後她只留下一句話，效果最強的一句話。

「你為了解開一切，不惜毀了一切。我實在看不下去。」

葛城全身微微顫抖。遠方的山頂，落日館的殘骸仍在燃燒。葛城背對遠處火勢正盛的烈焰，顯得身形無比矮小。

只相信推理之力的葛城。

將自己的一切全獻給正義的葛城。

我曾經最喜歡的葛城。

此刻他彷彿正逐漸從體內開始融解崩毀。感覺只有理應已捨棄名偵探身分的飛鳥井，是現場唯一明白自己存在意義的人。

「就算是這樣。」

葛城對著已不再當偵探的飛鳥井背影說出的最後一句話，近乎悲鳴。

「就算是這樣，我也還是只能解開謎題。」

春日文庫 ハルヒブンコ
151

紅蓮館殺人事件

紅蓮館の殺人

紅蓮館殺人事件/阿津川辰海作；高詹燦譯. -- 初版. -- 臺北市 ： 春天出版國際文化有限公司, 2024.07
面 ； 公分. -- (春日文庫 ； 151)
譯自 ： 紅蓮館の殺人
ISBN 978-957-741-887-6(平裝)

861.57 113007859

ISBN 978-957-741-887-6
Printed in Taiwan

作　　者　阿津川辰海
封面繪圖　緒賀岳志
譯　　者　高詹燦
總 編 輯　莊宜勳
主　　編　鍾靈

出 版 者　春天出版國際文化有限公司
地　　址　台北市大安區忠孝東路4段303號4樓之1
電　　話　02-7733-4070
傳　　真　02-7733-4069
E－mail　bookspring@bookspring.com.tw
網　　址　http://www.bookspring.com.tw
部 落 格　http://blog.pixnet.net/bookspring
郵政帳號　19705538
戶　　名　春天出版國際文化有限公司
法律顧問　蕭顯忠律師事務所
出版日期　二〇二四年七月初版

定　　價　520元

總 經 銷　楨德圖書事業有限公司
地　　址　新北市新店區中興路二段196號8樓
電　　話　02-8919-3186
傳　　真　02-8914-5524
香港總代理　一代匯集
地　　址　九龍旺角塘尾道64號 龍駒企業大廈10 B&D室
電　　話　852-2783-8102
傳　　真　852-2396-0050